BARBARA ERLENKAMP

Die kleine Pension im Weinberg

Weitere Titel der Autorin

Die Café-Reihe:
Das kleine Café an der Mühle
Winterzauber im kleinen Café an der Mühle
Frühlingsglück im kleinen Café an der Mühle
Glückssterne über dem kleinen Café an der Mühle
Weihnachten im kleinen Café an der Mühle

Küstenromane:
Sommerzauber auf der kleinen Insel
Der Sommer hat doch Meer zu bieten
Strandkorbsommer

Über die Autorin

Andreas J. Schulte ist freier Journalist und Autor. Christine Schulte hat bereits in ihrer Schulzeit zusammen mit einer Freundin ihren ersten Roman verfasst und arbeitet heute als technische Redakteurin. Das Ehepaar lebt mit seinen beiden Söhnen seit 25 Jahren in einer alten Scheune zwischen Andernach und Maria Laach. Unter dem Pseudonym Barbara Erlenkamp schreiben sie zusammen moderne, humorvolle Frauen- und Unterhaltungsromane. 2018 ist ihr erster Bestseller-Roman »Das kleine Café an der Mühle« erschienen.

Barbara Erlenkamp

Die kleine Pension im Weinberg

Lübbe

NACHHALTIG PRODUZIERT

Die Bastei Lübbe AG verfolgt eine nachhaltige Buchproduktion. Wir verwenden Papiere aus nachhaltiger Forstwirtschaft und verzichten darauf, Bücher einzeln in Folie zu verpacken. Wir stellen unsere Bücher in Deutschland und Europa (EU) her und arbeiten mit den Druckereien kontinuierlich an einer positiven Ökobilanz.

FSC www.fsc.org MIX Papier | Fördert gute Waldnutzung FSC® C014496

Vollständige Taschenbuchausgabe
der bei Bastei Lübbe erschienenen E-Book-Ausgabe

Umschlaggestaltung: Maria Seidel, atelier-seidel.de
Umschlagmotiv: © iStockphoto / pic4u; iStockphoto / Lenta; shutterstock / Elyaka
Satz: 3w+p GmbH, Rimpar (www.3wplusp.de)
Gesetzt aus der Adobe Caslon Pro
Druck und Verarbeitung: GGP Media GmbH, Pößneck

Printed in Germany
ISBN 978-3-404-19254-0

5 4 3 2 1

Sie finden uns im Internet unter luebbe.de
Bitte beachten Sie auch: lesejury.de

Für Anna

Eine gute Pension ist einfach zu definieren:
Wenn der Gast das Haus glücklicher verlässt,
als er gekommen ist.

Unbekannt

Prolog

»Fünf, vier, drei, zwei, eins … Prosit Neujahr!«

Alle redeten durcheinander, der große Wohnraum im Gutshof war ein einziger Klangteppich aus Geräuschen. Es war das, was Katie Sheridan insgeheim ihren Silvester-Soundtrack nannte: Menschen, die miteinander lachten. Das Klirren von Gläsern, Neujahrswünsche, ferne Kirchenglocken und natürlich das beginnende Feuerwerk am Nachthimmel.

Es hatte Jahre gegeben, da hatte sie diesen Soundtrack nicht ertragen können, da war Silvester einer der Abende im Jahr gewesen, die sie am liebsten im Bett mit einem Kissen über dem Kopf verbracht hatte. Ja, es hatte Jahre gegeben, in denen sie nicht hatte glauben können, dass andere Menschen einfach nur unbeschwert glücklich und fröhlich sein konnten. Doch diese Jahre lagen hinter ihr. Die Erinnerungen daran hatte sie tief in sich vergraben, und sie war fest entschlossen, sie nie wieder ans Tageslicht zu holen.

»Ein frohes neues Jahr, Katie.«

Eine Frau mit langen braunen Haaren und einem sympathischen, warmherzigen Lächeln im Gesicht trat neben sie und drückte ihr ein Glas Rieslingsekt in die Hand. Katie nahm das Glas und stieß mit ihrer Freundin an.

»Und, hast du dir deine Silvesterfeier in Deutschland so vorgestellt?«, fragte Sophie nach dem ersten Schluck.

Katie lachte und schüttelte den Kopf. »O nein, es ist noch viel schöner, als ich es mir vorgestellt habe. Aber das liegt vor allen Dingen daran, dass ich dieses Silvesterfest mit euch hier feiern kann. Du weißt doch: Eigentlich wollten wir mit der Partnergemeinde nur kurz für ein paar Tage die wirkliche German Weihnacht erleben.«

Jetzt stimmte auch Sophie in das Lachen mit ein. »Wir haben uns für euch richtig ins Zeug gelegt, das kannst du mir glauben. Und ich bin wirklich, wirklich froh, dass wir dich überzeugen konnten, noch ein paar Tage länger als die anderen aus der Reisegruppe zu bleiben.«

»Wie hätte ich Nein sagen können? Dass Heidi und Jean-Pierre ausgerechnet hier in Wümmerscheid-Sollensbach wohnen, hätte ich nie vermutet.«

»Und ja, die Welt ist ein Dorf.«

»Wenn es ein Dorf wie eures wäre, dann wäre es eine schöne Welt.«

Sophie verschluckte sich hustend an ihrem Sekt. »Lass das bloß nicht die Vorsitzenden unseres Dorfvereins hören, die ernennen dich sofort zum Ehrenmitglied.«

»Aber es ist doch wahr: Ich habe hier in den letzten Wochen nur nette und freundliche Menschen getroffen, dein Bistro und das kleine Café sind ein Traum. Sophie, ich denke, ich habe für mich eine Entscheidung getroffen.«

Bei ihrem letzten Satz klang Katie plötzlich so ernst, dass Sophie ihre englische Freundin neugierig musterte. Katie sah die Frage in Sophies Blick und flüsterte: »Gib mir noch ein paar Tage, dann verrate ich es dir.«

»Du machst es ja spannend. Aber ganz wie du willst. Henry Ford soll mal gesagt haben: Es hängt von dir selbst ab, ob du das neue Jahr als Bremse oder als Motor benutzen willst. Also, in diesem Sinne, liebe Katie. Komm, die anderen gehen schon raus, um sich das Feuerwerk über dem Moseltal anzusehen.«

Sophie zog ihre Freundin am Arm, und gemeinsam betraten die beiden Frauen die große Terrasse, die einen weiten Blick über einen alten Weinberg und das Moseltal erlaubte. Ein Tal, auf dessen nachtschwarzem Himmel Hunderte von Feuerwerksblumen in allen Regenbogenfarben erblühten.

***

Als Katie am nächsten Morgen erwachte, fragte sie sich für ein paar Atemzüge, wo sie war. Das war nicht das vertraute Bett im Gästezimmer von Sophie und Peter. Sie setzte sich schlaftrunken auf. Natürlich, sie war in dem kleinen Gästezimmer, das Heidi, die Gastgeberin des Silvesterabends, für sie hergerichtet hatte. Katie gähnte herzhaft und lauschte auf Stimmen und Schritte im Haus, aber alles war still. Sie angelte vom Fußboden ihre Armbanduhr. Gerade mal zehn Uhr morgens. Sie hatten bis kurz nach drei Uhr am Morgen gefeiert, dann noch Geschirr und Gläser in die Küche geräumt, und gegen vier war sie ins Bett gegangen. Sechs Stunden Schlaf – na ja, besser als nichts, und sie war von alleine aufgewacht. Offenbar wollte ihr ihr Körper mitteilen, dass er in den letzten Tagen genug Zeit zum Ausruhen und Entspannen gehabt hatte. Katie stand auf und schob den Vorhang zur Seite. Vor ein paar Tagen hatte es geschneit, und die Temperaturen blieben deutlich im Minusbereich. Die Folge: Alle Bäume, die Sträucher und Zäune waren weiß bedeckt und boten einen glitzernden Kontrast zu dem strahlend blauen Winterhimmel. Das Sonnenlicht ließ die Eiskristalle funkeln. Mit einem Mal spürte Katie eine unbändige Lust, nach draußen zu gehen und sich in die Sonne zu setzen. Wahrscheinlich lag die Temperatur draußen im zweistelligen Minusbereich, egal. Sie nahm sich die Zeit für eine kurze heiße Dusche und zog sich dann schnell an. Jeans, T-Shirt, schließlich einen dicken wollweißen Rollkragenpullover, den sie vor Jahren auf den Aran-Inseln in einer kleinen Boutique gekauft hatte und der sie seitdem bei jeder Winterreise begleitete. Mit beiden Händen wuschelte sie sich durch die kurzen blonden Haare. Hairstyling abgeschlossen. Sie liebte diesen Haarschnitt, dem konnte auch eine Wintermütze nichts anhaben. Entschlossen holte sie ihre feuerrote Beanie-Mütze aus der Reisetasche und zog sie tief in die Stirn und über die Ohren. Um ihr Make-up konnte sie sich später kümmern, jetzt wollte sie nur an die frische Luft. Die dick gefütterten Boots und eine Daunenjacke vervollständigten ihr Winteroutfit.

Während sie die breite, geschwungene Steintreppe nach unten in die Halle ging, horchte sie weiter auf Anzeichen, dass noch jemand von den übrigen Gästen und Hausbewohnern schon auf den Beinen war, aber bis auf das gleichmäßige Ticken der Standuhr in der großen Eingangshalle war nichts zu hören. Katie ging in die Küche und schaltete den Wasserkocher ein. Ein starker schwarzer Tee mit Milch wäre jetzt genau das Richtige.

Wenige Minuten später trat sie mit einem dampfenden Becher hinaus auf die Terrasse des Hauses. Vom Vortag wusste sie, dass in der Truhe neben der Tür wasserfeste Thermokissen bereitlagen. In der einen Hand den Tee, in der anderen ein Kissen, ging Katie über die schneebedeckte Wiese, die sich in Richtung Moseltal erstreckte. Ihr Atem bildete kleine Wölkchen vor ihrem Gesicht, und die Wangen brannten in der Kälte. Ihre Stiefel versanken fast bis zum Knöchel im Schnee. Tausende von Eiskristallen funkelten in der Sonne, als hätte jemand kleine Edelsteine auf der sanft geschwungenen Fläche verstreut.

Katies Ziel war eine alte Eichenbank, die sie schon von einem früheren Besuch kannte. Sie wischte den Schnee von der Sitzfläche, setzte sich auf ihr Kissen und legte beide Hände um den Teebecher. Von hier oben konnte man die Weinberge am gegenüberliegenden Ufer sehen, der Fluss lag tief unten im Tal wie ein bleigraues langes Band. Und über allem spannte sich ein Neujahrsmorgen-Panorama-Himmel.

Katie trank einen Schluck Tee, genoss seine Wärme. Mit einem wohligen Seufzen legte sie den Kopf in den Nacken und ließ sich die Morgensonne ins Gesicht scheinen. Hinter ihr knirschten Schritte im Schnee. Neugierig wendete Katie den Kopf. Heidi Schwarzbeck trat mit einem Lächeln und einem Kaffeebecher in der Hand an die Bank. Da hatte jemand denselben Gedanken gehabt wie sie.

»Guten Morgen, Katie. Von der Küche aus habe ich dich hier sitzen gesehen und sofort Lust bekommen, mich dazuzusetzen – zumindest für einen kurzen Moment. Die Sonne scheint so schön. Ich hoffe, ich störe dich nicht?«

»Guten Morgen, Heidi, du musst dich nicht entschuldigen. Das hier ist deine Bank. Und nebenbei bemerkt: Ich beneide dich um den Ausblick von hier oben.«

Heidi zog ihren dicken Daunenmantel fest um sich und setzte sich neben Katie. »Ja, du hast recht. Aber soll ich dir was verraten? In den letzten Monaten war es so hektisch, dass ich nicht ein einziges Mal die Zeit und Ruhe gefunden habe, diesen Ausblick zu genießen. Ich werde die Bank vermissen.«

Katie schaute Heidi von der Seite an und hob fragend eine Augenbraue. Heidi lachte leise auf. »Nun schau mich nicht so kritisch an. Mir ist in den letzten Wochen klar geworden, dass dieser Gutshof einfach zu groß ist. Für Jean-Pierre und mich würde das ehemalige Kellermeisterhaus drüben am Haupttor mehr als ausreichen. Viele Monate im Jahr sind wir zusammen in Frankreich, meine Tochter wird nicht bei mir einziehen, und ich erwarte auch keine dreißigköpfige Gästegruppe. Was soll ich mit all den Räumen? Ein neues Jahr ist auch ein neuer Anfang: Ich werde mir einen Makler suchen und alles verkaufen.«

»Ich glaube, das musst du gar nicht«, erwiderte Katie.

Jetzt war es Heidi, die die Jüngere überrascht ansah. »Was muss ich nicht?«

»Ich habe auch nachgedacht. Du musst dir keinen Makler suchen. Sophie hatte schon kurz vor Weihnachten einmal erwähnt, dass dir dieses Haus zu groß ist … also … ich, ich hätte es sowieso in den nächsten Tagen angesprochen. Um es kurz zu machen: Ich würde den Gutshof gerne kaufen.«

»Du? Dieses riesige Haus? Aber du lebst doch allein …«

»Ich möchte wieder nach Deutschland ziehen, ich habe Geld gespart und muss mit meiner Bank über den Kredit verhandeln, aber das sollte grundsätzlich kein Problem sein. Schließlich ist Brian, mein Ex-Mann, Banker und überaus erfolgreich. Ich habe bereits vor ein paar Tagen mit ihm telefoniert. Nenn mir deinen Preis, und ich denke, wir werden uns da schon einig. Ich würde dir den Gutshof gerne abkaufen.«

»Und was willst du mit den Gebäuden anfangen?«

Katie lächelte triumphierend. »Das, was ich gelernt habe, unter anderem auch von dir. Ich habe so viele Jahre in der Gastronomie und in Hotels gearbeitet, diese Arbeiten könnte ich fast im Schlaf erledigen. Ich möchte es aber eine Nummer kleiner. Kein Riesen-Hotel, keine Sterneküche.«

»Was denn dann?«

»Ich eröffne die Pension Gutshof Moselthal. Eine kleine Pension oberhalb der Weinberge, ein Ort, wo man gerne auf einer Bank sitzt, um den Ausblick zu genießen.«

Heidi dachte kurz nach, dann prostete sie Katie mit ihrem Kaffee zu. »Abgemacht, meine Liebe. Ich erhebe meinen Becher auf die kleine Pension im Weinberg.«

Grasgrün – wenige Monate später

»Bist du sicher?« Heidis Blick streifte Katies Kleidung und blieb bei den grasgrünen Stiefeln hängen.

»Aber ja, die passen genau zu meinem neuen grünen Mantel, schau mal.« Zum Beweis hielt Katie einen Fuß hoch. »Ich habe ewig gesucht, bis ich endlich genau den gleichen Farbton gefunden habe. Du weißt doch, dass ich gerne bunte Sachen trage.«

Heidi lachte. »Ja, die Farbe ist super. Ich meinte eher, ob du in denen laufen kannst? Immerhin haben wir uns verabredet, damit wir zusammen über das Grundstück spazieren. Ich zeige dir heute dein neues Reich, bis in die letzte Ecke, bevor du den Kaufvertrag unterschreibst. Und dabei sind die …« Wieder wanderte ihr Blick zu Katies Stiefeln, die nicht nur einen etwa zehn Zentimeter hohen Absatz aufwiesen, sondern vorne an den Zehen auch nadelspitz zuliefen. »Deine Schuhe sind vielleicht nicht so gut fürs Gelände geeignet.«

»Das ist überhaupt kein Problem«, versicherte Katie. »Mit

so einem Blockabsatz sind sogar mehrere Stunden Shoppingtour kein Thema, habe ich letztes Wochenende noch in London gemacht. Ich bin das gewohnt.«

»Na ja, wenn du meinst.« Heidi setzte sich auf die Bank in der Eingangshalle, um ihre flachen dunkelblauen Sneakers noch fester zuzuschnüren. Sie trug wie fast immer eine blaue Jeans und eine schlichte weiße Hemdbluse unter ihrer Fleecejacke. »Shopping in London. Das hört sich irgendwie … so weltgewandt an. Du führst ein aufregendes Leben, meine Liebe. Wir dagegen …«

»Ach, hör auf.« Katie winkte ab. »Ich habe einfach etwas zum Anziehen gebraucht. Und was mein aufregendes Leben angeht – davon habe ich geradezu die Nase voll. So viel Abwechslung braucht kein Mensch. Weißt du, wie oft ich in den letzten Monaten zwischen St.-Nicholas-on-Sea und Wümmerscheid-Sollensbach hin und her gependelt bin? Ich nicht. Ich habe irgendwann aufgehört mitzuzählen. Ich bin zwar schon öfter in ein anderes Land umgezogen, und ich wusste, was mich erwartet, aber es ist doch jedes Mal noch mehr zu erledigen, als man denkt.« Sie setzte sich neben Heidi und begann, an den Fingern aufzuzählen. »Ich habe mich von Freunden verabschiedet, mein Haus ist so gut wie verkauft, meine Arbeitsstelle gekündigt, währenddessen hier den Hauskauf vorbereitet, die Renovierung geplant, Genehmigungen eingeholt, Anträge ausgefüllt, Versicherungen, Steuer … die Liste ist endlos. Ich kann es gar nicht abwarten, mit allem fertig zu sein und hier richtig anzukommen. Alles, was ich mir wünsche, ist ein Zuhause. Ein Ort, wo ich hingehöre.«

Nachdenklich nickte Heidi. »Ja, ich weiß genau, was du meinst. Ich bin ja früher auch oft im Ausland gewesen, und irgendwann ist es einfach genug.« Mit einem energischen Ruck sprang sie auf und öffnete die Haustür. »Lass uns gehen. Mein lieber Jean-Pierre wollte inzwischen schon mal anfangen, etwas zum Abendessen zu kochen.«

»Aber es ist doch erst halb zwei.«

»Pff, er hat sich aber in den Kopf gesetzt, dass es heute Bœuf Bourguignon sein muss. Das braucht ein paar Stunden, bis es richtig zart ist. Du solltest uns später beim Essen Gesellschaft leisten.« Auf eine Antwort wartete Heidi gar nicht erst, sondern ging mit forschen Schritten voran.

Beim Gedanken an das Abendessen, das der französische Spitzenkoch zaubern würde, lief Katie das Wasser im Mund zusammen. Sie beeilte sich, Heidi auf dem gekiesten Vorplatz einzuholen.

»Was wollen wir uns denn als Erstes ansehen?«, fragte sie.

»Die Obstwiese da vorne wurde schon lange nicht mehr gepflegt. Trotzdem lohnt es sich, ab und zu hinzugehen.« Heidi ging zu einem knorrigen, nicht besonders hohen Baum. »Dieser Apfelbaum ist eine Rote Renette. Der Baum trägt nur alle paar Jahre, aber wenn es so weit ist – herrlich. Ich kenne keinen Apfel, den ich lieber mag.«

Ganz in Gedanken strich Katie über die raue Baumrinde und nahm sich vor, die nächste Ernte auf keinen Fall zu verpassen. Sie hatte Mühe, sich auf Heidis Worte zu konzentrieren, da waren so viele Eindrücke auf einmal.

»Ich setze mich für eine Weile hin.« Mit diesen Worten ließ sich Heidi auf einem dicken Holzstamm nieder, der unter dem Apfelbaum im Gras lag. »Geh du inzwischen ein bisschen herum und mach dich mit deiner neuen Obstwiese vertraut.« Mit geschlossenen Augen drehte sich Heidi so, dass ihr die Sonne genau ins Gesicht schien.

»Gute Idee.« Katie nickte.

Wo sollte sie anfangen? Die Kirschbäume in der Mitte der Wiese standen schon in voller Blüte. Und dieser Anblick war einfach herrlich. Der blaue Frühlingshimmel, die weißen Blüten mit einem Hauch von Rosa, und über allem lag der feine, frische Duft von Gras und Erde. Wenn man ganz still war, konnte man sogar das Summen der Bienen und Hummeln hören. So stand Katie eine Weile einfach nur da und ließ die Stimmung auf sich wirken, bis sie schließlich doch neugierig wurde, was es hier sonst noch zu entdecken gab.

Am Rand der Obstwiese führte rund um das Grundstück ein breiter Feldweg. Auf einer Seite der Wiese gab es einen windschiefen Lattenzaun, auf den drei anderen Seiten war er wohl längst zusammengebrochen. Neben dem Weg wuchs rundherum ein unregelmäßiger Grünstreifen, mal höher, mal niedriger. Darunter befanden sich vermutlich die halb verrotteten Überreste des Zauns. Hüfthohe Brombeerranken wechselten sich mit vertrockneten, fast mannshohen Disteln vom Vorjahr ab. Eine hohe eckige Form an der Längsseite der Wiese entpuppte sich als eine Art Schuppen mit offener Vorderseite. Auf den ersten Blick hatte Katie gar nicht erkannt, dass es sich um ein Gebäude handelte, denn das Innere war mit kahlen, trockenen Ästen vollgestopft, die jemand zu einem wirren Durcheinander aufgestapelt hatte. Wahrscheinlich war der Asthaufen bisher nur deswegen nicht umgestürzt, weil er von den Seitenwänden zusammengehalten wurde. Das verwitterte Holz des Unterstands schien zwar alt zu sein, aber insgesamt noch in Ordnung. Ein Stückchen weiter war etwas zu erahnen, das aussah wie ein alter Erntewagen auf Holzrädern. Das war ja fast wie im Museum! An einigen Stellen war das Gestrüpp so hoch, dass Katie nicht einmal erkennen konnte, ob sich darunter weitere Geräte verbargen.

Sie ließ den Blick ein weiteres Mal über die Obstwiese schweifen. Abgesehen von den Rändern stand das frische Gras ziemlich kurz und gleichmäßig, offenbar war hier gelegentlich gemäht worden. Überall im Gras waren gelbe Löwenzahnblüten wie hingetupft, dazwischen schwebten überall die zarten, weiß-rosa strahlenden Blüten des Wiesenschaumkrauts. Glücklich seufzte Katie. Was für ein zauberhaftes Fleckchen Erde. Schade, dass sich offenbar schon lange niemand mehr so richtig darum gekümmert hatte. Sie nahm sich vor, so bald wie möglich wiederzukommen und das alte Gerümpel neben dem Weg loszuwerden.

In diesem Moment trat Katie auf einen Gegenstand, der im Gras verborgen gelegen hatte. Um ein Haar wäre sie umgeknickt, konnte sich aber noch im letzten Moment fangen. Was lag denn da? Tatsächlich: ein alter Autoreifen. Es war wirklich Zeit zum Aufräumen, so viel stand fest. Vorsichtig stapfte sie zurück zu dem alten Apfelbaum.

Von dem Geräusch der Schritte im Gras aufgeschreckt, blinzelte Heidi träge in der Sonne.

»Lass uns weitergehen, Heidi. Ich bin schon ganz neugierig, was du mir noch alles zeigen willst.«

Die beiden wanderten weiter. Mit einer weit ausholenden Geste wies Heidi auf eine steil abfallende, von bräunlichem Gestrüpp bedeckte Fläche, die sich unterhalb der Obstwiese bis hinunter zur Mosel erstreckte. »Und das hier«, erklärte sie, »ist sozusagen der Grund, warum der Gutshof ursprünglich erbaut wurde. Riesling. Anfangs war der Gutshof Moselthal ein reines Weingut. Dieser Weinberg gehört immer noch zum Gutshof.«

Mit zweifelndem Blick musterte Katie das Gestrüpp, die vertrockneten Brennnesseln, das steil abfallende, von Bruchsteinmauern unterbrochene Gelände. »Muss ich …?«

Heidi ahnte wohl, welche Fragen jetzt kommen würden. Sie lachte. »Nein und nein.«

»Woher willst du wissen, was ich als Nächstes frage?«

»Wollen wir doch mal sehen. Deine erste Frage wäre gewesen: Muss ich dann auch Wein anbauen, obwohl ich davon gar nichts verstehe?«

»Stimmt genau.«

»Und die Antwort ist: nein, musst du nicht. In diesem Weinberg ist schon seit vielen Jahren nichts mehr gemacht worden. Es war früher einer der besten. Aber er ist so steil, dass man ihn nur in Handarbeit bewirtschaften kann. Und das ist heutzutage einfach zu teuer.«

»Gut, du hast gewonnen. Aber was ich danach gefragt hätte, kannst du unmöglich wissen.«

»Wetten doch? Du wolltest sagen: Muss ich da etwa runterklettern? In meinen schönen grünen Stiefeln, mit denen ich so super gut laufen kann?«

Darauf gab es nichts zu sagen. Heidi hatte den Nagel auf den Kopf getroffen.

»Beruhige dich, Katie. Wir klettern nicht. Unser Weg geht da vorne weiter.«

Und schon war Heidi wieder vorausgeeilt. Katie folgte seufzend. Aus den Plänen, die zu den Kaufunterlagen für den Gutshof gehörten, war ihr schon bewusst gewesen, wie groß das Gelände war. Aber es war doch etwas ganz anderes, ob man ein Grundstück auf dem Papier ansah, oder ob man es mit den eigenen Füßen abschritt. In Schuhen, deren Absätze leider immer wieder in dem weichen Gras versanken. Stellenweise war der Boden nach dem Frühlingsregen während der letzten Tage doch sehr schlammig geworden. Katie war bisher immer der Meinung gewesen, dass hohe Blockabsätze für jede Art von Untergrund bestens geeignet waren. Hier wurde sie eines Besseren belehrt. Londoner Asphalt war eben doch nicht dasselbe wie eine von Regenwasser durchtränkte Wiese.

Sie waren an der Rückseite des Haupthauses angekommen. »Hier ist der Eingang zum Gewölbekeller, direkt neben der Küchentür. Warst du schon unten?«

Katie nickte. »Ja, war ich.« Die Tonnengewölbe hatten sie sehr beeindruckt, ebenso wie die alten Weinfässer, die dort unten noch aufbewahrt wurden.

»Gut, dann gehen wir hier entlang weiter. Pass auf, da wachsen Brombeeren am Rand.«

Katie blieb kurz stehen und beugte sich vor, um die Ranken vorsichtig vom Saum ihres Mantels zu lösen. Eines war klar: Das Hauptgebäude war von Heidi gut in Schuss gehalten worden. Sicher, sie hatte einige Renovierungsarbeiten geplant, damit aus dem Gutshof eine gemütliche Pension werden konnte. Ein Architekt und die nötigen Handwerker waren schon gefunden. Aber die Substanz war grundsolide. Die Außenanlagen dagegen … sie waren nicht ungepflegt, und doch waren Katie während ihres Spaziergangs schon einige Ideen gekommen, was sich hier ändern ließ.

»Und was ist das da drüben?« Katie wies auf ein eingeschossiges, lang gestrecktes Gebäude neben dem Parkplatz. Ockerfarbene Ziegelmauern leuchteten warm in der Nachmittagssonne. Teilweise waren die Mauern von Rankgittern bedeckt, an denen die fast noch kahlen Rosenstöcke darauf warteten, dass der Sommer endlich zurückkehrte.

»Die Kelterhalle. Da ist lauter Gerümpel drin. In den letzten Jahrzehnten ist da wohl alles reingewandert, was nicht mehr gebraucht wurde«, erklärte Heidi. »Sieht von außen besser aus als von innen, das kannst du mir glauben. Bei dem Gebäude da drüben wirst du weniger Arbeit haben, das war die ehemalige Maschinenhalle, aber die ist komplett leer. Das Dach wird man mal kritisch prüfen müssen, mehr aber auch nicht. Ich schlage vor, die beiden Gebäude sehen wir uns morgen in Ruhe an, ich denke, für heute ist es genug.«

»Komm, wir gehen über den Parkplatz zurück zum Haus, das ist der kürzeste Weg. Hak dich am besten bei mir unter.«

Ja, Katie war froh über dieses Angebot. Das uralte Kopfsteinpflaster auf dem Parkplatz war zwar schön anzusehen, aber für modisches Schuhwerk mit hohen Absätzen denkbar ungeeignet.

»Was hältst du davon, wenn du dir eine Pause gönnst? Du legst ein bisschen die Füße hoch, bevor wir essen. Ich werde mal schauen, ob ich Jean-Pierre noch zur Hand gehen kann.« Heidi gluckste, warf einen vielsagenden Blick auf die grünen Stiefel und wandte sich in Richtung Küche.

Mit einem Seufzen ließ sich Katie in den Sessel sinken und zerrte die Stiefel von den Füßen. Sie griff nach ihrem Laptop und gab schnell einen Suchbegriff ein: »Wanderschuhe grün«. Beim Anblick der Suchergebnisse verzog sie ungläubig den Mund, schüttelte den Kopf und sagte: »Nicht euer Ernst.« Nach kurzem Nachdenken tippte sie: »Wanderschuhe grün Damen«. Die Bilder, die nun zu sehen waren, entlockten ihr lediglich ein verächtliches Schnauben. »Nur über meiner Leiche«, murmelte sie. Ein schneller Blick auf die Uhr. Bloß noch eine halbe Stunde, dann wurde sie bei Heidi und Jean-Pierre zum Essen erwartet. Sie schaute wieder auf den Bildschirm und rieb sich dabei gedankenverloren die schmerzenden Zehen. Ein weiteres Mal blätterte sie die Suchergebnisse durch. Diese Schuhe hier würden vielleicht gehen. Interessant. Die waren aus Wolle gemacht und trotzdem für draußen geeignet. Angeblich super bequem und weich. Ist einen Versuch wert, dachte sie, und klickte auf »Bestellen«.

Gutshof Moselthal, Montag, 11. April

Hello my dear,

was soll ich sagen? Brian hat mir geraten, dass ich dir schreiben soll. Ganz old school: Papier, Füller, keine Textnachrichten, keine Emoticons.
Ich wüsste sowieso nicht, wie ich die Gefühle, die mir das Herz so schwer machen, mit einem winzig kleinen gelben Smiley ausdrücken sollte.
Weißt du, ich habe eine Entscheidung getroffen, ganz für mich: Ich werde zurück nach Deutschland ziehen. Ich habe von Heidi Schwarzbeck einen alten Gutshof gekauft. Das Hauptgebäude würde dir gefallen, es ist weiß verputzt, hat ein graues Dach und hohe Rundbogenfenster. Es gibt sogar einen Anbau, der wie ein kleiner Turm aussieht. Vor der Haustür gibt es eine breite überdachte Steintreppe. Drei Stufen hat sie. Und dann kommst du in die Eingangshalle und siehst die breite, geschwungene Treppe, auch aus Stein. Mein neues Haus ist so schön, fast wie ein winzig kleines Schloss.

Okay, es ein Schloss zu nennen, ist wohl übertrieben. Aber andererseits habe ich in Schottland schon Schlösser kennengelernt, die kleiner als mein Gutshof waren. Jawohl! Bei dem Wort Schloss stellst du dir vielleicht etwas Großartiges oder sogar Protziges vor. So ist es überhaupt nicht. Es gibt hier nur zwei Stockwerke und darüber das hohe, schiefergedeckte Dach mit kleinen Dachluken und Erkern. Man sieht das Gebäude, und es strahlt so etwas Behagliches aus. Ja, genau, stelle dir einfach ein etwas größeres, weiß verputztes Haus mit leuchtend rotem Fachwerk vor, dann hast du ein besseres Bild. Und weißt du was, oben auf dem Dach gibt es sogar ein Storchennest!

Neben dem Hauptgebäude gibt es noch weitere Gebäude, unter anderem den ehemaligen Wirtschaftstrakt, in dem Wein gekeltert wurde, und eine große Halle, in der früher mal Erntemaschinen gestanden haben, und dazu natürlich noch tiefe Gewölbekeller.

Das Ganze liegt außerhalb von Wümmerscheid-Sollensbach, das ist wirklich ein ganz wunderbarer Ort. Du kennst Heidi Schwarzbeck nicht persönlich, sie ist in Deutschland eine berühmte Köchin gewesen. Ich habe bei ihr gelernt und einige Jahre Seite an Seite mit ihr gearbeitet. Wir waren sogar zusammen in Frankreich, damals hatte sie einem Kollegen geholfen, der private Schwierigkeiten nach einer Scheidung hatte. Ohne Heidis Hilfe wäre sein Bistro den Bach runtergegangen, das kannst du mir glauben.

Jetzt kommt aber das wirklich Verrückte: Ausgerechnet in Wümmerscheid-Sollensbach leben Heidi und ihr französischer Kollege, Jean-Pierre Garbon, dem wir damals unter die Arme gegriffen hatten. Jean-Pierre und Heidi sind verlobt. Wahnsinn – oder?

Du siehst, es gibt alte Freunde vor Ort. Vor allem aber habe ich auch neue Freunde gefunden: Sophie und Peter von Metten beispielsweise. Die beiden sind mit Heidi und Jean-Pierre befreundet. Sophie betreibt ein Bistro und ein kleines Café. Die Geschichte, wie Sophie hier an die Mosel gekommen ist und ihr Café eröffnet, wie sie sich in Peter verliebt und Heidi kennengelernt hat, das müsste man mal aufschreiben, das wäre bestimmt ein tolles Buch.

Also bei Sophie und Peter habe ich gewohnt, als ich mit der Reisegruppe aus St.-Nicholas-on-Sea nach Deutschland kam. Eigentlich wollten wir alle nur zehn Tage bleiben, aber mir wurde klar, dass ich hier etwas gefunden habe, was ich in St.-Nicholas-on-Sea nie hatte – Deutschland ist ein Stück Heimat für mich.
Gott, während ich das hier alles aufschreibe, wird mir klar, dass du ja niemals in St.-Nicholas-on-Sea gewesen bist. Tja, dafür ist es jetzt leider zu spät. Ich habe mit Brian über die Finanzierung gesprochen. Der Kaufvertrag ist unterschrieben. Ich schätze, ich werde ungefähr anderthalb Jahre benötigen, um den Umzug aus UK nach Deutschland abzuschließen und den Gutshof in eine Pension umzubauen. Ja, ich werde hier eine Pension eröffnen. Die Gegend ist wundervoll.
Ich denke, mein Leben wird künftig mehr von meinen Gästen bestimmt.
Wie gerne würde ich das alles hier mit dir teilen. Das mit Brian und mir hat nun mal nicht funktioniert. Aber das muss doch nicht für immer zwischen uns stehen. Melde dich, schreib mir zurück und überleg, ob du mich nicht besuchen willst. Du bist hier jederzeit willkommen.
Fühl dich von mir umarmt …

Mit zitternden Fingern legte Katie den Füller zur Seite, stützte die Ellenbogen auf den Tisch und vergrub ihr Gesicht in beiden Händen. So verharrte sie eine Weile. Schließlich setzte sie sich mit einem Ruck auf, straffte die Schultern, atmete zwei Mal tief durch und sagte mit leiser, brüchiger Stimme: »Ich habe doch getan, was ich konnte. Ich habe keinen anderen Weg für uns gesehen. Ob du mir irgendwann verzeihen wirst, my dear?«

Gut ein Jahr später, im Frühsommer

Die Schreibtischlampe warf ihren warmen Schein auf den weißen Holztisch. Obwohl es noch früh am Abend war, hatte Katie die alte Bankerlampe mit ihrem grünen Glasschirm eingeschaltet, denn draußen waren dunkle Gewitterwolken am Sommerhimmel aufgezogen, und über dem Moseltal grollte der erste Donner.

Hoffentlich würde es morgen Mittag nicht regnen. Im Kopf ging Katie die Alternativen durch, sollte der Eröffnungsempfang nicht auf der Terrasse und im Garten stattfinden können. Während der letzten Tage hatte der Juni ihnen angenehme frühsommerliche Temperaturen beschert. Das warme Wetter und die Sonnenstunden waren mehr als willkommen gewesen, die letzten Arbeiten rund ums Haus hatte man problemlos abschließen können. Die Beete waren frisch bepflanzt, eine Malerfirma aus Brennerbach hatte die letzten Fensterrahmen lackiert, Rainer Baumann, Elektromeister aus Wümmerscheid, hatte noch die … angeschlossen.

Schwungvoll untersch… Sie schob die Kappe auf i… nem leisen Stöhnen zurück.

Sie musste unbedingt wi… oder überhaupt irgendeine For…

Sophie hatte ihr sogar ange… chen Laufrunde mitzunehmen, … Freundin absolvierte, aber in den… war für Sport einfach keine Zeit gew…

Katie wollte schon zu der Mess… , mit der man die Schreibtischlampe ausschalt… es an der Tür klopfte.

»Herein!«

»Sorry, Katie, ich wollte nur kurz Bescheid sagen, ich bin jetzt mit meinen Sachen durch. Ist bei dir alles in Ordnung?«

Katie nickte lächelnd. »Du meinst, abgesehen von einem Aktenordner voller Rechnungen, einem Stapel Bestellungen, die noch erledigt werden müssen, und Schmetterlingen im Bauch, weil wir morgen eröffnen? Ja, sonst ist alles in Ordnung bei mir, Theo.«

Theo Engels trat näher und klopfte sich die blaue Latzhose ab, bevor er sich auf den Stuhl vor dem Schreibtisch setzte. Mit seinem spitzbübischen Grinsen und den verstrubbelten blonden Haaren wirkte er jünger als Mitte dreißig.

Mit einem abschließenden Blick bedachte Katie den Stapel auf ihrem Schreibtisch. »Wie sehr ich diesen Papierkram hasse.«

»Katie, darf ich dich mal etwas fragen?«

»Klar, schieß los.«

»Was genau hast du eigentlich in deinem vorigen Job gemacht? Du warst ja zuletzt nicht mehr als Köchin tätig, richtig?«

tigkeit war davon aber nicht so
inen Job in einer großen Gastrono-

perfekt. Hat mit Kochen zu tun, ohne den
druck und die anstrengende Arbeit im Stehen.«
as war es ja gerade. Es war ein reiner Verwaltungsjob.
n bin vor Langeweile fast die Wände hochgegangen. Und dann musste ich zusehen, wie andere das gelernt haben, was ich schon konnte. Ich habe das Praktische so sehr vermisst. Selbst mit anzupacken. Die Ärmel hochzukrempeln. Mit Menschen zusammenzuarbeiten.«

Mit einem abgrundtiefen Seufzen schloss Katie kurz die Augen. »Und jetzt …«

»Also los, Chefin, was bedrückt dein Herz?«

Chefin! Na klar, dachte Katie, ungefähr einen Tag hatte es gedauert, bis sich das klassische Chefin-Angestellten-Verhältnis in Luft aufgelöst hatte. Katie war sowieso keine große Freundin von Hierarchien, die hatte sie schon als Köchin furchtbar gefunden. Ihr war vertrauensvolle Teamarbeit auf Augenhöhe lieber, was viele Chefköche ganz anders sahen. Das war einer der Gründe, warum sie am Ende dann doch nicht weiter unter den großen Namen der internationalen Sterneküche gearbeitet hatte.

Theo war für sie ein wahrer Glücksfall. Katie hatte ein Vierteljahr zuvor, in einem Interview für eines der lokalen Anzeigenblätter, dem *Wümmerscheider Boten*, über ihre Pensionspläne gesprochen. Dabei hatte sie erwähnt, dass sie natürlich Unterstützung und Angestellte benötige.

Zwei Tage, nachdem der Artikel unter der Schlagzeile *Britischer Charme verzaubert Wümmerscheid-Sollensbach* erschienen war, hatte sich Theo Engels bei ihr vorgestellt. Katie fand Theo auf Anhieb sympathisch. Vielleicht auch deshalb, weil sein ungewöhnlicher Lebenslauf sie an ihre eigene Vita erinnerte.

Nach seinem Sprachenstudium war Theo zehn Jahre lang durch Europa, die USA und Asien gereist. Der passionierte Handwerker hatte dabei in mehr als einem Dutzend verschiedener Jobs gearbeitet: in Hotels, als Reiseführer, Tauchlehrer, Tischler, Bauarbeiter, als Verpacker in einer Konservenfabrik und Nachrichtensprecher bei einem örtlichen Radiosender.

Zurück in Deutschland hatte Theo zuerst in Köln bei einer Werbeagentur gearbeitet, um schließlich zurück nach Wümmerscheid-Sollensbach zu ziehen und zu heiraten. Theos Frau Martina arbeitete als Lehrerin in Cochem. Seine Gehaltsvorstellungen waren moderat, noch ein Grund mehr, ihn einzustellen. Doch bei aller Sympathie war Katie am Anfang nicht sicher, welche Aufgaben Theo übernehmen sollte. Aber sie wusste, dass sie nicht alles alleine erledigen konnte: Gästebetreuung, Küche, Buchhaltung. Also einigte man sich auf eine eher vage Arbeitsplatzbeschreibung, die irgendwo zwischen Concierge, Haustechniker und Verwalter lag.

Wie sich in den letzten Wochen gezeigt hatte, konnte man dieses weit gefasste Arbeitsfeld auch einfacher zusammenfassen: Theo war zu Katies rechter Hand geworden.

»Was bedrückt mein Herz?«, wiederholte Katie Theos Frage. »Ganz ehrlich, das ist nicht so leicht zu beantworten.«

»Jetzt sag bloß, du hast Lampenfieber, was den morgigen Tag angeht?«, fragte Theo.

»Nein, die Eröffnungsfeier haben wir im Griff. Mir ist nur klar geworden, dass nach der Eröffnung das wirkliche Leben beginnen wird. Ich meine, was, wenn keine Gäste kommen, wenn niemand unsere Zimmer bucht? Haben wir genug Werbung gemacht, immerhin ist jetzt schon Juni, und viele werden ihren Urlaub schon geplant haben.«

»Himmel, so viele trübe Gedanken auf einem Haufen.«

»Weißt du, Theo, mir kommen nur immer dann Zweifel, wenn ich die ganzen Rechnungen und Bestellungen sehe.«

Er lachte leise. »Was kannst du dich glücklich schätzen,

dass ich in Sydney mal für drei Monate bei einer wirklich sehr netten Psychiaterin gejobbt habe.«

»Herr Engels, du überraschst mich. Ich dachte, deine Jobs wären mehr handfester Natur gewesen. In deinem Lebenslauf stand nichts davon, dass du auch als Psychiater gearbeitet hast.«

Theo grinste über das ganze Gesicht. »Habe ich auch nicht. Ich habe dort die Veranda gestrichen und ein Vordach gebaut«, er hob die Hand, um mögliche Proteste im Keim zu ersticken, »aber die Fenster standen immer offen. Ich konnte gar nicht anders, als so einiges mitanzuhören, und ich hab mir auf diese Art ein profundes Halbwissen angeeignet.«

»Soso. Und was sagt Herr Doktor Theo Engels zu meinen Sorgen?« Katie beugte sich gespannt vor.

»Klarer Fall von kognitiven Dissonanzen. Du hast einen Sack voll Geld ausgegeben, um diese wunderbare Pension zu eröffnen, und natürlich bleibt da die Sorge nicht aus, ob das Geld auch richtig angelegt ist. Aber«, Theos Tonfall glich plötzlich dem von Professor Bömmel in der berühmten Verfilmung der *Feuerzangenbowle*, »wir fragen uns: Wat is en Pension? Da stelle mer uns janz dumm. Und da sage mer so. En Pension, dat is en wunnerbares jroßes Haus, wo Jäste jederzeit willkommen sind. Und so en Pension, die hat Erfolg, dat is sozusajen en Naturjesetz.«

Katie lachte schallend. »Was war das denn?«

Theo schaute sie verblüfft an und wechselte wieder in seine normale Tonlage. »Das war eine Anspielung auf einen Film. Jetzt sag bloß, du kennst den Filmklassiker *Die Feuerzangenbowle* mit Heinz Rühmann nicht. Da gibt es diese berühmte Szene, in der Professor Bömmel seinen Schülern die Dampfmaschine erklärt.«

»Nee, der Titel sagt mir was, den Film habe ich aber nie gesehen.«

»Müssen wir nachholen, unbedingt. Setze ich sofort auf

meine innere To-do-Liste. Martina hat die DVD im Schrank stehen. Also demnächst Filmabend bei Engels.« Theo griff in die Vordertasche seiner Latzhose und zog einen Packen Briefe heraus. »Weshalb ich aber eigentlich sicher bin, dass deine kognitiven Dissonanzen unbegründet sind, ist das hier. Ich habe unseren Briefkasten geleert und wie vereinbart vorsortiert. Ich denke, du musst dir keine Sorgen machen, wir haben Rückmeldung von dem Reiseveranstalter, mit dem ich diesen Deal eingefädelt hatte. Du erinnerst dich, die sorgen für Werbeanzeigen in der Presse und online, wir stellen kostenlos ein Familienzimmer zur Verfügung.«

»Klar erinnere ich mich. Das hat also geklappt? Super!«

»Und wir haben sechs feste Buchungen, plus ein Dutzend weitere Anfragen, darunter mehrere Reiseveranstalter für Bustouren und ein paar Vereine. Ich habe alles schon im Computer erfasst, kannst du dir morgen ansehen. In den nächsten Wochen bleiben schon mal nicht viele Zimmer frei.«

Katie stieß ein erleichtertes Seufzen aus. »Gott, bin ich froh, dann hat es sich ja doch gelohnt, dass ich nicht alle Eier in einen Korb gelegt habe.«

Theo stutzte. »Was?«

»Ja, das sagt man so in England. Don't put all your eggs in one basket. Sag bloß, so ein Sprichwort gibt es nicht in Deutschland?«

»Ach, du meinst, wir haben nicht alles auf eine Karte gesetzt.«

»Ja, genau.«

Theo stand auf und legte den dicken Stapel Briefe auf den Schreibtisch. »Nicht alle Eier in einen Korb, guter Spruch.« Er grinste. »Ach ja, und dann ist da noch ein Brief, der aus England wieder zurückgekommen ist. *Delivery refused* steht drauf, das bedeutet doch ›Annahme verweigert‹, nicht wahr?«

Katie warf einen Blick auf den Umschlag und zuckte zusammen, als sie ihre eigene Handschrift auf dem Umschlag erkannte.

»Vielleicht war die Postleitzahl falsch oder so. Soll ich die Adresse mal für dich überprüfen?«, bot Theo an. »Oder es war zu wenig Porto drauf?«

»Nein, nein, lass nur. Danke.« Katie errötete und winkte hastig ab. »Ich kümmere mich selbst darum.«

»Wie du willst.« Gleichmütig zuckte Theo mit den Achseln. Solche Kleinigkeiten konnten ihn nicht aus der Ruhe bringen. »Ich mach jetzt Feierabend. Morgen werde ich übrigens dann mal keine Latzhose anziehen.«

Mit einem dankbaren Lächeln quittierte Katie den Themenwechsel. »Wir fangen um elf Uhr an.«

»Weiß ich doch. Ich bin um acht Uhr hier, dann können wir die letzten Vorbereitungen treffen.« Theo ging zur Tür.

»Ach, Theo?«

»Ja?«

»Danke für alles, auch für die psychologische Hilfe und Professor Bömmel.«

Theo verbeugte sich. »Et is mir ene Ehre, jnädige Frau.«

Vorbereitungen

Über das Wetter hätte sie sich keine Sorgen zu machen brauchen. Katie war früh aufgewacht, schnell in ihre Jeans und ein T-Shirt geschlüpft und trat nun barfuß nach draußen auf die Terrasse. Prüfend schaute sie sich um und schnupperte. In der Luft lag ein leichter Duft von frisch gemähtem Gras. Irgendwo weit entfernt rief ein Kuckuck. Die schwülwarmen Temperaturen vom Vortag waren mit dem nächtlichen Gewitter verschwunden. Der Himmel spannte sich blau über das Moseltal, ein leichter Wind trieb ein paar Schäfchenwolken über den Himmel, und es war angenehm frisch.

Katie holte schnell noch ihre Gartenclogs, ging ein paar Schritte über den Rasen und drehte sich dann zu ihrem Haus um. Ein unbändiges Glücksgefühl durchströmte sie. Das war jetzt ihr Haus, der Gutshof Moselthal, der Garten, das große Grundstück … das alles gehörte ihr ganz allein.

Na ja, ich sollte nicht übertreiben, ermahnte sie sich selber, es gehört mir und der Investorengruppe, die Brian für mich zusammengestellt hat.

Die Investorengruppe war letztlich auch der einzige Punkt, der ihr immer noch Bauchgrummeln verursachte. Brian hatte ihr zwar mehr als einmal versichert, dass kein Investor Interesse daran habe, sich in ihre Geschäfte einzumischen, aber der großzügige Geldfluss war eben auch mit einer Verpflichtung verbunden: Die Investoren erwarteten eine Rendite. Sie verlangten, dass sich ihr Engagement auch auszahlte.

Ach was, sie würde Erfolg haben und die Investoren nicht enttäuschen. Katie drehte sich einmal im Kreis und nahm das ganze Panorama in sich auf: das Haus, der kurz geschnittene, fast schon englisch wirkenden Rasen, die herrliche Landschaft, der große Traktor, der gerade über den unteren Teil des Rasens rumpelte … Katie stutzte. Film zurück. Ein großer Traktor? Tatsächlich, das grün lackierte Ungetüm mit mannshohen Stollenreifen war Realität.

»He, Sie! Hallo, Sie!« Katie rannte über den Rasen, vorbei an der alten Eichenbank. Mit beiden Armen winkte sie dem Fahrer zu. Tatsächlich bremste der Traktor, und während die mächtige Maschine im Leerlauf grollte, stieß der Fahrer ein kleines Seitenfenster einen halben Meter über Katie auf. Und dabei war sie mit ihren ein Meter achtzig für eine Frau nicht gerade klein.

Sie legte den Kopf in den Nacken und brüllte über das laute Motorengeräusch hinweg dem Fahrer zu: »He, was fällt Ihnen ein, mit diesem Monster durch meinen Garten zu kurven?«

Der Mann stutzte einen Moment, fast schien es, als würde ihre Frage ihn in Zeitlupe erreichen. Dann rief er zurück: »Sorry, aber ich habe zu arbeiten. Und nebenbei bemerkt: Das ist mein Grundstück.«

»Ist es nicht. Ich habe den Gutshof Moselthal gekauft.«

»Schön für Sie, dann sind wir ja jetzt so was wie Nachbarn.

Mein Haus liegt zwei Kilometer den Berg runter unten am Fluss, aber hier oben, oberhalb des Weinbergs, parke ich meine Maschinen. Immer schon. Und jetzt entschuldigen Sie mich, ich kann es mir nicht leisten, in der Morgensonne herumzustehen, ich habe noch viel zu erledigen.« Der Mann machte Anstalten, wieder loszufahren.

»Na, hören Sie mal.« Mit einem schnellen Schritt stellte sich Katie dem Fahrzeug in den Weg. Sie hatte nicht vor, klein beizugeben. »Ich eröffne heute meine Pension, von wegen in der Sonne rumstehen.« Er wies auf sein Ohr und schüttelte den Kopf. Klar, er konnte sie nicht hören, der laufende Motor war nicht eben leise. Mit einem entnervten Schnauben kehrte Katie wieder zur Seite neben der Fahrertür zurück. Sie stemmte beide Hände in die Hüften und brüllte nach oben: »Sie können doch nicht Trecker und Co direkt neben meinem Rasen parken. Wie sieht denn das aus, Sie verschandeln ja die ganze Aussicht.«

»Ansichtssache, würde ich sagen. Es gibt Männer, denen geht das Herz auf beim Anblick eines Fendt 1038 Vario mit 396 PS unter der Haube.«

Diese Antwort, gepaart mit einem spöttischen Grinsen, verschlug Katie für einen Moment die Sprache. Der Mann nutze ihre Sprachlosigkeit und schloss das Fenster.

»Stopp, stopp, warten Sie. Hallo, bitte!«

Das Fenster öffnete sich erneut. »Was denn noch?«

Wieder einmal war Katie froh, dass sie jahrelang unter großem Druck in einigen der besten Küchen Europas gearbeitet hatte. Wenn dort eine Krise auftauchte, gab es eine einfache Devise: Eine Lösung musste schnell gehen, und die Gäste durften auf keinen Fall etwas davon mitbekommen. Zum Diskutieren war keine Zeit. Um die Details konnte man sich später kümmern. Blitzschnell traf sie ihre Entscheidung. »Wenn Sie nachher parken, dann fahren Sie bitte Ihr Monster etwas weiter unten auf die Wiese, damit es nicht direkt zu sehen ist.

Heute kommen das Lokalfernsehen und die Zeitungen. Das ist jetzt eine Bitte … ähm … unter Nachbarn. Und über die wirklichen Grundstücksverhältnisse können wir ja noch einmal in Ruhe sprechen.«

Der Mann dachte kurz nach. »Na, meinetwegen. Aber glauben Sie nicht, dass ich jetzt jeden Tag Rücksicht auf Ihre Pension nehmen kann. Mein Riesling macht sich nicht von alleine, und für die Pferde brauche ich die Weiden. Abgesehen davon, über Grenzen müssen wir nicht sprechen. Ich weiß, wo mein Land ist und welche Wege ich schon immer benutzt habe, basta. Sie schauen besser mal in Ihre Unterlagen. Guten Tag.«

Boah, was für ein Ekel, dachte Katie. So ein eingebildeter Kerl. Laut rief sie: »Wie heißen Sie denn eigentlich? Ich bin Katie Sheridan.«

Das Fenster schloss sich, aber bevor es ganz verriegelt wurde und der Traktor wieder anrollte, hörte Katie noch ein dumpfes: »Oliver Körten-Buschmeier.«

Oliver Körten-Buschmeier, irgendwo hatte sie diesen Namen schon mal gehört. Na ja, das wird nicht das letzte Mal sein, dass wir uns unterhalten, dachte Katie, während sie dem großen Traktor hinterherschaute. Gleichzeitig meldete sich ihr schlechtes Gewissen. Sie hatte tatsächlich keine Zeit gefunden, die Besitzer der angrenzenden Grundstücke aufzusuchen, um sich vorzustellen. Der Gutshof lag gut zwei Kilometer außerhalb von Wümmerscheid-Sollensbach, ihr war gar nicht der Gedanke gekommen, dass sie Nachbarn haben könnte. Klar, wenn Mister 396 PS sein Haus, das mehrere Kilometer vom Gutshof entfernt lag, als Nachbarschaft definierte …

Verärgert sah sie sich die tiefen Reifenspuren auf dem Boden an. Zum Glück war er nicht direkt durch den Rasen gepflügt. Der Rasen, den Theo so sorgfältig gemäht und gepflegt hatte, war unbeschädigt. Nur am unteren Rand zog sich eine hässliche, matschige Spur durch das frische Grün. Egal, die

Eröffnung heute hatte Priorität. Um diesen Körten-Buschmeier und die Grundstücksgrenze konnte sie sich später noch kümmern.

»Katie? Katie, bist du hier draußen?« Theos Stimme hallte durch die morgendliche Stille.

»Hier unten. Ich komme!«

Katie eilte zurück zum Haus. Fast hätte sie Theo, der an der Steinbrüstung der Terrasse lehnte, nicht erkannt. Seit er für sie arbeitete, hatte sie ihn ausschließlich in Arbeitskleidung gesehen. Heute dagegen trug er eine helle Jeans, braune Lederschuhe, ein dunkelblaues Sakko mit Einstecktuch in der Brusttasche und ein weißes Oxfordhemd mit offenem Kragen. Als Katie endlich vor ihm stand, breitete er die Arme aus und lächelte wie immer ein bisschen schief, ein Grübchen bildete sich im Mundwinkel. Selbst in ihren flachen Gartenschuhen überragte sie ihn um Haupteslänge. Trotzdem wirkte Theo nicht klein. Wie machte er das nur? Mist, er hatte bemerkt, dass sie ihn anstarrte.

»Na, zufrieden? Ich habe die Klamotten bestimmt schon seit einem Jahr nicht mehr aus dem Schrank geholt, und dabei war das in der Kölner Agentur unser Standardlook. Meine Frau wollte, dass ich auch noch eine Krawatte umbinde, aber mal ehrlich, aus dem Krawattenalter bin ich langsam raus.«

Es wurde Zeit, dass sie etwas sagte. »Du siehst klasse aus, Theo. Das erinnert mich allerdings daran, dass ich mich noch umziehen muss, bevor der Rummel losgeht.« Sie wies lachend auf ihre abgewetzten Jeans und das T-Shirt, das schon bessere Tage gesehen hatte.

»Ich wollte dich auch gar nicht aufhalten. Ich habe dich nur gesucht, um zu fragen, ob es dabei bleibt, dass wir die Stehtische hier draußen aufbauen. Die ganze Mannschaft für den Service wartet schon darauf, dass es losgeht. Elke und Lotte stehen in den Startlöchern, Manni hat nach dir gefragt, der will was zum Fingerfood wissen.«

Katie schaute noch ein letztes Mal prüfend in den Junihimmel. »Ich würde sagen, das Wetter ist fantastisch, und wir sollten den Sektempfang auf jeden Fall hier draußen abhalten.«

»Gut, dann stelle ich jetzt die Tische auf.« Theo zog sein Sakko aus, legte es über die Steinbrüstung und krempelte kurzentschlossen die Hemdärmel hoch. Seine breiten, muskulösen Schultern und Bizeps spannten sich unter dem weißen Hemdstoff. Bestimmt hatte er als Tauchlehrer eine gute Figur gemacht.

In der Eingangshalle traf sie auf Elke und Lotte. Flüchtig betrachtet, hätten die zwei Schwestern sein können. Beide waren etwa Ende vierzig, beide trugen die schwarz gefärbten Haare zum Pferdeschwanz gebunden. Und noch etwas hatten sie gemeinsam: Sie hatten sich lange Zeit vor allem um ihre Kinder gekümmert. Doch nun war ein Ende abzusehen, Lottes ältester Sohn hatte sogar schon sein Abitur in der Tasche. Katie war froh, dass sie die beiden über Sophie kennengelernt hatte. Elke hatte bereits in Traben-Trabach in einem Hotel gearbeitet, Lotte dagegen war nach einer Banklehre Hausfrau und Mutter geworden. Die Arbeit in der Pension war für sie der erste Schritt zurück ins Berufsleben, Lotte war mit Feuereifer bei der Sache.

»Wir haben schon mal die Gläser bereitgestellt und Manni aufgetragen, dass er auch Mineralwasser und Orangensaft aus dem Keller holen soll«, sagte Elke. »Danach gehe ich ihm in der Küche zur Hand.«

»Ich werde die Tischhussen holen und mit Theo die Stehtische vorbereiten und dekorieren«, ergänzte Lotte.

Katie nickte den beiden zu. »Klasse. Die Gäste kommen erst in anderthalb Stunden, wir haben also noch genug Zeit.«

»Manni hat noch Fragen zum Essen«, sagte Elke.

»Ja, das hat Theo auch schon erwähnt. Ich werde mal

nachfragen, was ihn bedrückt.« Katie lief von der Halle in den Ostflügel des Hauses, wo die Küche untergebracht war. Auch wenn sie nicht vorhatte, hier in großem Stil ein Restaurant zu betreiben, würde sie sich doch nie mit weniger als einer Profiküche zufriedengeben. Daher hatte sie sich für einen großzügigen Ausbau der vorhandenen Küche entschieden. Die Handwerker hatten eine Wand eingerissen und damit einen großen hellen Raum geschaffen. Die komplette hintere Wand bestand aus einer bodentiefen Fensterfront in Richtung Garten. Platz gab es genug, selbst die Küchenbrigade eines Sternerestaurants hätte hier problemlos arbeiten können. Die Arbeitsflächen aus Edelstahl blitzten mit den blanken Kupfertöpfen und -pfannen um die Wette.

Ein Gasherd mit einer gewaltigen Dunstabzugshaube dominierte eine Wand, daneben gab es einen großen Backofen, denn Katie hatte vor, die Frühstücksbrötchen selber zu backen.

»Hallo, Chefin, bin ich froh, dass du kommst. Ich werde hier noch irre.«

Manfred Sachs war Mitte vierzig, mittelgroß und besaß einen Brustkorb wie ein Eichenfass. Manni hatte viele Jahre auf einer Ölplattform vor der schottischen Küste gearbeitet und war dann Türsteher in Köln gewesen. Mit seinen raspelkurzen Haaren und einer Narbe am linken Auge sah er in Katies Augen wie ein ehemaliger Preisboxer aus. Jeder Kochlöffel schien in seinen großen Händen zu verschwinden. Theo kannte Manni von früher und hatte ihn Katie ans Herz gelegt. »Manni will arbeiten und nicht nur Besoffene und Randalierer an die frische Luft befördern, er ist hundertprozentig zuverlässig, und er macht die besten Bratkartoffeln nördlich der Alpen«, so Theos Empfehlung. Katie war ihr gefolgt und hatte ihren Entschluss bisher nicht bereut. Als Küchenhilfe war Manni unschlagbar.

»Welches Problem gibt es denn?« Katie trat zu Manni an die Arbeitsfläche.

»Ich krieg die verflixte Frischkäsecreme einfach nicht ansehnlich auf die Cracker.« Hilflos wies Manni auf einen Teller, der seine bisherigen missglückten Versuche dokumentierte. Das Ganze sah aus, als wäre etwas sehr Großes, sehr Schweres über die Cracker gestampft.

Katie musste unwillkürlich lachen, was Manni mit einem gekränkten Blick quittierte. Sie biss sich auf die Unterlippe. »Sorry, Manni, ich weiß, das war nicht nett von mir. Aber du musst zugeben, dass diese Häppchen noch nicht so toll aussehen.«

»Nee, kein Problem, Chefin. Was glaubst du, warum ich allen gesagt habe, dass du vorbeischauen sollst? Es ist so: Bevor ich mit dem Löffel voller Creme auch nur in der Nähe der Cracker gekommen bin, zerbröseln die mir. Ich hab's auch schon mit einem Messer versucht, aber mal ehrlich, dekorativ sieht anders aus.«

»Ich weiß, was du meinst, die sind empfindlich. Pass auf, ich zeig's dir gerade. Ich muss nur schnell etwas holen. Leg du inzwischen die Cracker auf einer Platte aus.« Katie ging zu einem Schrank und zog aus einer Schublade einen Spritzbeutel, wählte die passende Tülle aus und füllte dann den Beutel mit der Frischkäsecreme. »Hier, du spritzt die Käsecreme mit dem Beutel auf die Cracker.« Katie drückte etwas Creme aus dem Beutel auf den ersten Cracker, und wie von selbst formte sich eine hübsche Spirale. »Du darfst bloß nicht zu kräftig drücken, sonst kommt zu viel heraus. Und wenn du den Beutel im Kreis bewegst, entsteht die kleine Spirale.«

»Da brat mir doch einer einen Storch. Und ich mühe mich hier schon seit einer Viertelstunde mit Löffel und Messer ab. Das sieht super aus. Ich habe auch schon Räucherlachs in Streifen geschnitten und aufgerollt, das Röllchen lege ich dann oben drauf, wie besprochen.«

Katie drückte Manni den Spritzbeutel in die Hand. »Probier's mal.«

Manni beugte sich über die Crackerplatte, und behutsam erzeugte er eine Cremespirale nach der anderen.

»Genau so, Manni. Wenn du dann die vier Servierplatten fertig hast, kannst du vorsichtig auf die Cracker die Lachsröllchen und die Forellenstücke platzieren, immer abwechselnd. Und bei jedem dritten Cracker lässt du den Fisch weg und nimmst stattdessen eine schwarze Olive, die stehen drüben im Kühlschrank.«

Manni richtete sich auf und strahlte Katie zufrieden an. »Mit dem Rest werde ich schon fertig.« Er schaute auf die Wanduhr. »Ach ja, eben hat Johannes Braubart angerufen, er bringt gleich die Hackbällchen und Wurstspieße vorbei.«

»Gut, dann hätten wir ja alles. Ich fülle später noch die Salate in die Gläser. Wie sieht es mit der Bruschetta aus?«

»Wird gemacht, wenn ich die Cracker hier fertig habe. Die Tomatensalsa ist ja schon fertig. Ich würde die Brotscheiben aber erst backen, wenn die Reden anfangen. Dann sind sie noch warm, wenn Elke und Lotte die Häppchen servieren.«

»Fein, dann brauchst du mich hier ja erst mal nicht mehr.«

»Nee, Chefin, ich komme jetzt klar.« Manni lächelte stolz und zufrieden. Cracker und Bruschetta vorzubereiten, gefiel ihm augenscheinlich besser, als Randalierer am Kragen nach draußen zu tragen.

Katie verließ die Küche und ging in die Eingangshalle zurück. Wenn Johannes Braubart gleich anliefert, macht es keinen Sinn, dass ich mich vorher umziehe, überlegte sie. Im selben Moment hupte draußen ein Auto.

Sie lief durch die Eingangshalle und öffnete die Tür. Auf dem Kiesplatz vor dem Haus parkte ein weißer Kastenwagen. Katie kannte den Wagen natürlich – der Metzgermeister aus dem Ort war da, kein Zweifel. Für alle anderen gab es genügend Hinweise: Auf der Seite prangte der Werbespruch *Die*

Spatzen pfeifen's von den Ästen, Braubarts Schnitzel sind die besten. Und damit nicht genug, gab es links davon ein fröhlich blickendes gezeichnetes Schwein, während von rechts eine Kuh ihren Kopf über den Werbespruch reckte.

Eine Stimme dröhnte aus dem Hintergrund, zu sehen war niemand. »Guten Morgen, Katie. Ich hoffe, ich bin nicht zu früh dran, aber ich hatte schon mit deinem Küchenhelfer gesprochen, und der meinte, das würde in Ordnung gehen.« Dann zeigte sich hinter der Heckklappe die Ecke einer schwarzen Warmhaltebox, gefolgt von der massigen Gestalt von Metzgermeister Johannes Braubart. »Ich habe mich heute früh in der Wurstküche beeilt, weil ich noch zurück muss, um mich umzuziehen. Hier ist deine Lieferung, die Hetti lässt auch schön grüßen, die muss aber noch im Laden bedienen. Ich fahre jetzt die letzten Bestellungen aus und mach mich stadtfein, schließlich muss ich bei deiner Eröffnung unseren Dorfverein würdig vertreten.« Braubart grinste fröhlich. »Karierte Arbeitshosen und weiße Gummistiefel sind von würdig so weit entfernt wie Tofu von meiner feinen Leberwurst mit Kräutern. Brauchst du sonst noch irgendwas?«

Katie nahm dem Metzgermeister die Box ab. »Danke, Johannes, ich komme gut zurecht. Ich bin sozusagen von Kochprofis umzingelt: Heidi und Jean-Pierre haben schon ihre Hilfe angeboten, und Sophie will ebenfalls zur Unterstützung kommen.«

»Was denn, der kleine Froschschenkel-Knabberer ist wieder im Lande?«

Katie wusste, dass Johannes Braubart großen Respekt vor den Kochkünsten von Jean-Pierre Garbon hatte, der in seinem Heimatland eine Berühmtheit war, und umgekehrt war Jean-Pierre von der Fleischqualität und der Wurst des Dorfmetzgers begeistert. Das hinderte die beiden aber nicht daran, sich gegenseitig aufzuziehen und in einem fröhlichen Schlagabtausch übereinander zu lästern.

»Ja, Jean-Pierre und Heidi sind vorgestern zurückgekommen, sie wollten natürlich die Eröffnung nicht verpassen.«

»›ör isch da meine Namen? Oh, was muss isch sehen, die alte Wurstzipfel is schon eingetroffen und wie immer stilsicher gekleidet.« Ein kleiner Mann mit einem mächtigen Walross-Schnauzbart und einem vergnügten Funkeln in den Augen schlenderte über den Kiesplatz. »Lass disch umarmen, mon ami.«

Die beiden Männer umarmten sich herzlich und klopften einander lachend auf die Schulter.

»So, während ihr beiden hier noch rumschmust, muss ich zurück ins Haus, um die letzten Vorbereitungen zu treffen«, erklärte Katie.

»Hoho, hörst du das, Jean-Pierre? Unsere neue Mitbürgerin ist noch gar nicht richtig heimisch geworden, da wird sie auch schon frech.«

»Jo'annes, isch sag dir, sie war schon als junges Ding ganz aufmüpfisch.«

»Ja, redet ihr beiden nur. Ich sehe zu, dass ich das Fleisch in die Küche bringe. Und Jean-Pierre, wenn du schon da bist, könntest du vielleicht Manni ein bisschen helfen?«

Der kleine Franzose rieb sich begeistert die Hände. »Ah, isch dachte, du würdest nie fragen. Isch 'abe drei Wochen lang nicht richtig arbeiten dürfen, weil die 'eidi darauf bestanden 'at, dass wir machen nur Urlaub. Jo'annes, du alter Wurstzipfel, wir se'en uns bei die Eröffnung. Komm, Katie, gib mir die Box, wenn isch in die Küche gehe, kann isch die Würste auch gleisch mitnehmen.«

Katie übergab Jean-Pierre die Kiste, winkte Johannes Braubart zum Abschied noch einmal zu und lief dann zurück ins Haus. Jetzt musste sie sich aber wirklich umziehen, schließlich war das heute ihr großer Tag.

Die Eröffnung

»Frau Sheridan, Sie haben einen alten Gutshof gekauft und aufwendig umgebaut, um heute eine Pension zu eröffnen. Eine Pension oberhalb der Mosel-Weinberge. Wie kommt eine Britin auf die Idee, ausgerechnet in Wümmerscheid-Sollensbach Wurzeln schlagen zu wollen?«

Noch kurz vor dem Interview hatte sich Katie darüber Sorgen gemacht, dass ihr vor lauter Nervosität keine Antworten einfallen würden. Aber als die Redakteurin aus dem Landesstudio Mainz ihr jetzt das Mikrofon entgegenhielt, erinnerte sie sich daran, was ihr Vater immer gesagt hatte: Vorgesetzte stelle man sich am besten in hässlicher Unterwäsche vor, dann verlören sie ihren Schrecken. Das würde bestimmt auch mit den Fernsehzuschauern funktionieren. Katie begann breit zu lächeln, konzentrierte sich auf die Redakteurin in extrem hässlichem Feinripp und vergaß Kamera und Mikrofon.

»Ich muss kurz widersprechen: Ich habe auch die deutsche Staatsbürgerschaft. Das mit der Britin ist also nur die halbe

Wahrheit. Meine Mutter, eine geborene Meierbehr, hat einen britischen Major geheiratet. Getauft wurde ich auf den Namen meiner Großmutter Katharina, das hat man dann erst in England in Katie verkürzt. Die ersten Jahre bin ich in Herford, Ostwestfalen, aufgewachsen und erst als Teenager mit meinen Eltern nach England umgezogen. Schon mit knapp neunzehn Jahren war ich wieder in Deutschland, um im Hotel zu arbeiten und eine Ausbildung zur Köchin zu absolvieren. Deutschland ist für mich ein Stück Heimat, und hier in Wümmerscheid-Sollensbach habe ich viele Freunde.«

»Sie sprachen gerade die Kochausbildung an, das war wo?«

»Wie gesagt, in Deutschland. In Hamburg habe ich angefangen, und dann habe ich mehrere Jahre bei Heidi Schwarzbeck gelernt und gearbeitet. Mit ihr bin ich dann auch viel im Ausland herumgekommen.«

Katie entging nicht, wie die Redakteurin erstaunt die Augen aufriss. Kein Wunder, Heidi Schwarzbeck gehörte zu den ersten deutschen Köchinnen, die ihrem Restaurant einen der begehrten Michelin-Sterne erkocht hatten, und durch diverse Kochbücher und Fernsehauftritte war sie mindestens so bekannt wie ihre männlichen Kollegen.

»Sie haben also in einer Sterneküche gearbeitet, darf man dann auch von Ihrer Küche in der Pension künftig etwas Ähnliches erwarten?«

»O nein, ganz sicher nicht. Ich habe genug Erfahrungen im In- und Ausland gesammelt, um einschätzen zu können, welcher Aufwand dahintersteckt. Nein, ich möchte meinen Gästen einfach nur einen Ort anbieten, an dem sie sich wohlfühlen können. Dazu gehört für mich auch ein leckeres abwechslungsreiches Frühstücksangebot oder mal ein besonderer Imbiss am Abend, aber ich kann nicht gleichzeitig eine Pension führen und mit dem Ziel kochen, einen Michelin-Stern zu ergattern.«

»Dann verraten Sie uns doch bitte noch zum Schluss, auf was sich Ihre Gäste freuen können?«

Katie holte tief Luft, das war ja wohl eine Steilvorlage in Sachen Eigenwerbung.

»Der Gutshof Moselthal ist weitgehend barrierefrei, wir haben sogar einen kleinen Aufzug im Haus eingebaut. Wir bieten fünfzehn Doppelzimmer an. Ein paar davon habe ich als sogenannte Themenzimmer eingerichtet, zumindest nenne ich die Zimmer so.«

»Themenzimmer, das klingt spannend.«

»Ist es auch. Es hat viel Spaß gemacht, darüber nachzudenken und das Ganze umzusetzen. Ich habe zum Beispiel ein Literaturzimmer mit Ohrensesseln, einem Bücherregal, Notizblöcken und Bleistiften. Dann gibt es das Zimmer der Stille und Ruhe, ausgestattet mit einem extra dicken hellgrauen Teppich, in weißen und beigen Farbtönen gehalten und mit perfekt abdunkelnden Vorhängen. Ich kann verschiedene Zimmer durch Zwischentüren zu Familienzimmern machen. In denen gibt es alles, was Eltern brauchen: Wir bieten Wickelmöglichkeit, Babyfon, Spielecke und einen großen Eingangsbereich für Kinderwagen, Gummistiefel und Spielsachen. Ach ja, und es gibt sogar das Computerzimmer für reisende Berufstätige, mit Schreibtisch, Arbeitslicht, einem guten Schreibtischstuhl, schnellem Internetzugang, aber auch einem bequemen Sofa zum Ausruhen. Sie sehen, der Gutshof Moselthal ist mehr als nur eine einfache Pension für Wochenendgäste. Über die ich mich, nebenbei bemerkt, aber auch sehr freue.«

Himmel, dachte sie, fast hätte ich noch die Einzelgäste und Vereine vergrault. Katie ließ sich äußerlich nicht anmerken, wie froh sie war, noch die Kurve gekriegt zu haben.

»Das war Katharina, Katie, Sheridan, die heute in Wümmerscheid-Sollensbach ihre kleine Pension im Weinberg eröffnet. Anderthalb Jahre haben die Vorbereitungen gedauert, heute ist es so weit. Haben Sie eigentlich einen Tipp für unsere Zuschauer, woran man eine gute Pension erkennt?«

Katie lachte die Redakteurin herzlich an. »Ja, aber der ist nicht von mir. Eine gute Pension ist einfach zu definieren: Wenn der Gast das Haus glücklicher verlässt, als er gekommen ist.«

»Und cut. Super, hab alles, ich gehe noch ein bisschen herum und mache ein paar zusätzliche Aufnahmen«, erklärte die Kamerafrau.

»Das war toll, Sie kamen total sympathisch rüber«, lobte die Redakteurin. »Herzlichen Dank für das Interview.«

»Ich habe zu danken, das waren tolle Fragen, um mich und das Haus zu präsentieren«, gab Katie das Kompliment zurück. »Sie bleiben doch noch? Wir stoßen in wenigen Minuten an, und es gibt eine Kleinigkeit zu essen.«

Die Redakteurin schaute auf ihre Armbanduhr. »Ja, für einen O-Saft reicht es noch. Und, gibt es Fingerfood auf Sterneniveau?«

Katie schüttelte den Kopf. »Ich finde, es muss in erster Linie schmecken, und da ist mir Regionales wichtiger als der ganze Aufwand, der mancherorts betrieben wird. Ich habe beim örtlichen Dorfmetzger eingekauft und ein paar Kleinigkeiten vorbereitet. Unterstützt hat mich dabei übrigens Jean-Pierre Garbon.«

Die Redakteurin stutzte. »Doch nicht etwa der Garbon, der in Frankreich die Bistrokette hat, die berühmte TV-Kochshow und Koch der Fußballnationalmannschaft war?«

»Doch, genau der. Ich habe nämlich auch bei ihm in Frankreich gekocht, und zufällig ist er der Verlobte von Heidi Schwarzbeck. Von ihr habe ich nebenbei bemerkt den Gutshof hier gekauft. Sie wohnen jetzt dort drüben in dem kleinen Haus mit dem wilden Wein an der Fassade.«

»Ich werd verrückt. Heidi Schwarzbeck und Jean-Pierre Garbon wohnen hier? Wissen Sie was, Frau Sheridan, ich glaube, das wird nicht das letzte Mal gewesen sein, dass ich mit der Kamera bei Ihnen vorbeischaue.«

»Sie sind jederzeit willkommen.«

Die Redakteurin machte sich auf die Suche nach ihrer Kamerafrau, und Katie atmete einmal tief durch. Das war besser gelaufen als erwartet. Jetzt sollte sie aber zusehen, dass sie ihre Gäste nicht warten ließ. Schnell lief sie ins Haus zurück und von dort aus auf die Terrasse.

»Ah, da ist die stolze Pensionsbesitzerin. Ich dachte schon, wir müssten ganz alleine mit dem guten Rieslingsekt anstoßen, höhö.« Johannes Braubart hatte Katie als Erster entdeckt.

Auf der Terrasse und dem angrenzenden Rasen drängten sich mehrere Dutzend Menschen. Sophie und Peter, Heidi und Jean-Pierre sowie Heidis Tochter Leonie waren da. Außerdem erkannte Katie verschiedene Handwerker aus dem Ort, zwei Zeitungsredakteure sowie Vertreter der Verwaltung. Elke bot Katie auf einem Tablett ein Glas Sekt an. »Hier, Chefin, ich habe auch ein Glas für dich.«

Zwei Männer traten vor. Der eine hager und schmal, der andere eher kräftig und stämmig. Karl-Friedrich Serghein und Armin Overhofen-Dümpels, die beiden Ortsvorsteher von Wümmerscheid-Sollensbach.

»Liebe Frau Sheridan, als Sie vor mehr als anderthalb Jahren kurz vor Weihnachten aus einem britischen Reisebus stiegen, konnten wir ja noch nicht ahnen, dass unser Ort Zuwachs bekommen würde«, erklärte Serghein feierlich, und Overhofen-Dümpels ergänzte: »Umso mehr freuen wir uns, dass Ihre Pension dazu beitragen wird, dass noch mehr Menschen unseren schönen Ort kennenlernen. Wir freuen uns, dass Sie gekommen sind, um zu bleiben.«

Die Gäste klatschten begeistert. Katie hob ihr Glas. »Herzlichen Dank für die netten Worte. Ich habe in den letzten anderthalb Jahren viel Unterstützung, auch von der örtlichen

Verwaltung, erfahren, und ich freue mich darauf, hier sesshaft zu werden.«

»Vielleicht kann ich dich mit diesem Präsentkorb dazu überreden, Mitglied in unserem Dorfverein zu werden, seit … ähm einem Jahr haben wir ja auch Frauen, also … ähm weibliche Mitglieder.« Johannes Braubart hob einen großen Korb vom Boden auf, um ihn Katie zu überreichen.

»Lieben Dank, Johannes, warum eigentlich nicht? Mitglied im Dorfverein wäre ich aber auch ohne Präsent geworden.«

»Höhö, hätte ich das vorher gewusst. Nein, das war natürlich nur ein Scherz. Ich freue mich auf unser neues Mitglied. Darauf ein dreifaches Wümmerscheid-Sollensbach voran, voran, voran.«

Auf der Terrasse ertönte ein vielstimmiges »voran«, gefolgt von Beifall und Gelächter.

»Ich habe da auch noch eine Überraschung für dich«, sagte Johannes Braubart verschwörerisch und rief dann laut: »Alles klar, Jungs, es kann losgehen.«

Im Garten des Gutshofs tauchten zwei Dutzend schwarz gekleidete Männer auf, die alle einen roten Schal um den Hals trugen. Die Wümmerscheider Goldkehlen 1903 stellten sich in Positur.

»Ach herrje, damit hat ja nun niemand gerechnet«, flüsterte Sophie Katie zu. Neben Sophie trat nun auch Leonie. »Ich bin gespannt, was die Goldkehlen heute singen werden.«

Katie schaute die beiden Frauen neugierig an. Sowohl Sophie als auch Leonie waren für sie zu guten Freundinnen geworden. »Ihr habt mir zwar schon von dem Chor erzählt, aber so schlimm wird es doch wohl nicht werden«, sagte Katie.

»Kommt darauf an, wie du schlimm definierst«, sagte Leonie und kicherte.

»Genau«, ergänzte Sophie, »stimmlich gibt es da nichts zu meckern. Aber die Liedauswahl …«

»Achtung, es geht los«, flüsterte Leonie.

»Lololo«, eine paar Sänger suchten noch kurz nach dem richtigen Ton, dann begann der Chor mit einem Klassiker.

»Welcome to the hotel Moseltha…hal.«

Eindeutig eine geschickte Abwandlung des Eagles-Klassikers *Hotel California.*

Sophie kicherte leise, und Katie konnte nur mit Mühe ein Lachen unterdrücken, was ihr umso schwerer fiel, als sie sah, wie Leonie breit lächelte und sich ein paar Lachtränen aus den Augen wischte.

Die Goldkehlen beendeten das Lied und verbeugten sich kurz. Einer der Sänger verkündete: »Und jetzt noch, sozusagen als Zugabe, ein weiterer Klassiker, diesmal aus dem Bereich des deutschen Schlagers.«

Der Mann stellte sich zwischen die anderen, und der Chor begann zu singen: »Sie kam von irgendwo allein nach Wümmerscheid, die Katie. Blond war ihr Haar, die Augen wie zwei Sterne so klaaaar.«

Anita, der Evergreen von Costa Cordalis in einer doch eher ungewöhnlichen, freien Textvariante, bei der man fehlende Reime durch Inbrunst und Lautstärke mehr als wettmachte. Sophie stieß Katie in die Seite und raunte: »Wenn sich da der arme Cordalis nicht im Grabe umdreht.«

»Also, mir gefällt es«, erwiderte Katie lachend und wippte mit dem Fuß im Takt. »Liegt aber wahrscheinlich daran, dass das Original an mir vorübergegangen ist.«

»Ich denke auch.«

Die Goldkehlen 1903 schlossen ihren Vortrag mit einem lauten »Hossa«, und Katie nickte Elke und Lotte kurz zu. Die beiden Frauen hatten sich während der zwei Lieder schon vorbereitet und gingen nun mit großen Tabletts in den Garten, um die Chorsänger mit Getränken zu versorgen. Katie schaute sich um. Theo, der in der Tür zum Aufenthaltsraum stand, hob kurz den Daumen.

»Meine Damen und Herren, liebe Freunde, liebe Gäste«,

rief daraufhin Katie laut, »ich darf euch und Sie jetzt ganz herzlich zu einem kleinen Imbiss einladen.« sie schaute ihre beiden Freundinnen an. »Möchtet ihr nicht auch zum Büfett gehen?«

»Gleich«, erwiderte Leonie. »Zuerst musst du noch mit uns anstoßen.« Leonie hob ihr Glas und prostete Katie zu. »Auf deinen Erfolg, liebe Freundin.«

Sophie hob ebenfalls ihr Glas. »Auf den Erfolg der Pension. Sag mal, Leonie, fällt es dir eigentlich schwer mitanzusehen, dass das Haus deiner Mutter jetzt nicht mehr in Familienbesitz ist?«

»Mir? Nein, gar nicht. Mama hat dieses Haus gekauft, als ich noch in Frankreich gelebt habe. Ich habe überhaupt keine Bindung zu diesem Gutshof. Im Gegenteil, ich habe ihn, wie zuletzt Mama, eher als Belastung angesehen. Nein, ich bin froh, dass Mama und Jean-Pierre jetzt in dem kleineren Haus leben. Und was hätte ich mit Marie und Jan in diesem großen Haus tun sollen? Katie, was du hier auf die Beine gestellt hat, ist das einzig Richtige – zumindest ist das meine Meinung.«

Sophie nickte zustimmend. »Du hast recht. Als ich damals den Mühlenhof von Tante Dotti geerbt habe, musste ich mir keine Gedanken über zu viel Platz machen. Wir haben später ja sogar noch angebaut. Wäre der Mühlenhof so groß wie dieses Haus gewesen … wer weiß, vielleicht hätte mich das abgeschreckt. Ich finde es jedenfalls toll, dass Katie hier sesshaft werden will.«

»Ja, man kann gar nicht genug Freundinnen in der Nähe haben«, sagte Leonie und hakte sich lachend bei Sophie und Katie unter. »Kommt, jetzt plündern wir das Büfett.«

»Geht ihr schon mal vor. Wir sehen uns später«, sagte Katie. »Ich bin heute die Gastgeberin und werde lieber noch ein bisschen herumgehen und mit jedem ein paar Worte wechseln.«

Katie zog mit einem erleichterten und zufriedenen Stöhnen die große Haustür hinter sich zu, lehnte sich mit dem Rücken dagegen und schloss kurz die Augen. Geschafft! Die Eröffnungsparty war ein voller Erfolg geworden. Alle hatten sich amüsiert und bei einem kurzen Rundgang die Einrichtung und Aufteilung der Räume gelobt. Sie hatte den beiden Zeitungsredakteuren Fragen beantwortet, sich mit ihren Mitarbeiterinnen und Mitarbeitern zum Gruppenbild vor das Haus gestellt und im Grunde zu viel getrunken und zu wenig gegessen. Es war zwar erst später Nachmittag, aber sie beschloss, recht früh das Abendessen auf den Tisch zu bringen.

»Na, das lief doch wie am Schnürchen.« Theo kam aus dem Büro und lächelte zufrieden.

»Das kannst du noch mal sagen«, erwiderte Katie und erntete einen verständnislosen Blick von Theo. Sie lachte. »Sorry, das sagt man so gar nicht, nicht wahr? Ah, ich weiß wieder: Das kannst du laut sagen.«

»Ach so, verstehe. Ich kümmere mich morgen darum, dass die Stehtische wieder ins Lager kommen, die stehen jetzt noch im Aufenthaltsraum. Es waren ein paar Nachrichten auf dem Anrufbeantworter, sicher willst du sie dir auch noch anhören. Ein Brian hat dir gratuliert.«

So wie Theo den letzten Satz betonte, hörte Katie eine gewisse Neugierde und Interesse heraus. »Brian O'Neill ist nicht nur der Ansprechpartner bei meiner englischen Bank und hat die Investorengruppe zusammengestellt, die uns mitfinanziert hat, er ist auch mein Ex-Mann.«

»Oh, ich wollte nicht in alten Wunden stochern.«

»Tust du nicht, Theo, unsere Scheidung liegt schon mehr als dreizehn Jahre zurück, und wir verstehen uns weiterhin wirklich gut.«

»Was selten ist. Also dein Ex hat jedenfalls eine lange Nachricht hinterlassen, ich habe sie mir nicht angehört, sondern nach den ersten Sätzen gespeichert. Ich fahr jetzt los und bringe auf dem Heimweg noch die Warmhaltebox bei Braubarts vorbei. Wir sehen uns morgen früh.«

»Machen wir, Theo. Sieh zu, dass du nach Hause zu deiner Frau kommst, damit es dir nicht so ergeht wie Brian und mir.«

»Ich gebe mir Mühe. Und, Katie, lass uns jetzt nicht an die Vergangenheit denken, sondern an die Zukunft: Ab morgen kommen die Gäste.«

Katie hörte draußen Theos Auto wegfahren und ging langsam zurück in ihr kleines Büro. Vielleicht war heute der letzte Tag, an dem sie das große Haus ganz für sich alleine hatte. Ja, sie würde sich Brians Nachricht anhören, aber noch lieber wäre ihr ein anderer Anruf gewesen.

»Manche Wunden werden nie verheilen, aber das kannst du ja nicht wissen, Theo«, murmelte sie und startete den Anrufbeantworter.

Franziska

»Und dann habe ich der Lena gesagt, wenn du so weitermachst, wirst du richtig Ärger kriegen. Dieser Parkettreiniger ist doch sauteuer, den kann die doch nicht literweise in den Eimer schütten. Der Hahnke ist dermaßen kostenfixiert, der wird ausrasten, wenn die Lena da einen Kanister nach dem anderen verbraucht. Aber bitte«, Debbi hob beide Hände, »meine Meinung. Ich werde jedenfalls nicht den Kopf dafür hinhalten, soll der Hahnke ruhig den Hammer kreisen lassen, ich hab Lena gewarnt.« Debbi Stallmeier drückte entschlossen die Zigarette aus und warf sie in den Rinnstein. »Okay, Kinder, Pause vorbei, lasst uns den Rest fertigputzen.«

Franziska Borgert riss die Augen auf und unterdrückte ein Stöhnen. Sie hatte an der Hauswand gelehnt und war eingenickt, während Debbi, die so etwas wie die Wortführerin des Putztrupps war, über den Hang zur Verschwendung einer Kollegin berichtet hatte. Franziska gähnte und folgte den anderen fünf Frauen zurück ins Bürogebäude. Noch eine Stunde bis Mitternacht, dann wäre ihre Schicht vorbei. Sie musste noch ein paar Flure saugen und die Toiletten auf der Geschäftsführeretage putzen. Kein Problem für sie, sie hatte längst gelernt, effektiv und gründlich einen Toilettenraum zu reinigen.

Ein paar Minuten später saugte sie den Teppichboden eines schier endlos langen Flures. Hoffentlich schliefen die Zwillinge. Nico hatte immer noch diesen Husten, der wurde und wurde nicht besser. Zum Glück war Jonas von der Erkältung seines Bruders verschont geblieben, ein kleines Weltwunder, normalerweise teilten sich die Zwillinge so gut wie jede Krankheit.

Franziska seufzte. Ihr war nicht wohl dabei, dass Olivia, ihre Älteste, sowohl auf die kleinere Schwester Noemi als auch auf die Zwillinge achtgeben musste. Das war eigentlich zu viel Verantwortung für eine Elfjährige, egal, wie selbstständig sie schon war. Andere Elfjährige kicherten mit ihren Freundinnen, probierten vielleicht glitzernden Nagellack aus oder schauten Videos mit ihrer Lieblingsmusik an, aber Olivia musste an vier Tagen in der Woche spätabends auf die kleineren Geschwister aufpassen. So konnte das nicht weitergehen.

Franziska presste die Lippen aufeinander, sie war fest entschlossen, ihr Leben und das ihrer Kinder zu verbessern, aber wie sollte sie das anstellen? Es war ein ständiger Spagat, die Öffnungszeiten der Kita der Zwillinge und die Betreuungszeiten in der Grundschule, die die neunjährige Noemi besuchte, unter einen Hut zu bringen. Überhaupt arbeiten zu gehen, war schon ein Kraftakt. Vollzeit arbeiten gehen? Das schien ihr im Moment unvorstellbar. So hielt sie sich und die Kinder, so gut sie konnte, mit mehreren Teilzeitjobs über Wasser. Das Geld reichte eigentlich nie. Mist, Mist, Mist. Ich bin gerademal dreiunddreißig Jahre alt, dachte sie, und das Auto meines Lebens rast geradewegs auf die nächste Mauer zu.

Wenn sie nur an die mitleidigen Blicke im Amt dachte,

wurde ihr speiübel. Nach dem Motto: Selber schuld, wer sich so jung mit vier Kindern herumschlagen muss, es gibt doch schließlich die Pille. Am liebsten würde sie die Gespräche mit den Sachbearbeitern mit dem Satz beginnen: »Guten Tag, ich bin Franziska Borgert, einmal verwitwet, einmal betrogen und dann auch noch geschieden. Ich habe vier Kinder von drei verschiedenen Männern, noch irgendwelche Fragen?«

Franziska donnerte die Düse des Staubsaugers mit Schwung gegen die Wand, das sorgte aber auch nicht für bessere Laune. Sie schaut auf ihre Micky-Maus-Armbanduhr, ein Geburtstagsgeschenk von Olivia, für das ihre Große unendlich lange gespart haben musste. Mickys Arme zeigten, dass sie sich beeilen musste, um rechtzeitig fertig zu werden.

***

Nachtschwärmer bevölkerten die Bürgersteige auf den Ringen. Mit brennenden Augen saß Franziska in der Straßenbahn und schaute aus dem Fenster. Sie lehnte die Stirn an die kühle Fensterscheibe. Jetzt bloß nicht die Augen schließen. Wenn sie jetzt einschlief, verpasste sie womöglich die Haltestelle, an der sie aussteigen musste. Nicht auszudenken, wo sie dann am Ende strandete. Die Restaurants draußen sahen einladend aus. Eine Menschenschlange wartete vor einem der angesagten Kölner Clubs auf den Einlass. Gott, wann war sie das letzte Mal in einem Restaurant oder abends in einem Club zum Tanzen gewesen? Sie versuchte erst gar nicht, darüber nachzudenken, am Ende würde sie doch nur wieder bei Tom, ihrem Ex-Mann, landen, und die Erinnerung an diese Trennung war einfach zu schmerzhaft.

Erleichtert, dass sie es geschafft hatte, nicht einzuschlafen, und mit wundem Herzen sah sie, dass sie schon an der übernächsten Haltestelle aussteigen musste.

Im Flur der kleinen Zweizimmerwohnung war es erfreulich still. Franziska zog ihre Jacke aus, schloss ihr Handy ans Ladekabel an und versenkte die Haustürschlüssel in der getöpferten Schale, die Noemi in der Grundschule angefertigt hatte. Sie streifte die Schuhe von den Füßen und gähnte. Leise öffnete sie die Tür zum Mädchenzimmer. Die schlafende Noemi sah aus wie ein kleiner Engel. Olivias Bett war noch unberührt. Franziska seufzte leise. Als sie in die Küche trat, die gleichzeitig Wohn- und Spielzimmer der Familie war, sah sie ihre Große am Küchentisch sitzen. Olivia trug ihren geliebten rosa Pyjama, hatte den Kopf mit dem Gesicht zur Seite auf die Unterarme gelegt und schlief. Ihr Anblick versetzte Franziska einen Stich. Olivia sah ihrem verstorbenen Vater so ähnlich. Leon hatte die Geburt seiner Tochter nicht mehr miterlebt. Ich hätte dich geheiratet, Leon, dachte Franziska, und alles wäre anders gekommen. Sie schluckte trocken. Tränen stiegen ihr in die Augen. Und dann waren da wieder die Bilder in ihrem Kopf. Leon auf dem Motorrad, sein begeistertes Grinsen, die Polizisten mit der Nachricht von seinem tödlichen Unfall. Zweiundzwanzig Jahre alt, hochschwanger, eine alleinerziehende Auszubildende in einer Metzgerei. Und das war nur der Anfang gewesen. War das gerecht?

Mach dir nichts vor, niemand hat je behauptet, dass das Leben gerecht ist.

Zärtlich streichelte Franziska ihrer Tochter über die braunen Locken. Im Halbschlaf murmelte Olivia ein paar unverständliche Wörter. Immer wieder tippte sie ihr leicht mit dem Finger auf die Schulter, bis Olivia die Augen aufschlug und schläfrig lächelte. Das war der Moment, auf den Franziska gewartet hatte. Sie zog ihre Tochter vom Stuhl hoch, umfasste die schmalen Schultern und stützte sie so beim Gehen. Jetzt musste sie sie nur noch ins Zimmer der Mädchen bringen, dann war es geschafft. Sorgfältig deckte sie Olivia zu und ging zurück in die Küche.

Eigentlich sollte sie sich direkt ins Bett legen, in weniger als fünf Stunden würde der Wecker klingeln. Aber sie wusste, dass die Sorgen und das Grübeln über die Zukunft sie nicht einschlafen lassen würden. Sie nahm sich stattdessen den Stapel Post, den Noemi am Mittag aus dem Briefkasten geholt und auf die Arbeitsplatte neben der Kaffeemaschine gelegt hatte, und schaute ihn durch. Zwei offensichtliche Werbeschreiben, ein Prospekt von einem Modeversandhaus und ein an sie adressierter Brief. Hoffentlich keine Mahnung. Hatte sie eine Rechnung übersehen? Sie riss den Umschlag auf und zog den Brief heraus. Der Absender war ein Kölner Reiseveranstalter. Beim Anblick des Logos musste sie unwillkürlich lächeln. Das Unternehmen hatte vor Wochen einen Katalog mit Angeboten für Kurzreisen in Deutschland geschickt. Olivia hatte den Katalog studiert und tagelang neue Vorschläge für die anstehenden Sommerferien präsentiert. Franziska war es schwergefallen, diese Vorschläge abzulehnen, aber sie konnten sich keinen Urlaub leisten, sie war sich nicht mal sicher, ob sie es in diesem Jahr schaffen würden, ihre Mutter in Ostfriesland zu besuchen. Olivia hatte darauf bestanden, dass sie zusammen an dem Gewinnspiel teilnahmen, das der Reiseveranstalter in seinem Katalog anbot. Olivia hatte verbissen das Kreuzworträtsel gelöst und nach zwei Tagen stolz das Lösungswort »Moselwein« verkündet.

»Sehr geehrte Frau Borgert«, las Franziska halblaut, »wir gratulieren: Sie haben gewonnen. Wir möchten Sie und Ihre Familie einladen, zwei herrliche Wochen im Gutshof Moselthal zu verbringen. Sie erleben die Mosel bei einer Bootsfahrt und besuchen ein Weingut samt Weinprobe. Der Gutshof Moselthal verwöhnt Sie während Ihres Aufenthalts jeden Tag mit einem reichhaltigen Frühstück und einem Abendessen. Natürlich übernehmen wir auch die Fahrtkosten, und zum Gewinn gehört ein Taschengeld von fünfhundert Euro. Bitte teilen Sie uns innerhalb der nächsten zehn Tage mit, wann Sie die Reise antreten möchten. Zur Auswahl stehen zwei Wochen in den Sommerferien in Nordrhein-Westfalen oder die kommenden Herbstferien. Eine kurze Mail genügt, und wir kümmern uns darum, dass Sie das idyllische Wümmerscheid-Sollensbach und den Gutshof Moselthal kennenlernen können.«

Entgeistert ließ Franziska das Blatt sinken und rieb sich mit der Hand über das Gesicht. Sie las den Brief ein zweites Mal – nein, das war kein Scherz, kein verstecktes Kaufangebot. Da stand schwarz auf weiß, dass sie mit den Kindern für zwei Wochen in den Urlaub fahren konnte. Sie überlegte schnell, ob das mit ihrer Arbeit vereinbar war. Im letzten Jahr war sie für eine Woche nach Ostfriesland gefahren, da hatte eine kurze Mitteilung an Bert Hahnke genügt. Ja, für alle Absprachen war noch genug Zeit.

Sommerurlaub auf dem Gutshof Moselthal. Im Umschlag fand sie noch einen Flyer über die Pension. Als sie das Haus und die Fotos der Räume sah, stieß sie einen leisen Pfiff aus. Das war keine Jugendherberge, so viel stand fest. Bei dem Gedanken an Olivias Begeisterung über den Hauptgewinn wurde Franziska ganz warm ums Herz. Sie holte schnell ihr Handy aus dem Flur, bestätigte per Mail ihren Reisewunsch und gab an, mit wie vielen Personen sie teilnehmen würde. Als sie damit fertig war, zeigte Micky Maus schon halb zwei. Schnell ging sie ins Bad. Als sie kurz darauf in ihrem Bett lag, lauschte sie den regelmäßigen Atemzügen der Zwillinge. Nico hustet gar nicht mehr, schoss es ihr durch den Kopf, vielleicht hat der Hustensaft doch gewirkt. Mit einem zufriedenen Lächeln schloss sie die Augen und schlief ein.

Teambesprechung

»Ich möchte mich noch einmal für eure Hilfe bedanken. Ohne euch wäre es nicht so eine tolle Einweihungsparty geworden. Dazu kommt euer Einsatz in den letzten Wochen. Es ist nicht selbstverständlich, was ihr geleistet habt.«

Katie hatte ihr Team im Frühstücksraum zusammengetrommelt, um ihre kleine Ansprache zu halten. Theo, Manni, Elke und Lotte lächelten geschmeichelt.

»Wir haben das alles gerne getan, Katie«, erwiderte Theo stellvertretend für die anderen und erntete dafür deren zustimmendes Nicken. »Wir wissen, dass du selbst viel Arbeit und Herzblut in dieses Haus gesteckt hast.«

»Das stimmt, aber es ist eben mein Haus …«

»Och, ich fühle mich hier an vielen Tagen wohler als bei meinem Göttergatten, der immer noch hofft, er könnte sich von mir bedienen lassen«, platzte Lotte heraus. Als sie die anderen grinsen sah, verdrehte sie die Augen. »Was denn? Ist doch so. Nee, wirklich, seit ich hier arbeite, wird ihm klar, dass er nicht der Einzige in der Familie mit einer Arbeit ist. Bislang scheint er geglaubt zu haben, unser Haushalt macht sich von alleine.«

»Ich dachte, diese Gattung Mann wäre längst ausgestorben«, schmunzelte Katie.

»Nein«, erwiderte Elke, »das ist wie mit dem Wolf im Schafspelz. Im Grunde sind manche Kerle noch spießige Chauvis, sie trauen sich nur nicht, das zu deutlich zu zeigen.«

»Ich habe ihm jedenfalls sehr deutlich gesagt, dass jetzt wieder zwei Erwachsene in der Familie einen Beruf haben, und das bedeutet, dass auch die übrige Arbeit geteilt wird«, erklärte Lotte selbstbewusst.

Meine Güte, dachte Katie, mir ist ja gar nicht klar gewesen, dass die Arbeit hier bei mir in der Pension mehr als nur ein Geld-dazu-Verdienen bedeuten kann.

»Ich freue mich jedenfalls, dass euch die Arbeit hier gefällt«, sagte Katie laut, »und ich verspreche euch, dass wir zusammen über alles reden können. Ich weiß, am Anfang sieht alles prima aus, aber wenn es dann doch mal ein Problem geben sollte, werden wir das offen besprechen – einverstanden?«

Wieder nickten alle.

»Gut, dann schlage ich vor, dass sich Manni morgens um die Zusammenstellung der Frühstückwünsche kümmert. Ich werde mit in der Küche helfen und den Service im Frühstücksraum übernehmen. Lotte und Elke – ihre beide könnt am Anfang noch mithelfen, und sobald die Gäste beim Frühstück sitzen, fangt ihr oben mit den Zimmern an. In der Zeit, in der ich mich ums Frühstück kümmere, wird Theo die Rezeption im Auge behalten und ans Telefon gehen. Später kannst du, Manni, dann abräumen, und ich werde ins Büro wechseln.«

»Das klingt doch nach einem guten Ablauf. Improvisieren können wir immer noch, wenn es notwendig wird«, stimmte Theo zu.

»Okay, dann fangen wir an«, Katie schaute auf ihre Armbanduhr, »die ersten Gäste haben sich für den späten Vormittag angemeldet. Das gibt euch Zeit, noch einmal zu prüfen, ob alles in Ordnung ist. Theo, können wir uns noch im Büro besprechen?«

»Klar, ich komme direkt mit, danach muss ich noch die Stehtische in den Keller räumen.«

Gefolgt von Theo betrat Katie ihr Büro. Sie lehnte sich an ihren Schreibtisch, weil sie nicht wollte, dass sie hinter dem Tisch stand, während Theo davor warten musste. Wir sollten hier noch eine Möglichkeit haben, um uns zusammen hinzusetzen, ohne dass ein Schreibtisch zwischen uns steht, überlegte sie und setzte diesen Punkt auf ihre innere To-do-Liste.

»Ich wollte dir noch einmal ganz persönlich sagen, dass ich sehr schätze, was du alles in den letzten Wochen geleistet hast«, begann Katie, »ich … ich werde wohl öfter deinen Rat brauchen.«

Theo lächelte breit. »Katie, du hast so viel Energie und so viel Wissen, du würdest das auch alles gut alleine schaffen.«

»Aber ich …«

Theo hob lächelnd die Hand. »Aber ich fühle mich sehr geschmeichelt. Und ich weiß auch, dass man manchmal einfach jemanden braucht, um Ideen und Pläne laut auszusprechen. Du kannst jederzeit auf mich zählen.«

»Danke, Theo.«

»Ich habe zu danken: für dein Vertrauen und deine Offenheit. Und jetzt lass uns den Laden ins Rollen bekommen – oder wie mein Agenturchef früher immer gesagt hat: Rock ›n‹ Roll, Kinder!«

Kevin

Aus dem Erdgeschoss tönte die Musik bis in sein Zimmer unter dem Dach. War es wirklich erst acht Jahre her, dass sich seine Erzeuger über Metal-Bässe und Drum-Solos beschwert hatten? Mal ehrlich. Gegen das, was seine Mutter heute im Wohnzimmer laufen ließ, waren die Songs von Rammstein damals ja wohl Ohrengold pur gewesen.

Boah, Operette, irgendwas mit einem Rössel und dem Wolfgangsee … und jetzt sang sie auch noch mit.

Kevin stöhnte auf und versuchte, sich auf den Programmcode zu konzentrieren, der vor ihm auf einem der Bildschirme stand. Fehlanzeige. Die Karaoke-Einlage seiner Mutter sorgte für hundertprozentige Ablenkung.

Warum konnte seine Mum nicht wie andere in ihrem Alter die Beatles hören oder die Stones? Wenn es unbedingt sein musste Folk, oder irgendwas von Billy Joel, aber diese Kack-Operetten waren ja hirnerweichend.

Kevin fluchte leise vor sich hin und kramte den Kopfhörer

aus der Schublade seines alten Schreibtischs. Zumindest die akustische Ablenkung erstarb unter den Klängen von Iron Maiden, aber selbst Band-Sänger Bruce Dickinson gelang es nicht, Kevins Kopfkarussell anzuhalten.

Kevin lehnte sich in seinem mittlerweile viel zu kleinen Schreibtischstuhl zurück und schloss genervt die Augen. Das hier war ganz ohne Zweifel der Tiefpunkt in einer langen Reihe von Tiefpunkten. Wie hatte es nur so weit kommen können? Warum saß er, sechsundzwanzig Jahre alt und erfolgreicher Programmierer, spezialisiert auf die Steuerung von Fertigungsrobotern und Materialflusssystemen, wieder in seinem alten Kinderzimmer unter dem Dach des elterlichen Einfamilienhauses? Warum musste er jetzt auch noch mittels Kopfhörern die Operetten-Ambitionen seiner Mutter ausblenden? Die Antwort auf alle Fragen war immer die gleiche: Agnetha!

Diese wunderschöne Frau mit dem hinreißendsten Lachen, dem er je begegnet war, hatte ihn rausgeschmissen. Okay, es war ihre Wohnung, aber er hatte schließlich die Hälfte aller Kosten getragen.

Der Rausschmiss war a) unnötig und b) voll überraschend gewesen, sagte er sich immer wieder, aber das änderte nichts am Ergebnis. Sich eine neue Wohnung zu suchen, dafür fehlte ihm schlicht die Zeit. Der Präsentationstermin für den aktuellen Laserschweiß-Roboter rückte immer näher. Wenn er nicht fertig würde, hätten sie anstelle der Fertigungsroboter nur einen großen Haufen unbeweglichen Metalls vorzuweisen. In den letzten Wochen hatte er zusätzlich nachts gearbeitet und damit seinen üblichen Zwölf-Stunden-Tag noch deutlich verlängert. Um danach auszuspannen, war Musik hilfreich und ein paar Online-Games. Dass jemand, der Stunde um Stunde vor dem Monitor saß und Programmzeilen entwarf, zum Entspannen weitere Bildschirmzeit brauchte, konnten viele seiner Freunde einfach nicht verstehen. Okay, Agnetha hatte damit auch ihre Probleme gehabt. Sie hätten gar keine richtige Beziehung, hatte sie ihm vorgeworfen, und er würde seine Computermaus zärtlicher anfassen als sie. Hallo?! Das war eine ergonomische Spezialmaus, die musste man behutsam bedienen. Hätte er vielleicht nicht laut sagen sollen. Danach hatte es diesen Mega-Zoff gegeben, und Agnetha hatte ihn vor die Tür gesetzt.

Zwei hastig gepackte Koffer später hatte er noch rasch seine beiden Laptops, die drei Monitore und die Spielekonsole in den Kofferraum geladen und war dann mit Koffern und Technik losgefahren.

In den letzten zwei Wochen hatte er bei fünf verschiedenen Kumpels geschlafen, aber so richtig glücklich war niemand von denen gewesen, wenn er angefangen hatte, seine Monitore aufzubauen, um zu arbeiten. Wie gesagt: Ein Tiefpunkt nach dem anderen. Er konnte sich nicht mal Pizza bei seinem Vierundzwanzig-Stunden-Lieblingslieferanten bestellen. Das heißt, bestellen konnte er schon, aber Lars beispielsweise, ein Kumpel aus Koblenz, war total zickig geworden, als der Pizzabote um halb drei nachts geschellt hatte, um die Pizza zu liefern. So gehe es echt nicht weiter, hatte Lars behauptet und dezent angedeutet, dass Kevins Besuchszeit abgelaufen sei. Mit Lars endete die Liste der Buddys, bei denen man unterkommen konnte, am Ende hatte er seinen Jeep nach Örtelbrink gelenkt, einem kleinen Moselort, den er so schnell eigentlich nicht hatte dauerhaft wiedersehen wollen.

Mum und Dad haben sich echt mega gefreut, dachte er, und mein altes Kinderzimmer ist auch um Klassen besser als der Küchentisch bei Lars und Danni, aber richtig arbeiten kann ich hier auch nicht.

Frustriert schaute er auf die Programmzeilen und überschlug im Kopf, wie viel er noch schreiben musste, um rechtzeitig fertig zu werden. Es könnte klappen, aber nur, wenn nicht jeden zweiten Tag ein weiterer Umzug auf der Tagesordnung stand.

Für sein altes Kinderzimmer sprach, dass er sich ausbreiten konnte. Hier oben wollte niemand mal schnell Essen auf den Tisch bringen, hier konnte er seine Technik stehen lassen. Dagegen sprach, dass seine Eltern erwarteten, dass er regelmäßig zu den Mahlzeiten am Tisch erschien. Und jetzt kam noch das Gedudel aus dem Erdgeschoss dazu.

Kevin stutzte. Zwischen zwei seiner Songs herrschte plötzlich Stille im Haus. Die Musik unten hatte aufgehört. Erleichtert nahm er seinen Kopfhörer ab. In diesem Moment kreischte eine Kettensäge im Garten los. Klar, Dad hatte beim Frühstück irgendwas von Brennholzmachen erzählt. Richtig zugehört hatte Kevin nicht, sein Koffeinpegel war noch nicht hoch genug gewesen, um am Leben teilzunehmen. Entschlossen setzte er sich den Kopfhörer wieder auf. Eine Lösung, er brauchte eine Lösung, und zwar turbo.

Für einen Moment ließ er das neue Programm links liegen und googelte auf einem der beiden anderen Bildschirme *Singleapartments, möbliert.*

Hmm, es sah nicht vielversprechend aus. Es gab zu viele verschiedene Immobilien-Plattformen, die augenscheinlich alle dieselbe Handvoll Wohnungen anboten. Eine Adresse oder genauere Informationen? Fehlanzeige. Bevor er hier weiterkam, hätte er zuerst für jede einzelne Plattform ein Login mit Passwort anlegen müssen. Zeit, er hatte keine Zeit für so was. Fast noch schlimmer waren die Diskussionsforen, auf denen sich anscheinend nur völlig unterbelichtete Zeitgenossen miteinander austauschten. Kevin fing an zu lesen. *Ich fange nächste Woche mein Physikstudium an und suche eine Wohnung in Uni-Nähe. Hat jemand einen Tipp für mich? Mehr als zweihundert Euro will ich aber nicht ausgeben.* Er schnaubte ungläubig und klickte weiter. *Mein Vermieter will mir verbieten, einen dritten Hund anzuschaffen. Darf der das?*

Das war pure Zeitverschwendung. Er musste andere Suchbegriffe ausprobieren. Wie wäre es mit *Schlafen, Mosel, Zimmer, Computer?* Blitzschnell baute sich eine neue Seite mit Suchergebnissen auf. Gott sei Dank waren keine weiteren Immobilienanbieter dabei. Gespannt überflog er die ersten Treffer.

Hoppla. Kevin setzte sich gerade hin. Da gab es eine neue Pension an der Mosel. Die Beschreibung auf der eigenen Website las sich schon mal vielversprechend.

Und der nächste Treffer mit dem Titel *Die kleine Pension im Weinberg* führte zu einem Video. Offenbar war kürzlich im Fernsehen über genau diese Pension berichtet worden. Kevin übersprang die Landschaftsaufnahmen am Anfang und stieg auf gut Glück irgendwo in der Mitte des Films wieder ein. »… wir haben sogar ein Computerzimmer für reisende Berufstätige, mit Schreibtisch, Arbeitslicht, einem guten Schreibtischstuhl, schnellem Internetzugang, aber auch einem bequemen Sofa zum Ausruhen. Sie sehen, der Gutshof Moselthal ist mehr als nur eine einfache Pension für Wochenendgäste. Über die ich mich, nebenbei bemerkt, aber auch sehr freue.«

Die blonde Frau, sie hieß laut Untertitel Katie Sheridan, sah nett aus, und was sie da aufzählte, klang in Kevins Ohren wie die Verheißung vom gelobten Land. Schnelles Internet, Platz genug, und vermutlich würde man da sogar was zu essen bekommen. Das war echt gut.

Entschlossen nahm er sein Handy vom Tisch und wählte die Nummer.

»Gutshof Moselthal, mein Name ist Katie Sheridan. Was kann ich für Sie tun?«, tönte es aus dem Lautsprecher.

»Ja hi, … ähm … ich meine, guten Tag. Mein Name ist Kevin Konrad Neumann. Ich wollte fragen, ob dieses Computerzimmer, über das Sie in dem Fernsehbeitrag gesprochen haben, noch frei ist?«

»Ja, das steht noch zur Verfügung.«

»Das ist ja heftig.« Für seine Gesprächspartnerin unsichtbar, hob er jubelnd eine Faust in die Höhe und verbesserte sich dann: »Ich meine, das ist sehr gut. Und wie lange könnte ich das mieten?«

»Das hängt ganz von Ihren Wünschen ab. Wir haben ja gerade erst eröffnet, und es liegen noch keine Reservierungen für dieses Zimmer vor.«

Kevin rechnete im Kopf kurz nach. Projektzeit plus mögliche Änderungen, Bugs ausmerzen. »Drei oder vier wären gut.«

»Sehr gerne, Herr Neumann. Drei oder vier Tage also.«

»Äh, nee, Wochen, ich brauche das Zimmer für drei oder vier Wochen, um in Ruhe ein Softwareprojekt abzuschließen, und ich kann im Moment auf … ähm … meine Wohnung in Koblenz nicht … ähm … zugreifen.«

»Sehr gerne. Sie sind herzlich willkommen. Wann möchten Sie denn anreisen?«

»Ginge es heute? Ich bin gerade zu Besuch bei meinen Eltern in Örtelbrink …« Während er sprach, tippte er schnell einige Worte in den Computer, las die Routenbeschreibung und fuhr fort: »… und das wäre ja nur eine halbe Stunde mit dem Auto bis Wümmerscheid-Sollensbach.«

»Kommen Sie gerne, ich lasse das Zimmer schon einmal für Sie vorbereiten. Hätten Sie noch Wünsche?«

Kevin schloss die Augen und unterdrückte ein glückliches Seufzen. Habe ich noch Wünsche, überlegte er, wie wäre es mit: Sorgen Sie dafür, dass niemand Operetten singt, und untersagen Sie Kettensägenarbeiten.

»O ja, ich brauche Steckdosen, weil ich drei Monitore aufstellen muss, dazu meine beiden Laptops und die Spielekonsole.«

»Kein Problem, wir haben bei diesem Zimmer auf besonders viele Steckdosen geachtet, die auch einzeln abgesichert sind.«

»Ach, und gibt es bei Ihnen Pizza? Oder könnte ich mir welche bestellen und, na ja, dann auf dem Zimmer essen?«

»Pizza bestellen wird nicht nötig sein. Wir haben zwar keinen vollen Restaurantbetrieb, aber es gibt jeden Abend ein warmes Gericht, das Sie vorbestellen können. Einmal in der Woche steht übrigens auch Pizza auf dem Programm.«

»Mega. Sie akzeptieren Kreditkarten?«

»Natürlich.«

»Dann bis später.«

»Bis später, Herr Neumann.«

Kevin beendete das Gespräch und fuhr rasch die beiden Laptops runter. Während er die Hardware verpackte, kreischte draußen weiter die Kettensäge. Soll Dad den ganzen Tag mit dem Fichten-Moped arbeiten, ich bin dann mal weg, dachte er zufrieden.

Gutshof Moselthal, Dienstag, 20. Juni

Hello my dear,
heute bekommst du nur einen ganz kurzen Brief von mir. Ich wollte gerade anfangen, dir zu schreiben, da klingelte das Telefon.
Stell dir vor, wir haben unseren ersten Dauergast. Das war er, vorhin am Telefon. Drei oder vier Wochen möchte er bleiben. Er schreibt Computerprogramme und braucht einen Ort zum Arbeiten.
Jetzt sind wir alle schrecklich neugierig. Warum will er in einer Pension wohnen? Hat er kein Zuhause? Da steckt bestimmt eine Geschichte dahinter.
Nun muss ich mich beeilen und das Zimmer herrichten lassen. In einer halben Stunde wird er schon hier sein.
Ich fliege, my dear!

Hastig schob Katie das Blatt in einen Umschlag, schrieb die Adresse darauf, die sie längst auswendig wusste, und legte den Brief zu den anderen in den Postausgangskorb.

Nenn mich Vin

Katie schaute hoch und gestattete sich ein zufriedenes Lächeln: Holy moly, ein Dauergast für vier Wochen. Kein schlechter Einstieg. Das musste sie Theo erzählen.

Katie fand Theo im Aufenthaltsraum, wo er dabei war, eine weitere Wandlampe zu montieren.

»Stell dir vor, eben hat ein Gast angerufen, der das Computerzimmer für bis zu vier Wochen mieten will.«

»Herzlichen Glückwunsch. Ich hab es dir doch gesagt, deine Pension wird ein Erfolg. Ich habe übrigens auch gute Nachrichten: Der Kölner Reiseveranstalter hat mir eine Mail geschickt. Sie haben eine Gewinnerin ausgelost. Du weißt schon, der kostenlose Familienurlaub. Den Preis hat eine alleinstehende Mutter mit vier Kindern gewonnen. Die PR-Managerin hat erzählt, bei ihrem Telefonat mit der Gewinnerin wäre die ganz aus dem Häuschen gewesen. Dabei geht es doch nur an die Mosel und nicht ins Disney-Land. Da hat wohl die

Richtige den Preis gewonnen, schätze ich, jemand, der dringend Urlaub nötig hat.«

»Hmm. Die Gewinnerin hat vier Kinder, sagst du? Dann wird es vielleicht etwas eng in dem Familienzimmer.« Katie überlegte kurz. »Weißt du was? Wir haben doch im Moment noch mehrere Zimmer frei. Ich denke, wir geben ihr noch das Zimmer gegenüber dazu. Jede Frau mit vier Kindern wird dankbar für ein bisschen Ruhe sein. Das gefällt ihr bestimmt.«

»Willst du ihr wirklich noch ein Gratiszimmer dazugeben? Du hast schon einen zweiwöchigen Familienurlaub als Hauptgewinn für das Preisausschreiben gestiftet, das ist doch mehr als großzügig.«

»Dafür bekommt meine Pension von dem Reisebüro im Gegenzug eine Menge Werbung. Und vergiss nicht die vier Bustouren, die sie schon angekündigt haben.«

»O ja, die Aktion rechnet sich bestimmt. Aber deswegen gleich noch ein zusätzliches Zimmer? Das kommt mir jetzt doch sehr üppig vor.«

»Das ist nur so eine Ahnung, Theo. Manchmal muss man auf sein Bauchgefühl hören. Ich denke, es ist das Richtige. Außerdem kannst du deinen Kontakt über unsere Spende informieren, vielleicht möchten die das ja noch PR-technisch verwursten.« Sie stockte, legte ihr Gesicht in nachdenkliche Falten, wechselte in eine künstlich tiefere Stimmlage und verbesserte sich: »Ich wollte sagen, vielleicht möchten die Anbieter unsere Großzügigkeit in ihrer Werbung für ihre Zwecke einsetzen.« Kichernd verließ Katie schnell wieder die aufgesetzte Rolle als Marketingberaterin und wechselte in ihre normale, helle Sprechstimme. »Dann stehen die gut da und sind uns weiterhin gewogen.«

»Du bist ja ein Fuchs. Okay, ich telefoniere morgen früh mit der PR-Managerin und erwähne unser Entgegenkommen.«

»Gut, und ich werde mal schnell in die Küche gehen und

Manni darüber informieren, dass wir demnächst ein paar Kinder hier zu Gast haben. Das soll er beim nächsten Einkauf berücksichtigen.«

Katie ließ Theo an der Lampe weiterarbeiten und ging in die Küche. Anders als in den meisten Hotels, die sie bisher kennengelernt hatte, gab es im Gutshof Moselthal kein Frühstücksbüfett. Aus Katies Sicht führte ein Frühstücksbüfett oft zu einer unglaublichen Verschwendung von Lebensmitteln, weil von den offenen Platten und Schüsseln nicht alles aufgegessen wurde. Oder man kaufte kleine, einzeln verpackte Portionen und stand am Ende vor einem gewaltigen Haufen Verpackungsmüll. In ihren Augen war das weder ressourcenschonend noch nachhaltig. Sie hatte sich stattdessen Karten drucken lassen, auf denen die Gäste ankreuzen konnten, was sie gerne zum Frühstück haben wollten. Die Auswahl war riesig: verschiedene Brote und Brötchen, Käse aller Art und Wurstsorten, selbst gemachte Konfitüre, gekochte Eier, Rührei, Spiegelei, Kaffee, Tee, Saft – alles wurde individuell zusammengestellt, liebevoll dekoriert und zu den jeweiligen Tischen gebracht. Natürlich konnten die Gäste jederzeit noch nachbestellen. Aber schon in den ersten Tagen hatte sich gezeigt, dass dank Katies Erfahrung die servierten Mengen so bemessen waren, dass kaum Reste übrig blieben.

***

Dienstag war Bratkartoffel-Tag. In der Pension gab es zwar kein eigentliches Restaurant, aber die Gäste liebten es, wenn sie abends eine Kleinigkeit essen konnten. An jedem Wochentag wurde ein warmes Gericht angeboten, das die Pensionsgäste für den Abend vorbestellen konnten. Und da Mannis Spezialität Bratkartoffeln waren, machte er die jeden Dienstag. Wer wollte, konnte dazu noch ein Spiegelei bekommen oder eine Portion von Johannes Braubarts bester Sülze und dazu extra Remoulade.

Im Radio lief irgendetwas sehr Schnelles, Lautes. Manni wippte im Takt mit dem Kopf und sah sehr zufrieden aus. Katie verzog das Gesicht. Dieser Beat erinnerte Manni wahrscheinlich an seine Zeit als Türsteher – ihr Geschmack war es nicht. Eine geschälte Kartoffel nach der anderen plumpste in den großen Topf Wasser, den er bereitgestellt hatte. Es dauerte eine Weile, bis sich Katie bemerkbar machen konnte, aber endlich schaute er hoch.

»Manni, demnächst wird eine Mutter mit vier Kindern anreisen. Besorgst du beim nächsten Einkauf bitte Kakao und Cornflakes?«, sagte Katie.

Ihr Küchenhelfer nickte. »Ja, setz ich auf die Liste.« Er schob sein Koch-Bandana mit dem Handrücken zurecht, runzelte die Stirn und überlegte kurz. »Wie wäre es außerdem mit Schokoküssen und ein paar Lutschern? O ja, und Nuss-Nougat-Creme? Als Kind habe ich die geliebt. Ich war sozusagen NNC-süchtig.«

»NNC?«

»Nuss-Nougat-Creme.« Manni strahlte bei der Erinnerung über das ganze Gesicht. »Die auf einem warmen Hefehörnchen, da werde ich heute noch schwach.«

Katie lachte. »Also gut, ja, das kannst du alles aufschreiben und mitbringen. Nur die Hefehörnchen nicht, die backe ich lieber selbst.«

»Mhmm, Hefehörnchen bei der Arbeit, dass ich das noch erleben darf«, seufzte Manni glücklich und wandte sich dann wieder den Kartoffeln zu, die er noch zu schälen hatte.

***

»Hallo … ähm … guten Tag.« Eine Männerstimme.

Katie kauerte gerade unter der Rezeptionstheke, sie war dabei, den Rechner neu zu starten. Jetzt fuhr sie abrupt hoch und, wie sollte es anders sein, stieß derbe mit dem Kopf gegen die Tischkante.

»Autsch. Shit. … Oh, sorry.« Sie krabbelte unter dem Tisch hervor und rieb sich den Hinterkopf. »Ich habe hier nur gerade Probleme, der Computer will nicht so, wie ich will. Was kann ich für Sie tun? Nein, warten Sie, Sie sind bestimmt Herr Neumann.«

»Ganz genau. Hat ein bisschen länger gedauert, ich musste mich noch von meiner Mum und meinem Dad verabschieden, aber hey, da bin ich.«

Katie musterte den neuen Gast, der vor ihr stand. Er mochte etwa Mitte zwanzig sein, vielleicht auch etwas jünger. Trotzdem, sein Foto hätte im Lexikon ohne Weiteres neben dem Stichwort »Milchgesicht« stehen können. Kevin Konrad Neumann war mittelgroß, hatte rötliche Haare, einen ordentlich frisierten Seitenscheitel und ein blasses, dickliches Gesicht, das von einer eckigen Brille mit goldener Metallfassung dominiert wurde. Den Computernerd sah man ihm auf zehn Meter Entfernung an.

Kevin Neumann fragte ohne Umschweife: »Was ist denn los mit Ihrem Computer?«

»Ach, es ist ärgerlich. Ich bekomme einfach keine Verbindung zu meinem Hausnetzwerk und dem Server.«

»Warum haben Sie das denn nicht gleich gesagt?« Kevin lachte. »Hier steht doch ein Experte vor Ihnen. Mit Computern kenne ich mich aus. Soll ich mal einen Blick darauf werfen?«

»Das ist furchtbar nett, Herr Neumann, aber ich werde wohl kaum meine Gäste sofort bei der Ankunft um einen Gefallen bitten. Sie sind ja gerade erst aus dem Auto gestiegen, und Ihr Zimmer ist schon für Sie vorbereitet. Sie möchten doch bestimmt erst einmal ankommen.«

»Ach was, das ist bestimmt nur ’ne Kleinigkeit. Und weil ich ja länger hier wohnen werde – bei der Anrede Herr Neumann muss ich immer an meinen Dad denken, sagen Sie doch bitte einfach Vin.«

»Vin? Ähm …, so wie Vin Diesel?«

»Ganz genau, wer will schon Kevin Konrad gerufen werden? Ich hab's eine Weile mit Kay-Kay versucht, aber das hat sich nicht so richtig durchgesetzt.«

Na ja, ob sich Vin durchsetzen wird?, dachte Katie, ich hab doch so meine Zweifel. Er hatte mit Vin Diesel so viel Ähnlichkeit wie eine Milchkuh mit einem Rennpferd. Aber wie hieß es so schön: Der Gast ist König.

»Gerne, Vin, ich bin Katie.«

»Dann lassen Sie mich mal sehen, Katie.«

Kevin ging hinter die Theke, setzte sich auf den Bürostuhl und schob die Brille mit dem Zeigefinger nach oben. Sekunden später flogen seine Finger in einem Tempo über die Tastatur, dass Katie überrascht den Atem anhielt.

»Oha … mhmm … ups … nee, na klar. Von wegen Firewall …. Na, komm schon … zick nicht rum … so ist richtig. Und schnick, Bingo.« Kevin drehte sich zu Katie um. »Fertig, sollte jetzt gehen. Da hatte sich das WLAN aufgehängt, der Rechner hatte die falsche IP-Adresse und dann gab es noch ein Problem mit der Firewall, aber nix Weltbewegendes.«

Wovon redete er? Katie hatte kein Wort verstanden. »Das war so schnell.«

Kevin grinste schief und sah sofort zehn Jahre jünger aus. »So was habe ich früher immer in der Nachbarschaft erledigt.«

»Früher? Da waren Sie … wie alt genau?«

»So neun ungefähr. Mit dreizehn habe ich meine ersten Aufträge aus Kalifornien abgearbeitet, da habe ich dann nach der Schule programmiert. Die Verträge und Rechnungen musste mein Dad schreiben, ich war ja noch nicht geschäftsfähig.«

»Sie sehen mich ehrlich beeindruckt. Danke für die Hilfe.«

»Jederzeit, wobei ich jetzt echt gerne mein Zimmer beziehen würde, denn ich habe heute noch ein ziemliches Pensum vor mir.«

»Sicher.« Katie nahm einen Schlüssel von einem Haken hinter der Rezeptionstheke.

»Das hatte ich mir so nicht vorgestellt.« Kevin musterte das Schlüsselbrett, an dem sich fünfzehn nummerierte Haken befanden.

»Wie bitte?«, fragte Katie irritiert. War Kevin Neumann etwa jetzt schon unzufrieden? Hatte sie es womöglich mit einem Gewohnheits-Nörgler zu tun?

»Na ja«, erklärte Kevin. »Ich bin hergekommen, weil ich im Internet den Fernsehbericht gesehen hatte. Der Titel war *Die kleine Pension im Weinberg*, da bin ich mir sicher.«

»Mm, ja.« Mit einer Handbewegung ermunterte ihn Katie zum Weitersprechen. Worauf wollte ihr neuer Gast hinaus?

»Aber fünfzehn Zimmer? So klein ist das gar nicht, oder?«

»Ach so, das Video.« Katie lachte. »Der Titel hat der Redakteurin so gut gefallen. Und ich muss sagen, er passt auch irgendwie. Denn wir möchten eine kleine, gemütliche Pension sein. Etwas, wo sich die Gäste wie zu Hause fühlen. Kein Hotel. Bis vor Kurzem war dieses Gebäude übrigens tatsächlich ein privates Wohnhaus. Soll ich Ihnen jetzt Ihr Zimmer zeigen, Kevin … äh … Vin? Dann können Sie sich selbst ein Bild machen.«

»Danke schön, aber wenn das okay ist, geh ich einfach alleine hoch. Wenn ich nur den Schlüssel haben könnte? Mit meinen Taschen und Computern muss ich sowieso mehrmals gehen.«

»Natürlich. Hier, erster Stock, Zimmer 15. Das ist, wenn Sie die Treppe hochgehen und dann nach rechts, das letzte Zimmer zum Garten raus. Wie kann ich mich für die Computerhilfe revanchieren?«

Kevin schaute auf seine Uhr. »Ich werde jetzt noch mindestens bis acht arbeiten. Ob ich danach noch etwas zu essen bekommen könnte? Ich kann mir natürlich auch was von außerhalb bestellen.«

»Nicht nötig. Ein Tagesgericht haben wir ja immer. Ich sorge dafür, dass Sie nicht hungrig bleiben.«

»Aber nur, wenn es wirklich keine Umstände macht.«

»Ich verstehe Sie besser, als Sie glauben. Ich war neun, als ich angefangen habe zu kochen, und mit vierzehn habe ich bereits heimlich an Wochenenden in der Restaurantküche meines Onkels gejobbt.«

»Beeindruckend. Da bin ich ja richtig gespannt auf Ihr Essen.« Kevin hielt den Schlüssel hoch. »Zimmer 15, richtig?«

»So ist es.«

Mutter mit vier Kindern

Katie hob die Einkaufskiste aus dem Kofferraum ihres Autos. Beim Anblick der frischen dunkelgrünen Zucchini, die sie beim Biohof gekauft hatte, begann sie bereits im Kopf mögliche Zubereitungen durchzuspielen. Dünn geschnitten als lauwarmer Salat mit Pinienkernen? Als Ofengemüse zusammen mit ein paar Möhren und Paprika? Oder nein, doch lieber in lange Streifen geraspelt als Nudelersatz mit einer Blauschimmelkäse-Sahne-Sauce. Bei dieser Vorstellung lief ihr schon das Wasser im Mund zusammen. Sie hatte sich fest vorgenommen, einmal am Tag eine richtige Mahlzeit für sich selber zu kochen. Die Zeiten, in denen ihr Speiseplan aus dem Probieren und Abschmecken verschiedener Gerichte, einem hastigen Imbiss oder einem sehr späten Abendessen bestanden hatte, sollten endgültig vorbei sein.

Sie stellte die Kiste auf den Boden, schloss den Kofferraum und wollte gerade alles ins Haus tragen, als ihr Blick auf die kleine Gruppe fiel, die die Straße zum Gutshof entlangging.

Eine Frau, etwa in ihrem Alter, zog einen schweren Rollkoffer hinter sich her. Vor ihr liefen zwei Mädchen, die eine leuchtend blaue Reisetasche zwischen sich trugen. Etwas weiter zurück standen zwei Jungen mit kleinen blauen Kinderrucksäcken auf dem Rücken, die irgendetwas am Straßenrand begutachteten.

»Nico, Jonas! Das ist eine tote Schnecke, die müsst ihr nicht mitnehmen. Nun kommt schon, wir sind fast da«, hörte Katie die Frau rufen.

Das größere von den beiden Mädchen rief: »Ey, denkt nicht mal dran, die anzufassen und einzustecken. Ich sag euch, wenn ich in unserem Zimmer 'ne tote Schnecke finde, kriegt ihr Stress mit mir.«

»Wenn das mal nicht Familie Borgert ist«, murmelte Katie.

Jetzt hatte die Frau sie entdeckt. Sie kam näher, ließ den Koffer stehen und hob schüchtern eine Hand. »Hallo, guten Tag. Entschuldigen Sie bitte, das ist doch die Pension Gutshof Moselthal, oder?«

»Ja, da sind Sie richtig.«

Katie musterte sie unauffällig. Für eine Mutter von vier Kindern wirkte sie recht jung, allenfalls Anfang dreißig. Unattraktiv war sie nicht. Franziska Borgert hatte ein ebenmäßiges Gesicht mit einer schmalen Nase und hohen Wangenknochen. Die dunklen Schatten unter den Augen, die blasse, unreine Haut und die hängenden Schultern sprachen allerdings eine deutliche Sprache. Katie kannte die Anzeichen. Da war jemand, der nicht genug Schlaf bekam. Die glanzlosen, langen braunen Haare waren im Nacken zu einem Pferdeschwanz zusammengebunden. Rechts und links hatten sich einzelne Strähnen aus dem Gummiband gelöst. Zusammen mit den billigen, schlecht sitzenden Jeans und der viel zu bunten Kapuzenjacke wirkte sie ärmlich, ja, geradezu vernachlässigt. Ganz offensichtlich fehlten ihr die Zeit und das Geld, sich groß um ihr Äußeres zu kümmern.

»Gott sei Dank habe ich hergefunden, ich habe vom Bus aus nur einen kurzen Blick auf das Haus werfen können. Und vorher habe ich es ja nur im Prospekt gesehen. Der Busfahrer hat Stein und Bein geschworen, dass es hier keine Pension gibt.«

To do an mich selber: Ich muss mit dem Verkehrsbetrieb sprechen, damit die Busfahrer den Gästen in Zukunft nicht mehr sagen, dass sie wieder nach Hause fahren sollen, dachte Katie. Laut sagte sie: »Doch, die Pension gibt es, machen Sie sich keine Sorgen. Ich habe Sie auch schon erwartet. Sie müssen Familie Borgert sein, die Gewinner des Preisrätsels …«

»Genau genommen war es ein Kreuzworträtsel und sauschwer«, meldete sich das ältere Mädchen zu Wort. »Ich habe drei Tage lang daran gearbeitet. Die haben sogar englische Wörter gesucht, und ich habe doch in der Schule noch gar nicht so lange Englisch.«

Katie lächelte. »Respekt, da hast du aber allen Grund, stolz auf dich zu sein. Ich finde Kreuzworträtsel auch schwer und ehrlich gesagt: Zwei Wochen Urlaub habe ich noch nie im Leben gewonnen. Ich heiße Katie Sheridan.« Mit einem Kopfnicken deutete sie in Richtung Gutshof. »Und das ist meine Pension. Willkommen bei uns.«

Die Frau streckte Katie die Hand hin. Ihr Händedruck war angenehm fest und warm. »Ich bin Franziska Borgert, und meine Große hier, die für uns den Urlaub gewonnen hat, heißt Olivia. Dann hätten wir da Noemi, meine Zweitälteste, sie ist neun. Die Zwillinge dort drüben, die sich hoffentlich nicht die tote Schnecke in die Tasche gesteckt haben, sind Nico und Jonas.«

Olivia schenkte Katie ein Lächeln, während sich ihre Schwester, die einen guten Kopf kleiner war als Olivia, schüchtern hinter ihrem Rücken versteckte. Beide Mädchen hatten kastanienbraune schulterlange Haare, wobei sie bei Olivia lockig und bei Noemi glatt waren. Die Zwillinge, die jetzt angeflitzt kamen, ähnelten einander wie ein Ei dem anderen. Beide hatten verstrubbelte rotblonde Haare und unzählige Sommersprossen. Der einzige Unterschied war, dass einer der beiden offensichtlich verschnupft war, er wischte sich ab und zu mit dem Jackenärmel die Nase trocken. Katie schätzte die Jungen auf höchstens vier oder fünf Jahre. Katie ging in die Knie, um mit den Kindern auf Augenhöhe zu sein. »Ich freue mich, dass ihr gekommen seid. Wenn ihr etwas braucht oder eine Frage habt, dann kommt einfach zu mir.«

Die beiden nickten mit ernsten Gesichtern.

»Sehr gut, dann wäre das geklärt.« Katie erhob sich. Wie scheu diese Kinder waren. Nun ja, das würde sich schon bessern, wenn sie sich erst einmal eingewöhnt hatten. »Kommen Sie, Frau Borgert, wir wollen ins Haus gehen. Ich zeige Ihnen Ihre Zimmer, und anschließend können Sie sich auf der Terrasse bei einer Tasse Kaffee oder Tee ausruhen«, schlug sie vor. »Und ihr, Kinder? Was möchtet ihr denn trinken? Kakao oder lieber Limo?«

»Limo«, riefen alle beinahe gleichzeitig, und Noemi fragte schüchtern: »Gibt es auch Eiswürfel? Olivia hat gesagt, in Hotels gibt es immer Eiswürfel.«

Franziska Borgert öffnete den Mund, um etwas zu sagen, aber Katie kam ihr zuvor. »Natürlich haben wir Eiswürfel. Ich würde im Sommer doch niemals Limo ohne Eiswürfel servieren.«

»Siehst du, ich hab's dir doch gesagt«, flüsterte Olivia in Bühnenlautstärke zufrieden ihrer Schwester zu.

Ein winziger Schatten flog über Franziskas Gesicht. »Aber machen Sie sich bitte wegen uns keine Umstände«, erklärte sie.

Katie überlegte rasch. Sie hatte den Eindruck, dass hinter dieser Bitte etwas anderes stand. Keine Umstände? Wahrscheinlich dachte die Mutter an die Kosten. Sie wirkte so unglaublich abgespannt und müde. Kein Wunder, als alleinerziehende Mutter mit vier Kindern. Wie schaffte sie das nur? Katie war froh, dass sie vorher schon entschieden hatte, der Mutter eine extra Portion Entspannung zu gönnen.

»Ich mache mir keine Umstände. Sie haben zwei Wochen Urlaub gewonnen, und die Getränke sind inklusive. Kommen Sie, lassen Sie uns reingehen.«

Drinnen angekommen, blieb Franziska Borgert stehen und schaute sich staunend um. »Was für ein herrliches altes Haus. Diese Eingangshalle ist wunderschön.«

»Ja, genau das denke ich auch immer, wenn ich hereinkomme. Manchmal kann ich es noch gar nicht glauben, dass das jetzt meine Pension ist.«

»Sie haben gerade erst eröffnet, nicht wahr?«

»Ja. Wir sind schon ganz gut ausgebucht, aber ein paar Zimmer sind noch frei.«

»Das wird nicht lange so bleiben, könnte ich mir vorstellen.«

»Danke für das Lob. Kommen Sie, Ihre Zimmer sind im ersten Stock. Kinder, wenn ihr wollt, könnt ihr schon vorgehen. Die Treppe ist da drüben. Noemi, du müsstest bitte den Kleinen helfen, die Nummer 11 zu finden. Okay?«

Noemi nickte ernst, und die Kinder liefen zur Treppe. Als sie nach oben verschwunden waren, drehte sich die Mutter lächelnd zu Katie um. »Sie können gut mit Kindern umgehen, Frau Sheridan. Es war nett, dass Sie das mit der Zimmernummer Noemi aufgetragen haben und nicht Olivia. Noemi steht nämlich immer ein wenig im Schatten ihrer großen Schwester.«

»Das wird sich bestimmt irgendwann legen«, erwiderte Katie. Sie ging hinter die Theke und nahm zwei Schlüssel vom Haken. »Hier sind Ihre Schlüssel.«

»Zwei Schlüssel? Nein, das muss ein Missverständnis sein. Wir haben den Aufenthalt in einem Familienzimmer gewonnen«, wehrte Franziska Borgert ab.

»Wir nennen es Familienzimmer«, erklärte Katie, »aber tatsächlich sind es zwei Räume, die durch eine Zwischentür miteinander verbunden sind. Auf den Gang hinaus gibt es nur eine Tür. Dafür ist dieser Schlüssel. Und jetzt kommt meine Überraschung für Sie: Als ich gehört habe, dass Sie mit vier Kindern anreisen, habe ich mir gedacht, Sie könnten vielleicht etwas Ruhe und Privatsphäre gebrauchen. Deswegen habe ich ein zusätzliches Zimmer für Sie herrichten lassen. Nehmen Sie das Familienzimmer, Sie schlafen in dem einen Raum und die Zwillinge direkt nebenan. Über die Zwischentür sind sie jederzeit bei den Kleinen, aber Sie haben trotzdem Ihre Ruhe. Die beiden Mädchen bekommen ihr eigenes Zimmer, es liegt direkt gegenüber. Na, was sagen Sie?«

Franziska strahlte über das ganze Gesicht: »Ich habe das Gefühl, ich bin im Himmel gelandet.«

»Nein, nur im Gutshof Moselthal«, sagte Katie und lachte.

Nehmt das, ihr Säcke!

Kevin Neumann stand auf, hob die Arme und streckte sich. In seinen Schultern knackte es hörbar. Es klang fast so, als würde man bei einem Spaziergang im Wald auf einen morschen Ast treten. Nicht, dass er in der letzten Zeit im Wald gewesen wäre. Oder überhaupt im Freien. Er war schließlich Informatiker und kein Pfadfinder. Zeit draußen zu verbringen, also ohne Laptop auf dem Schoß, war echt unnötige Zeitverschwendung. Aber das Geräusch eines durchbrechenden Astes kannte er aus einem seiner Onlinespiele. Das Spiel, in dem man sich im Wilden Westen als Scout durch feindliches Indianergebiet schleichen musste.

Ja, genau so hatte gerade irgendeines seiner Gelenke geklungen. Fuck, das war echt abgefahren, er sollte wirklich mehr Sport machen und sich bewegen. Oder besser gesagt, überhaupt mal Sport machen …

Ihm war klar, dass er nicht Stunde um Stunde vor den Monitoren sitzen konnte, ohne dass er sich zum Ausgleich auch mal bewegte. Irgendwann würde das definitiv krass enden, aber heute wollte er es noch mal ganz smooth angehen.

Sein Soll für den Tag war erfüllt. Er hatte sogar ein bisschen mehr geschafft, als er geplant hatte. Das Zimmer war ein Traum, nicht nur, weil hier niemand Operetten sang oder Kleinholz sägte. Die Ruhe. Die superschnelle Internetverbindung. Der nagelneue anthrazitgraue Schreibtischstuhl. Mit geübtem Blick hatte er sofort erkannt, dass es sich um einen Gaming-Stuhl vom Feinsten handelte. Alle Möglichkeiten, die Rückenlehne zu verstellen, hatte er im Lauf des Tages durchprobiert, um am Ende doch bei seiner liebsten Position zu bleiben: Die Rückenlehne fast waagerecht, sodass er gerade eben noch die Tastatur und die Maus erreichen konnte. Die Federung hatte er halbfest fixiert, damit er beim Nachdenken vor und zurück wippen konnte. Irgendwie war das doch auch Sport, oder?

Und dann das Essen … wer brauchte da noch einen Pizzadienst? Katie hatte ihm das Essen im Zimmer serviert. Frischer Salat, ein Flammkuchen mit Spinat und Ziegenkäse und eine gewaltige Portion Schokocreme als Nachtisch.

Verstohlen öffnete er den Knopf am Bund seiner Jeans. Bei dem Gedanken an die Schokocreme seufzte er wohlig. Für solche Mahlzeiten würde ich auch jeden Tag den Rechner an der Rezeption überprüfen, überlegte er.

Mittlerweile war es fast ein Uhr nachts, also durchaus noch eine Zeit, zu der man selbst in Deutschland noch online Spielpartner für ein paar Runden finden konnte. Und wenn das nicht klappte, irgendwo auf der Welt war immer irgendjemand wach.

Zehn Minuten später hatte er seine Spielekonsole und die Surround-Boxen angeschlossen und das Spiel gestartet. Sein Charakter, den er durch die leeren Räume eines abbruchreifen Hauses bewegte, ließ sich so schnell nicht von ein paar Feinden überraschen. Kevin hatte den Controller voll im Griff.

Ehe sich seine Gegner auch nur sammeln konnten, hatte er schon die halbe Zimmerwand weggesprengt und die Kerle mit seinem lasergestützten Maschinengewehr niedergemäht.

»Jaaa! Nehmt das, ihr Säcke! Loser! Ha, von wegen, mich kriegst du nicht lebend.« Weitere Explosionen hallten durch das dunkle Zimmer. Schon geil, dieser Surroundsound.

Das energische Klopfen an der Tür hätte er fast nicht gehört. Wer machte denn da mitten in der Nacht so einen Krach? Dieses Hämmern an der Tür könnte schließlich andere Gäste wecken. Kevin pausierte das Spiel und öffnete.

Der Mann vor ihm war stämmig, wobei sich die Oberarme unter dem dünnen Bademantelstoff ziemlich beeindruckend abzeichneten. Nicht, dass sich Kevin mit Muskelaufbau auskannte, aber der Mann mit der kurz geschnittenen Igelfrisur sah definitiv krass aus, trotz seines Alters. Und alt war er. Kevin tippte bei dem Mann auf mindestens Mitte fünfzig, denn da waren bereits Falten in dem glattrasierten Gesicht. Die waren unübersehbar, denn der Kerl schien sauer zu sein.

»Hömma, Kerlchen, ich weiß – neuer Gast und so. Alles kein Ding, wirklich. Abba die Moni, dat is meine bessere Hälfte, die braucht ihr'n Schönheitsschlaf, und dat Gebrüll und dat Geballer, dat hört jezz auf, und zwar pronto. Iss nämlich schon spät. Alles klar?«

Kevin überlegte, was wohl passieren würde, wenn er verneinte, entschied sich dann aber, so aus einem Bauchgefühl heraus, dagegen. Stattdessen nickte er einfach nur.

»Geht doch. Na, da wünsch ich mal 'ne angenehme Nachtruhe.«

Ohne eine Antwort abzuwarten, drehte sich der Mann um und ließ Kevin stehen. Auf dem Rücken des dunkelroten Satinbademantels stand: *Jeder Champion war mal ein Kämpfer, der sich weigerte aufzugeben. Rocky Balboa.*

Fuck, wer zum Teufel war das denn gewesen?

Kevin schaute schnell den Flur hinunter, ob da sonst noch

jemand war. Jemand, der möglicherweise die Rede des alten Kerls im Bademantel mitangehört haben könnte, aber zum Glück war da niemand. Rasch schloss er die Zimmertür.

Okay, Schluss für heute. War vielleicht auch besser so, schließlich musste er morgen früh wieder fit sein, um das Pensum zu schaffen. Und für das nächste Mal hatte er ja auch noch die Kopfhörer …

Kosenamen zum Frühstück

Katie liebte diesen einen Moment ganz besonders: Wenn sie morgens den Frühstücksraum betrat. Hier lag nämlich der Duft von frischen Brötchen, Kaffee und Tee in der Luft. Und die Atmosphäre war heiter und freundlich. Hier hatte niemand Stress, im Gegenteil, der helle, freundliche Raum strahlte Entspannung und Behaglichkeit aus.

Vielleicht lag es ja daran, dass man an einem Morgen beim Frühstück noch den ganzen Tag vor sich hatte, einen Tag voller Möglichkeiten, die Aussicht auf unzählige Optionen, was man alles tun könnte. Katie blieb in der Tür stehen und schaute sich um. Zwei Ehepaare aus Bayern saßen gemeinsam an einem Tisch, die vier wollten in den nächsten Tagen verschiedene Städte an der Mosel besuchen. Dann war da noch ein Paar aus Frankfurt, das mit einem Winzer verabredet war, zumindest hatten die beiden das Theo so erzählt. Er hatte an der Rezeption Dienst gehabt, als die beiden vorgestern angekommen waren.

»Traumbärchen, reich mir dochma die Marmelade.«

»Hier, Zuckerschnecke, da hasse die Qual der Wahl. Willste Erdbeer oder dat Dunkle hier, würd'ma Brombeer tippen.«

Katie grinste. Das Ehepaar Zimmerbach war nicht zu überhören. »Traumbärchen« und »Zuckerschnecke« waren allerdings Kosenamen, auf die man erst einmal kommen musste. Katie entgingen nicht die irritierten Blicke, sowohl von den beiden Männern am Fenstertisch als auch von den zwei Ehepaaren.

Uli und Moni Zimmerbach schienen gar nicht zu merken, dass sie hier im Frühstücksraum die Aufmerksamkeit aller Anwesenden auf sich zogen.

»Ich nehm ruich mal dat Dunkle, mein kleiner Königstiger.«

»Wenne willst, kann ich dir auch noch so'n Hörnchen besorgen, Prinzessin.«

»Nee, lass ma. Dat is furchtbar lieb, abba ich will ja auch noch die neuen Shorts tragen. Und so'n Hörnchen is ja Hüftgold pur.«

»Na hömma. An dir is doch jedes Pfund begehrenswert.«

Katies Grinsen wurde immer breiter. Sie wandte sich kurz ab, um sich zu sammeln, und trat dann an den Tisch der Zimmerbachs. »Guten Morgen, ich hoffe, Sie hatten eine angenehme Nacht und genießen Ihr Frühstück?«

»Frau Sheridan, dat Frühstück is der Hammer, echt jezz«, antwortete Uli Zimmerbach begeistert. »Na, und die Nacht, dat war okay, als ich dem Geballer dann ein Ende gemacht hatte.«

»Geballer?«

»Jo, da war son Milchbubi im letzten Zimmer auffm Flur. Dat klang, als hätte der da ne Haubitze innem Zimmer. Vermutlich laute Boxen und 'n Ballerspiel. Nix gegen Ballerspiele, abba nachts um eins? Nee, da is bei mir zappnduster. Hab ich dem Kerlchen auch gesacht, hatta auch verstanden.«

»Oje, Vin Neumann, unser neuer Gast und Computerspezialist. Offenbar auch ein Freund von nächtlichen Onlinespielen.«

»Echt? Vin? Wie der Vin Diesel aussm Kino?«

Katie teilte Zimmerbachs Belustigung, bemühte sich aber, das nicht zu zeigen.

»Ein Spitzname und die Abkürzung von Kevin, wie ich gestern bei der Anmeldung erfahren habe.«

Uli Zimmerbach grinste breit. »Jeder Macker is halt anders, hat mein Oppa immer gesacht. Ich mein, mal ehrlich, was werden die Leute denken, wennse die Moni und mich hier hören?«

Da sagst du was Wahres, dachte Katie, ich wundere mich schon die ganze Zeit.

»Wissense, Frau Sheridan«, mischte sich jetzt Moni Zimmerbach ein, »der Uli und ich, wir ham so'n Achtsamkeitskurs mitgemacht. Da waren inner letzten Zeit so viele Paare bei unsern Freunden, die sich haben scheiden lassen, da hamwa uns gedacht: Dat machen wa besser. Und deswegen müssen wir jezz so Hausaufgaben machen: Gib dem andern Kosenamen. Dat is zum Beispiel eine davon. Nich wahr, Schnuckelbär?«

»Jo, Hase. Wir hatten ja schon dat Gefühl, dat halb Wattenscheid beim Scheidungsrichter nen Stelldichein hat. Nee, nee, nich mit uns. Kosenamen, ist die erste Aufgabe, die zweite is, sich um jemand zu kümmern, der dat nich so gut hat. Hamwa abba noch keinen gefunden.«

Die beiden schwiegen ein Weilchen und tauschten quer über den Tisch einen weiteren innigen Blick aus.

»Willste jetzt Honig, mein Lieblingsbienchen?«

Ein schriller Protestschrei zerriss die Stille. Alle Köpfe fuhren herum. Katie, die gerade auf dem Weg zum Fenstertisch gewesen war, erstarrte mitten in der Bewegung.

»Gib ihn mir!«

»Nein, heute hab ich ihn!«

»Stimmt nicht, du warst gestern dran!«

Es war nicht schwer zu erkennen, worum es ging: Jonas, einer der beiden Borgert-Zwillinge, kam in den Frühstücksraum gestürmt. Am ausgestreckten Arm hielt er triumphierend ein Stofftier in die Höhe. Ein Löwe, der, obwohl er schon reichlich abgenutzt aussah, doch deutlich an seiner prächtigen Mähne zu erkennen war. Nico folgte ihm auf den Fuß, holte ihn ein und schubste seinen Bruder mit aller Kraft. Jonas stolperte und fiel hin, schaffte es dabei aber, sich bäuchlings auf den Stofflöwen zu legen und seinen Bruder mit wild strampelnden Beinen abzuwehren.

»Und ich hab ihn doch!« Jonas' Triumphschrei ging in einem lauten Scheppern unter. Mit seinen Tritten hatte er einen Blumenständer umgeworfen. Die Efeupflanze, Tonscherben und Erde lagen überall verstreut. Eine kleine schmutzige Wasserlache breitete sich langsam, aber sicher auf den Fliesen aus.

Für einen kurzen Moment herrschte völlige Stille im Frühstücksraum. Die drei anderen Borgert-Kinder standen starr vor Schreck im Eingang. Nico hatte die Hand vor den Mund geschlagen und schaute hilfesuchend zu Olivia. Noemi, blass und still wie immer, tat das Gleiche. Dann löste sich die Spannung. Olivia stieg so schnell sie konnte durch die Scherben zu Jonas, packte ihn grob am Oberarm und riss ihn hoch.

»Jetzt sieh nur, was du angerichtet hast! Du kriegst so einen Ärger, das kannst du dir gar nicht vorstellen. Kannst du denn nicht aufpassen?« Olivia wurde lauter, sie steigerte sich immer mehr in einen Wutausbruch hinein. »Immer machst du alles kaputt. Los, mach die Schweinerei weg!« Sie kreischte jetzt regelrecht. Hilflos schaute Jonas auf die dunkle, nasse Blumenerde auf den Fliesen. Heulend kniete er sich hin und fing an, mit den bloßen Händen die Erde zusammenzuschieben.

»Lass das, Junge«, sagte Katie mit ruhiger Stimme. »Steh

auf. Du tust dir noch weh mit den Scherben. Und du«, sagte sie zu Olivia, »kannst jetzt aufhören, mit deinem Bruder zu schimpfen. Ich kümmere mich um alles.« Sie dirigierte Olivia mit Nico zum gedeckten Frühstückstisch. »Setzt euch schon mal hin und wartet. Ihr bekommt alle warmen Kakao, den bringen wir gleich. Und du … Noemi, richtig?« Noemi nickte. »Du gehst bitte mit deinem Bruder zum Händewaschen, ihr könnt die Toilette hier im Erdgeschoss benutzen. Zur Tür raus und dann seht ihr schon das Schild.«

Mit nachdenklichem Gesicht ging Katie Richtung Küche. Warum waren die Kinder alleine zum Frühstück heruntergekommen? Olivia war nicht alt genug, um für drei Geschwister verantwortlich zu sein. Kein Wunder, dass sie so ausgerastet war.

Lotte war in der Küche und stellte Teller in die Spülmaschine. »Lotte, kannst du kurz den Kakao für die Borgerts zum Tisch bringen und dann sofort wiederkommen? Eins der Kinder hatte ein kleines Missgeschick, ein Blumentopf ist heruntergefallen. Kein Drama, es war nur ein einfacher Tontopf, der in dem Blumenständer neben der Tür. Wenn du alles auffegen könntest und dann noch nachwischen, das wäre toll.«

»Alles klar, erst Kakao servieren, dann Kinder-Katastrophe aufwischen.« Lotte lachte. »Gott, bin ich froh, dass meine drei Jungs aus dem Alter raus sind. Früher ist ihnen auch ständig so was passiert.«

Als Franziska zwanzig Minuten später den Frühstücksraum betrat, bot sich ihr ein Bild des Friedens. Ihre Kinder saßen gemeinsam am gedeckten Tisch. Nico kaute an einem halben Brötchen mit Schokocreme, die anderen löffelten Obstsalat mit Joghurt aus kleinen Gläsern.

Katie ging zwischen den Tischen umher und wechselte mit jedem ein freundliches Wort. Sie beobachtete Franziska aus dem Augenwinkel. Blass sah sie aus, richtig erschöpft. Dabei hatte sie doch schon extra lange ausgeschlafen. Franziska bemerkte, dass Katie in ihre Richtung schaute.

»Guten Morgen, Frau Sheridan.« Mit einer vagen Handbewegung strich sie sich übers Haar, als ob sie die strähnigen Haare damit in Ordnung bringen könnte. Sie lächelte. »Wie ich sehe, sind meine Kinder schon versorgt. Das hat meine Olivia wieder prima hinbekommen.« Sie setzte sich ans Kopfende des Tischs.

»Na ja, Mama.« Noemi schaute von ihrem Yoghurtglas hoch. »Stell dir mal vor, Nico und Jonas haben …« Mit einem wütenden Aufschrei unterbrach sie sich. »Aua, Olivia, das hat echt wehgetan. Wieso trittst du mich überhaupt vors Schienbein?«

Ihre Schwester zischte mit zusammengebissenen Zähnen: »Sei still. Sag jetzt einfach nichts.«

»Aber die haben doch …«

»Mama, möchtest du ein Brötchen?« Mit einem übertriebenen Strahlen hielt Olivia Franziska den Brotkorb hin. Während Franziska nach einem Mohnbrötchen griff, funkelte Olivia ihre Schwester noch einmal wütend an, sodass diese den Satz nicht beendete.

Inzwischen war für Franziska eine große Tasse Kaffee gebracht worden, und die Stimmung am Tisch entspannte sich wieder.

»Das ist unser erster Ferientag. Wollen wir zusammen überlegen, was wir heute machen?«

Das große Aufräumen

Perfekt. Zufrieden musterte Katie die Gegenstände, die sie in ihrer Schubkarre aufgetürmt hatte. Ein verzinkter Eimer, eine Astschere, eine Handsichel, ein Rechen. Eine Rolle extra starke Müllsäcke. Ein paar feste Lederhandschuhe mit langen Stulpen.

»Guten Morgen, Chefin. Das sieht ja richtig nach Arbeit aus.« Neugierig musterte Theo den Inhalt der Schubkarre.

»Ich werde auf der Obstwiese Ordnung machen. Das habe ich schon seit Wochen vor.«

»Was denn, an deinem freien Tag? Und so früh am Morgen?«

»Ja, genau. Das wird mal eine schöne Abwechslung. Ein bisschen Gartenarbeit, nur so zur Entspannung.« Katie setzte sich auf die Stufe vor der Haustür, um ihre Gummistiefel anzuziehen. Theo warf einen betont langen Blick auf die Stiefel, zog die Augenbrauen hoch und schwieg.

»Es gibt keinen Grund, warum Arbeitskleidung nicht

hübsch aussehen sollte«, erklärte Katie, die seinen Blick natürlich bemerkt hatte. »Wie findest du sie?« Sie hielt einen Fuß vor sich und drehte ihn hin und her, um das Muster aus kleinen Gänseblümchen auf grünem Grund zu bewundern.

»Doch, ja, sehr schön«, murmelte Theo undeutlich.

»Jetzt sag schon, was du wirklich denkst. Glaubst du vielleicht, ich kenne diesen Blick von dir nicht?«

Unschuldig fragte Theo: »Welchen Blick?«

»Na, den Blick, mit dem du gerade die Stiefel angesehen hast. Und dabei hast du so die Augenbrauen hochgezogen.«

»Okay, ertappt. Sagen wir mal, das Muster wäre nicht meine erste Wahl gewesen.«

»Was bist du nur für ein Langweiler«, sagte Katie und streckte ihm die Zunge heraus. »Die Stiefel sind perfekt.«

Mehr gab es dazu nicht zu sagen. Theo räusperte sich. »Ich geh dann mal den Rasen mähen. Bis später.«

»Ja, bis später, Theo.«

Eine Stunde später blickte Katie entmutigt auf das winzige Stück Wiese, das sie inzwischen freigelegt hatte. Wenn sie in dem Tempo weitermachte, würde sie noch Wochen brauchen. Heiß war ihr auch. Und sie brauchte Hilfe.

Entschlossen zerrte sie die dicken Handschuhe von den Händen und zog ihr Handy aus der Hosentasche. Sie überlegte einen Moment, wählte dann eine Nummer und erklärte, worum es ging.

Wenig später stand ihre Freundin Sophie neben ihr. »Du hast Glück, ich habe heute den ganzen Vormittag Zeit. Und guck mal, was ich mitgebracht habe. Ich war noch schnell bei unserem Nachbarn, Erwin, der kennt sich super mit Gartenarbeit aus. Er hat mir das hier geliehen.« Sophie hielt ein riesiges, sperriges, bräunliches Stück Stoff hoch.

»Toll. Äh … was ist das?«

Sophie gluckste. »Das habe ich auch gefragt. Erwin hat mir

erklärt, wenn du trockenes Gestrüpp wegmachen willst, brauchst du ein Schlepptuch. Du legst es auf den Boden, so, und wirfst alles darauf, was du abschneidest. Und wenn du genug gesammelt hast, nimmst du diese Schlaufen an den Ekken und bringst das Ganze weg, zum Komposthaufen zum Beispiel. Einfach die ganze Sache hinter dir herziehen, kein Hochheben, kein Kleinschneiden – verstehst du? Viel besser als eine Schubkarre.«

Langsam nickte Katie. »Ja, da ist was dran. Ich hatte schon Rückenschmerzen von dem ganzen Bücken und Aufheben. Lass uns das ausprobieren.«

»Okay, aber wo sollen wir anfangen?« Sophie musterte die Obstwiese. In der Mitte sah alles gut aus, grüne Wiese, etwas hoch vielleicht. »Hier am Rand ist anscheinend schon seit Jahren nicht mehr gemäht worden. Wie wär's, sollen wir den Unterstand freischneiden? Und das Zeug wegräumen, das da drin liegt?« Sie runzelte die Stirn. »Der ganze Unterstand ist vollgestopft mit alten Ästen. Wenn wir die rausschaffen, hast du einen Platz, um dein Gartenwerkzeug abzustellen. Oder ein Dach, wenn es mal regnet.«

»Super Idee. Ich könnte sogar ein paar Klappstühle besorgen, dann wird es eine kleine Gartenlaube. Komm, wir legen los.«

Es dauerte nicht lange, und die beiden standen zufrieden vor ihrem Werk. Das grobe Gras rund um den offenen Schuppen war gemäht und aufgesammelt. Die Äste hatten sie klein geschnitten und neben dem Weg ordentlich aufgestapelt. Was sie unter dem alten Gras an Müll gefunden hatten, wartete in zwei Säcken verpackt darauf, weggeschafft zu werden: mehrere alte Säcke, in denen einmal Blumenerde gewesen war, eine erstaunliche Menge zerbrochener Blumentöpfe, teils aus Plastik, teils aus Ton sowie ein unordentlich aufgewickeltes Knäuel Draht, offensichtlich für einen Elektrozaun.

»Ihh, guck mal, eine uralte Hose. Die hat jemand an einem

Nagel an der Wand aufgehängt und dann wohl vergessen. Gut, dass ich Handschuhe anhabe.« Mit einer energischen Bewegung stopfte Katie die bräunlich-grüne Hose in einen weiteren Müllsack. »Möchte mal wissen, wer diesen Krempel hier abgeladen hat. – Weißt du was? Ich denke, für heute haben wir genug gearbeitet. Hast du das Mittagsläuten von der St.-Antonius-Kirche gehört?«

Zwei erschöpfte und staubige Frauen machten sich in der warmen Junisonne auf den Weg zurück ins Haus. Sie hatten nur noch ein Thema: Sollten sie Milchkaffee oder selbst gemachten Eistee trinken? Und ob noch etwas von dem Streuselkuchen vom Vortag übrig war?

***

Die Zufriedenheit, zusammen mit Sophie etwas geschafft zu haben, währte bis zum späten Nachmittag. Katie war gerade dabei, Getränkekästen in die ehemalige Kelterhalle zu tragen, als Oliver Körten-Buschmeier mit weit ausholenden Schritten über den Kiesplatz auf sie zusteuerte.

»Sagen Sie mal, sind Sie jetzt von allen guten Geistern verlassen? Was fällt Ihnen ein, auf meinem Grundstück ungefragt Sachen wegzuschaffen? Ich habe gute Lust, Sie bei der Polizei wegen Hausfriedensbruch und Diebstahl anzuzeigen. So etwas ist mir ja in den ganzen letzten Jahren nicht passiert«, brüllte er schon von Weitem.

Katie war im ersten Moment ganz verdattert und sprachlos, so überraschend kam für sie der Wutausbruch. Körten-Buschmeiers Augen blitzten zornig, zwei Adern pulsierten an seiner Stirn.

»Entschuldigen Sie mal, Herr Körten-Buschmeier«, Katie betonte das ›Herr‹ besonders spitz, »erstens weiß ich nicht, wovon Sie reden, und zweitens sollten Sie sich mal ein bisschen beruhigen. Hausfriedensbruch, Diebstahl? Das sind schwere Anschuldigungen, ich habe keine Ahnung …«

»Sie wollen doch wohl nicht etwa abstreiten, dass Sie auf meinem Grundstück den Unterstand ausgeräumt haben? Ich habe die Rolle mit Litze für meinen Elektrozaun sogar neben Ihrer Mülltonne da vorne entdeckt. Oder haben Sie eine andere Erklärung, wie die Rolle da hingekommen sein könnte?«

»Der Draht? Nee, den habe ich tatsächlich weggeholt und wollte ihn zum Sperrmüll geben«, erwiderte Katie, wobei ihre Stimme an Lautstärke zunahm. Was dachte sich dieser Kerl eigentlich dabei, sich so unmöglich aufzuspielen? »Ich, das heißt, genauer gesagt, ich und eine gute Freundin haben mein Grundstück aufgeräumt und von dem Müll befreit, der dort offenbar schon seit Jahren lagert. Sie wollen sich beschweren? Ha, dass ich nicht lache. Sie sollten nicht mehr abbeißen, als Sie kauen können … ähm … ich wollte sagen … ähm.«

»Ja was?«

»Ach ja, Sie sollten den Mund nicht zu voll nehmen, Herr Körten-Buschmeier. Gegen das illegale Deponieren von Müll gibt es in England Gesetze, und das wird hier in Deutschland nicht anders sein.«

»Illegal? Ja, spinnen Sie jetzt komplett?« Oliver Körten-Buschmeier hob beide Hände in die Luft, als wollte er göttlichen Beistand erbitten. »Sie haben es ja sogar gewagt, meine gute Gartenhose wegzunehmen, wahrscheinlich ist die auch schon im Müll gelandet. Die war noch so gut wie neu.«

»Ihh, reden wir gerade beide von derselben bräunlich-grünen Hose, die vergessen an einem Nagel hing? Das kann doch nicht Ihr Ernst sein? Wollten Sie die etwa noch anziehen? Herr, nimm mir die Bilder. Haben Sie mal darüber nachgedacht, was das Gesundheitsamt zu so einer Hose sagen würde?« Beim Wort Hose imitierte Katie mit vier Fingern Anführungszeichen in der Luft. »Für mich sah die so aus, als würden sich darauf demnächst neue Lebensformen bilden. Sie sollten mir dankbar sein, dass ich sie entsorgt habe.«

Oliver Körten-Buschmeier schloss die Augen und atmete einmal tief durch. Katie entgingen nicht die geballten Fäuste bei ihrem Gegenüber.

Es dauerte zwei, drei Sekunden, bevor Oliver Körten-Buschmeier mit bewusst ruhiger Stimme, die aber immer noch vor unterdrücktem Zorn vibrierte, sagte: »Halten Sie sich einfach in Zukunft von meinem Grundstück fern.«

»Ihr Grundstück? Nee, nee, das können Sie vergessen, die Wiese wird mein Garten, und sie gehört definitiv zum Gutshof Moselthal.«

»Ihre … Ihr … Garten? Ha, das werden wir ja sehen. Ich stell dort seit Jahren meine Geräte ab, und daran werden weder Sie noch Ihre Gartenpläne etwas ändern.« Oliver Körten-Buschmeier drehte sich um und stampfte wütend davon, nach ein paar Schritten drehte er sich noch einmal um und rief über die Schulter: »Und kaufen Sie sich endlich richtige Gummistiefel, die da sind albern. Sie sind doch eine attraktive erwachsene Frau, und nicht im Kindergarten.«

Katie öffnete den Mund, um ihre grasgrünen Stiefel mit dem Blümchenmuster zu verteidigen, aber bevor ihr die passende Bemerkung einfiel, war Körten-Buschmeier auch schon zu weit entfernt. So ein Kerl, dachte Katie, na warte, meinen Garten krieg ich doch. Sie schaute auf ihre Füße. Die Stiefel waren hübsch – von wegen Kindergarten. Punkt, Ende der Diskussion. Während sie den nächsten Getränkekasten in die Kelterhalle schleppte, fiel ihr noch etwas ein.

Hatte er sie gerade attraktiv genannt?

Schicht im Schacht

Bevor Katie abends die Tür zu ihrer Wohnung im Dachgeschoss des Gutshofs aufschloss, horchte sie noch einmal in das Dunkel des Treppenhauses hinein. Nein, alles war still. Hoffentlich störte Kevin Neumann heute Nacht nicht wieder die Zimmernachbarn. Tagsüber hatte er sich jedenfalls nicht gezeigt, auch beim Abendessen war er nicht erschienen. Dafür war später am Abend ein Pizzabote aufgetaucht und hatte höflich nachgefragt, ob es in Ordnung sei, wenn er eine große Steinofenpizza an Herrn Neumann ausliefere. Katie nahm sich vor, darüber mit Kevin Neumann noch einmal zu sprechen. Schließlich bot sie jeden Abend wechselnde warme Gerichte an. Und sie war sich sicher, dass alles, was ihre Küche verließ, besser schmeckte als eine gelieferte Pizza aus dem nahe gelegenen Brennerbach.

In ihrem Wohnzimmer ließ sich Katie in einen der Sessel fallen und streifte ihre Pumps von den Füßen. Ah, das tat gut. Sie überlegte, ob sie sich noch Badewasser einlaufen lassen sollte. Der Gedanke an ein warmes Schaumbad sorgte dafür, dass sie sich gleich entspannter fühlte. Danach könnte sie sich ein Glas Riesling gönnen und noch ein paar Seiten in ihrem neuen Moselkrimi lesen. Der heutige Tag war wirklich erfolgreich gewesen. Sie hatte mit ihrem Gartenprojekt einen guten Anfang gemacht, am Nachmittag hatte sie mehrere Buchungsanfragen erhalten, und ihre Gäste schienen rundum zufrieden zu sein. Theo hatte ganz recht: Diese Pension würde ein Erfolg werden. Der einzige Schatten, der auf dem heutigen Tag lag, hatte einen Namen: Oliver Körten-Buschmeier. Ich kann immer noch nicht glauben, dass er sich so aufspielt, überlegte sie, während sie im Badezimmer das Wasser einlaufen ließ. Dafür gab es doch gar keinen vernünftigen Grund. Katie schnaubte empört und nahm sich vor, noch einmal in den alten Grundstücksunterlagen nachzusehen. Nicht auszudenken, wenn der Kerl recht hatte, und die Wiese gehörte wirklich nicht zum Gutshof.

Zehn Minuten später ließ sich Katie in das Schaumbad sinken und seufzte wohlig. Das hatte sie in ihrem alten Haus in St.-Nicholas-on-Sea vermisst: Dort hatte es nur eine Dusche gegeben, aber mal eben duschen konnte man nicht mit so einem Schaumbad vergleichen. Sie lehnte den Kopf an ein zusammengerolltes Handtuch und schloss die Augen. Keine Frage, heute war ein guter Tag gewesen.

Doch plötzlich war da vor ihrem inneren Auge wieder dieser Anblick beim Frühstück. Wie Franziska Borgerts Kinder versucht hatten, alleine zurechtzukommen. Wie müde und zerschlagen ihre Mutter ausgesehen hatte, als sie eine halbe Stunde nach ihren Kindern endlich auch im Frühstücksraum aufgetaucht war. In gewisser Weise fühlte sich Katie mit ihr verbunden. So wie ihr hätte es mir auch ergehen können, dachte sie. Für mich hat sich das Schicksal einfach nur einen anderen Weg ausgedacht.

Ihre Wohnung unter dem Dach war dadurch entstanden, dass Katie bei mehreren Zimmern die Wände hatte einreißen lassen. So war aus den drei ehemaligen Dienstbotenzimmern ein großes Wohnzimmer entstanden. In jedem Raum hatte Katie verborgene Lautsprecher installieren lassen. Als sie aus dem Bad kam, wählte sie auf ihrem Handy eine Playlist aus. Sekunden später erfüllte das bekannte Clavinet-Intro von Stevie Wonders *Superstition* die Küche. Katie liebte die Musik der 70er Jahre, angefangen von groovigen Titeln der Motown-Bands bis hin zur Disco-Ära. Diese Musik sorgte immer sofort dafür, dass sie Lust bekam zu tanzen. Sie band den Gürtel ihres flauschigen, leuchtend orangenen Bademantels fester zu, streifte die gelben Flipflops von den bloßen Füßen und tat genau das.

Mehrere Disco-Titel später befand sich Katie immer noch in der Küche, sie war leicht außer Atem. Das hatte Spaß gemacht – schläfrig fühlte sie sich nach dem schnellen Tanzen natürlich nicht, auch wenn es schon spät war. Sie schlenderte hinüber zum Kühlschrank, öffnete die Tür und überlegte, was für einen Mitternachtsimbiss sie sich schnell noch zubereiten könnte. Vernünftiger wäre es sicher, jetzt gar nichts mehr zu essen, wegen der schlanken Linie. Aber wer wollte schon immer vernünftig sein? »Die Vernunft ist grausam, das Herz ist besser«, murmelte Katie, »der alte Goethe hatte ganz recht.« Und ihr Herz riet ihr zu einem gebackenen Toast mit geschmolzenem Cheddarkäse und frischen Tomaten. Dieses Gericht hatte ihre Mutter immer dann zubereitet, wenn Katie hungrig vom Schwimmen nach Hause gekommen war.

Während die Bee Gees *Night Fever* sangen, schnitt Katie Tomaten klein, hobelte Käse und ließ Butter in einer Pfanne schmelzen. Aus einer angebrochenen Flasche schenkte sie sich ein Glas Riesling ein und genoss die Beerenaromen und die zarte Säure des Weins. Was bin ich doch für ein Glückspilz, dass ich hier direkt an der Quelle für fantastische Moselweine sitze, dachte sie zufrieden.

Mit routinierten Handgriffen wendete sie die Toastscheiben in der Pfanne, holte den vorgewärmten Teller aus dem Backofen und ließ den Toast darauf gleiten. Sie zupfte ein paar Blätter von der glatten Petersilie, die im Topf am Fensterbrett stand, und dekorierte damit den gebackenen Toast.

Katie hatte noch keine zwei Bissen gegessen, als es an ihrer Wohnungstür klopfte. Nanu, es war doch schon fast ein Uhr nachts. Womöglich ein Notfall? Katie stellte ihren Teller in den warmen Backofen, band den Gürtel ihres Bademantels enger und öffnete die Wohnungstür.

»Guten Abend, Frau Sheridan, ich bitte vielmals um Entschuldigung, dass ich Sie mitten in der Nacht störe.« Draußen stand Franziska Borgert. Sie hatte die Arme vor der Brust verschränkt. Über ihrem kurzen Jerseynachthemd trug sie lediglich eine offene Fleecejacke, die bloßen Füße steckten in Sneakers. Für so einen luxuriösen flauschigen Bademantel, wie Katie ihn trug, war in dem schmalen Reisegepäck offenbar kein Platz gewesen – wenn sie so etwas überhaupt besaß.

»Das macht gar nichts, ich war noch wach. Ich hatte mir gerade etwas zu essen gemacht.«

»Auch das noch …« Franziska machte einen Schritt rückwärts, als wollte sie die Flucht ergreifen. »Im Grunde geht es mich auch gar nichts an, was andere zahlende Gäste tun … nein, ich wollte Sie nicht … Ich geh dann jetzt wieder.«

»Nein, warten Sie. Mein Toast bleibt im Backofen warm. Sie kommen doch nicht ohne Grund mitten in der Nacht zu mir. Was ist los? Was kann ich für Sie tun?«

»Na ja, die Zwillinge können nicht schlafen. Das liegt am Fluchen.«

»Am Fluchen?«, wiederholte Katie ratlos. »Wer flucht denn?«

»Ich glaube, unser Nachbar, der im Eckzimmer.«

Katie überlegte kurz. Das Eckzimmer. Ach herrje, das musste Kevin Neumann sein. »Ich komme mal mit«, sagte sie kurz entschlossen. Gemeinsam stiegen die beiden Frauen die Treppe hinunter in den ersten Stock. Schon am Treppenabsatz blieben sie stehen. Jetzt hörte Katie mehr als deutlich, warum Nico und Jonas nicht schlafen konnten.

»Boah, ey, Digga! – Huaa. – O mein Gott, what you doing? – Ey bitte, Mann!« Eine Männerstimme. Was für ein seltsames Gemisch von Deutsch und Englisch, immer wieder von kurzen Pausen unterbrochen. Das Geschrei kam eindeutig aus dem Computerzimmer, ganz hinten am Gang. »Komm schon, du H**sohn, dir reiß ich doch den A* auf, bevor du F*ck überhaupt buchstabieren kannst.« Katie erstarrte. Das war jetzt allerdings alles auf Deutsch gewesen. Sie wechselte einen Blick mit Franziska. Die beiden Frauen standen immer noch wie angewurzelt an der Treppe. Das Geschrei hörte nicht auf. »So, du Looser, nimm das … Dieses verf*ckte Drecksgame … Was! … Shit, wie kann der drei Leben haben? … Hallo? Das ist gegen die Regeln. Och, komm schon, Alter … Bro, ich kann nich' mehr. Mann, nein! Nein! F*ck, F*ck.«

»So geht das schon seit über einer halben Stunde«, erklärte Franziska. »Ab und zu kracht auch was gegen die Wand, vielleicht wirft er vor Wut mit Gegenständen.«

Bevor Katie antworten konnte, wurde weiter hinten im Gang eine Tür aufgerissen, und eine stämmige Gestalt stampfte durch den Flur auf das Computerzimmer zu. Uli Zimmerbach, lediglich bekleidet mit Boxershorts und einem T-Shirt, blieb vor Kevin Neumanns Zimmertür stehen und hämmerte mit der flachen Hand gegen das Türblatt.

Katie wechselte einen besorgten Blick mit Franziska. »Entschuldigen Sie, Herr Zimmerbach, ich werde das klären«, rief sie und eilte entschlossen Uli Zimmerbach hinterher.

»Ah, Frau Sheridan, lassense dat mal mich übernehmen, ich denk, dat Kerlchen hört mehr auffen Mann.«

Die Zimmertür öffnete sich einen Spaltbreit. Uli Zimmerbach nutzte das sofort und drückte die Tür weiter auf. »So, Kerlchen, Schicht im Schacht. Gestern, dat war die nette Ansage, abba dat is wohl noch nich so richtich angekommen. Dat Gebrüll weckt ja Tote, dat hört jezz auf. Ich bin echt sauer, also bisse besser mucksmäuschenstill, sonst zeich ich dir mal, wo der Frosch die Locken hat. Und dat wird schmerzhaft, und zwar nich für mich. Wenne verstehst, wat ich damit sagen will.«

Katie seufzte und schob sich neben Uli Zimmerbach, um zu vermeiden, dass der noch weitere Drohungen ausstieß. »Guten Abend, Vin, oder besser guten Morgen. Ich muss Sie dringend bitten, die Nachtruhe einzuhalten. Sie stören die übrigen Gäste, so geht das nicht weiter.«

»Aber ich habe doch heute alles anders gemacht, ich habe Kopfhörer auf und die Boxen sind aus.«

»Ja, hammwa gehört. Kein Geballer, aber Ausdrücke, dat mein Oppa schamrot geworden wäre.«

»Oh!«

»Was Herr Zimmerbach damit sagen will ist, dass Sie sehr, sehr laut fluchen, wahrscheinlich wegen der Kopfhörer. Und Sie werfen bitte keine Gegenstände mehr an die Wand«, sagte Katie mit Nachdruck.

»Ähm, ja, sorry. Das war mir nicht so klar.«

Uli Zimmerbach öffnete den Mund, aber Katie packte ihn energisch am Oberarm und zog ihn von der Tür weg.

»Vin, wir unterhalten uns dann morgen früh noch mal. Gute Nacht.«

Die Tür schloss sich, wahrscheinlich war Kevin heilfroh, dass zwischen ihm und Zimmerbach wieder ein Türblatt war. Katie lächelte entschuldigend. »Es tut mir schrecklich leid, dass man Sie jetzt schon in zwei Nächten gestört hat. Ich verspreche Ihnen, dass ich morgen noch mal mit Herrn Neumann rede. Das wird sich nicht wiederholen.«

Uli Zimmerbach zog sich sein T-Shirt zurecht, auf dem zu lesen war *Pilsken formten diesen Astralleib* und nickte. »Kein Problem, abba die Moni, die muss halt auch mal schlafen.« Und an Franziska gewandte ergänzte er. »Schlaf is wichtich. Is ja bei Ihren Blagen sicha auch so.«

Franziska, die sich schüchtern im Hintergrund gehalten hatte, stimmte zu. »Die Zwillinge sind von dem Lärm aufgewacht und haben mich geweckt.«

»Sehnse, Frau Sheridan, dann is dat doch gut, dat wir da Klartext geredet ham. Die Damen, ich wünsch noch ne angenehme Nachtruhe«, verabschiedete sich Zimmerbach.

Katie wandte sich an Franziska. »Danke, dass Sie mich geholt haben, wer weiß, wie das sonst hier ausgegangen wäre. Ich hoffe, der Rest der Nacht bleibt störungsfrei. Wir sehen uns dann beim Frühstück.«

Franziska wischte sich mit der Hand ein paar Strähnen aus der Stirn und seufzte. »Frau Sheridan, wegen heute Morgen. Ich wollte mich noch entschuldigen.«

»Entschuldigen? Wofür denn?«

»Dass meine Kinder heute früh alleine zum Frühstück aufgetaucht sind. Ich … ich hatte das so nicht geplant. Ich bin früh schlafen gegangen, habe mir den Wecker auf halb acht gestellt. Halb acht! Das ist eine volle Stunde mehr Schlaf, als ich normalerweise bekomme. Sonst mach ich morgens immer noch die Butterbrote für die Mädchen fertig und passe auf, dass sie ihre Hausaufgaben und alles dabeihaben. Ich dachte wirklich, ich würde mich heute früh so richtig gut fühlen. Wissen Sie, ausgeschlafen.« Sie wischte sich mit einer müden Bewegung durchs Gesicht und strich dann die Haare hinters Ohr. »Und was war heute Morgen? Ich habe den Wecker anscheinend verschlafen. Ich bin erst hochgeschreckt, weil ich überhaupt nichts von den Kindern gehört habe.«

»Machen Sie sich keine Gedanken, Frau Borgert. Die Kinder sind prima zurechtgekommen. Im Grunde hat man sie gar nicht bemerkt.« Heimlich überkreuzte Katie die Finger hinter dem Rücken. Eine kleine Notlüge war doch bestimmt erlaubt, oder? »Warten Sie nur ab, wenn Sie erst mal ein paar Tage hier sind, werden Sie sich fühlen wie neu geboren. Dafür ist ein Urlaub doch da. Das wird schon.«

»Danke. Danke für alles.« Franziska lächelte noch einmal schief, dann ging sie ebenfalls in ihr Zimmer. Katie blieb allein im Flur zurück und schaute nachdenklich auf Kevins Zimmertür. Morgen würde sie mit ihm reden.

Tafelspitz

Franziska nahm sich eine zweite Tasse heißen, duftenden Kaffee. Sollte sie zuerst ein warmes Dinkelbrötchen essen oder mit einem knusprigen Croissant anfangen? Die Brötchen wurden hier in der Pension selbst gebacken, die Croissants kamen vom örtlichen Bäcker, so viel hatte sie schon erfahren. Lecker waren beide. Schließlich nahm sie das Croissant, brach ein Eckchen ab, bestrich es dick mit Butter und träufelte etwas von dem würzigen Waldhonig darüber. Danach hätte sie zum Sattessen noch das Dinkelbrötchen mit dem Biokäse. Sie war sehr zufrieden mit der Auswahl, die sie gestern für ihr Frühstück bestellt hatte. Sie wollte ganz langsam und in Ruhe essen. Wer hinderte sie auch daran? Schließlich hatte sie Ferien, und sie hatte Zeit.

»Mama, was machen wir heute?« Noemi rutschte auf der Bank näher zu ihr heran. Olivia war mit den Zwillingen nach draußen auf den Hof gegangen.

»Hm.« Franziska dachte kurz nach. Am liebsten hätte sie

sich in einem Liegestuhl in die Sonne gelegt und für mindestens zwei Stunden nichts weiter getan, als in einer Zeitschrift zu blättern, aber ihr war klar, dass die Kinder mit der Idee »Liegestuhl« nichts anfangen konnten. So einen Urlaub wie dieses Jahr hatten sie noch nie gemacht. Seit die Zwillinge geboren waren, hatte das Geld jedes Jahr nur für einen Besuch in Ostfriesland gereicht. Bei ihrer Mutter war es immer schön gewesen, und – hier stockten Franziskas Gedanken – bei diesen Besuchen hatte ihre Mutter jeden Tag stundenlang mit den Kindern gespielt. Mist, das hatte sie vor lauter Freude über den gewonnenen Gratisurlaub noch gar nicht bedacht. In diesem Urlaub war sie gefordert, sie musste sich selbst eine Beschäftigung für ihre vier ausdenken. Adieu, Liegestuhl.

»Mama, können wir einen Ausflug machen? Olivia sagt, das geht nicht, weil wir kein Auto haben. Bei Oma war das anders, die hat eins.«

»So, sagt das Olivia. Dann pass mal auf, Noemi: Wir sind ja auch ohne Auto von Köln aus hierhergekommen. Wenn wir etwas unternehmen wollen, nehmen wir einfach den Bus. Das kannst du deiner großen Schwester ruhig sagen. Ach, da ist sie ja schon zurück. Setzt euch mal alle hin, ich bin gleich wieder da.« An der Rezeption gab es eine große Mappe mit Broschüren zu verschiedenen Ausflugszielen, das war Franziska gerade wieder eingefallen.

»Dann wollen wir mal sehen.« Erwartungsvoll schlug Franziska die Mappe auf. Die beiden Mädchen saßen rechts und links von ihr auf der Bank, Nico hockte auf ihrem Schoß und Jonas stand halb auf der Bank, halb hing er auf ihrer Schulter. Alle versuchten gleichzeitig, den besten Blick auf die bunten Bilder zu erhaschen.

»Das da«, sagte Olivia entschlossen und tippte mit dem Zeigefinger auf eine besonders große Broschüre. »Wild- und Freizeitpark. Da will ich hin.« Voller Begeisterung betrachtete sie die Fotos von den vielen Attraktionen im Park und blätterte ungeduldig zur letzten Seite. »Wo ist das denn? … O perfekt, es sind nicht mal dreißig Kilometer von hier aus. Machen wir das, Mama?«

»O ja, bitte!«, rief Noemi. »Bitte, bitte. Ach, der Streichelzoo, guck mal, wie lieb, die Tierbabys. Bitte lass uns hinfahren, gleich heute, ja?«

Franziska schluckte trocken. Sie hatte sofort das einzige gesehen, was die Kinder nicht weiter beachtet hatten: die Eintrittspreise. Fast dreißig Euro Eintritt für jeden, das war unmöglich. So viel Geld hatte sie nicht.

»Baby-Hasen!« Jonas jubelte. »Baby-Hasen. Und Baby-Tiegen.« Obwohl er schon vier war, fiel er, wenn er aufgeregt war, in seinen alten Sprachfehler zurück.

»Ziege. Es heißt Ziege, nicht Tiege.«

»Mama«, quengelte Jonas ungeduldig, »wir wollen zu den Baby-Tiegen.«

Mit dem Ärmel wischte sich währenddessen Nico über die laufende Nase. »Lass das«, ermahnte ihn Olivia automatisch, »das ist eklig. Nimm ein Taschentuch.«

Was sollte sie den Kindern nur sagen? Schnell. Sie brauchte eine Idee. »Wisst ihr was?«, sagte sie rasch. »Heute haben wir ja ganz lange ausgeschlafen, für so einen großen Ausflug ist es schon viel zu spät. Schon fast halb zehn, das lohnt sich gar nicht mehr.«

»Na toll«, maulte Olivia. »Wir sitzen also hier fest, ja? Dann kann ich genauso gut nach oben gehen.« Sie sprang auf, schob den Stuhl am Kopfende heftig zur Seite und verschwand in Richtung Tür. Erschrocken schaute Franziska ihrer ältesten Tochter hinterher. So kannte sie Olivia gar nicht. Sonst war sie immer so vernünftig, so ruhig. Sie würde später noch einmal mit ihr reden müssen. Jetzt aber brauchte sie erst einen Plan für den Tag, und zwar flott.

»Lasst mich noch mal gucken. Was ist denn nicht so weit weg?«

Blitzschnell blätterte sie auf gut Glück weiter zur nächsten Broschüre. »Na das hier, das ist doch was. Wir machen heute etwas richtig Cooles: Wir werden eine Lurch-Expedition unternehmen.«

»Was ist das, Mama?«, fragte Nico. Die Zwillinge waren mittlerweile neben Franziska auf die Bank geklettert und hatten sich auf beiden Seiten neben sie gedrängelt. »Was ist das?«, echote Jonas. »Was?«

»Ein Lurch ist so ein kleines Tier … ähm … fast wie eine Schlange.« Jetzt improvisierte Franziska. »Jedenfalls soll es hier in der Gegend den sogenannten Lattenlurch geben. Wir kaufen uns im Dorf Brötchen und Fleischwurst für ein Picknick, und dann versuchen wir, im Moor den Lurch zu entdecken, wie richtige Forscher.«

Nico und Jonas rutschten von der Bank und strahlten: »Latten-Schlangen, wir suchen Latten-Schlangen. Sind die giftig, kann man da sterben? Dann muss Olivia vorgehen, die verjagt jede Latten-Schlange.«

»Jetzt hört aber auf, ihr beiden. Wenn ihr nicht nett zu eurer Schwester seid, müsst ihr euch nicht wundern, wenn Olivia nicht mit euch spielen will«, ermahnte Franziska ihre Söhne. »Lurche sind keine richtigen Schlangen, das habe ich nur so … äh … zum Vergleich gesagt, damit ihr euch das besser vorstellen könnt, und Lurche sind auch nicht giftig. So, und jetzt frühstücke ich schnell noch zu Ende, und dann brechen wir auf. Noemi, sei so gut und geh schon mal mit Nico und Jonas aufs Zimmer. Putzt euch gründlich die Zähne. Und sagt Olivia Bescheid, dass wir in den Wald und ins Moor gehen. Ich möchte, dass ihr eure Jacken mitnehmt.«

»Aber, Mama, draußen ist es warm«, protestierte Nico. »Das haben wir gemerkt, weil wir schon draußen waren.«

»Die Jacken werden trotzdem mitgenommen, vielleicht fängt es später noch an zu regnen. Dein Schnupfen und der

Husten sind gerade erst vorbei, da müsst ihr euch nicht sofort wieder die nächste Erkältung einfangen.«

Brummelnd verließen die drei Kinder den Frühstücksraum. Franziska sah ihnen hinterher und überlegte, was wohl in ihre Große gefahren sein könnte. Bisher hatten Nico und Jonas ihre Schwester vergöttert, und Olivia hatte sich gut um die beiden gekümmert. Die Ermahnung eben, dass Nico ein Taschentuch nehmen sollte, das war ein bisschen viel gewesen. Schließlich war sie, die Mutter, ja auch noch da. Sie musste aufpassen, dass Olivia ihre Brüder nicht zu sehr gängelte. Aber wie sollte das im ganz normalen Alltag gehen? Olivia hatte an vielen Tagen im Monat die Verantwortung für ihre kleineren Geschwister. Franziska war ganz schlicht darauf angewiesen, dass Olivia die Kontrolle behielt. Bei diesem Gedanken nagte wie immer das schlechte Gewissen an ihr. Versagte sie als Mutter? Tat sie genug?

Entschlossen schnitt Franziska ihr Brötchen auf. Sie nahm sich vor, das Problem nicht aus den Augen zu verlieren. Zuerst musste sie aber diesen Ausflug machen, und sie musste dafür sorgen, dass es ein Erfolg wurde.

***

Irgendetwas war merkwürdig. Als Franziska mit ihren Kindern auf dem Dorfplatz des kleinen Orts angekommen war, brauchte sie einen Moment, um zu begreifen, was sie so irritierte. Es waren nicht die Häuser mit Bruchsteinmauern, Fachwerk, Sprossenfenstern und den blühenden Geranien in den Blumenkästen. Und auch nicht die zwei Katzen, die auf einer Mauer in der Vormittagssonne dösten, was Olivia und Noemi begeisterte. Es war nicht der Platz mit Kopfsteinpflaster und einem Springbrunnen, dessen Wasser die Zwillinge geradezu magisch anzog.

Nein, es waren die Menschen im Ort. Franziska war allein

in den letzten fünf Minuten vier Mal höflich gegrüßt worden. Wildfremde Menschen hatten ihr einen schönen Tag gewünscht oder ihr zumindest lächelnd zugenickt, fast so, als würden sie sich hier regelmäßig vormittags sehen.

Franziska war so an die Anonymität der Großstadt gewöhnt, dass sie sich auf diesem Platz mit ihren Kindern wie auf dem Präsentierteller fühlte. In Köln hasteten die Menschen an ihr vorbei, nachts in der Straßenbahn konnte sie froh sein, wenn sie für sich blieb, und selbst in ihrem Haus gab es nur zwei Nachbarn, die ab und zu mit ihr ein Wort wechselten. Hier dagegen, mitten auf dem sonnigen Dorfplatz von Wümmerscheid-Sollensbach, hatte sie den Eindruck, dass sie jeden beliebigen Passanten ansprechen und in eine nette Unterhaltung verwickeln konnte. Präsentierteller hin oder her, irgendwie gefiel ihr diese Vorstellung. Wie merkwürdig, ihr war gar nicht klar gewesen, wie isoliert sie zu Hause in Köln lebten.

»Mama, Mama, schau mal, ist das ein Latten-Schlurch?«, fragte Noemi aufgeregt und zog an ihrer Hand.

»Das Tier heißt Lurch und nicht Schlurch«, verbesserte Franziska ihre Tochter automatisch, ließ sich aber willig von ihr zu einem kleinen Stück Rasen am Rand des Platzes führen. Dort stand auf einem Basaltsockel eine Bronzestatue, gut einen halben Meter hoch, die ein Reptil darstellte.

»Da steht: *Wümmerscheid-Sollensbach – Heimat des Lattenlurchs*«, las Olivia laut vor.

Noemi schaute ihre Mutter mit weit aufgerissenen Augen an. »Sooo groß? Wenn die so groß sind, will ich sie nicht suchen.«

»Blödsinn, das ist doch nur eine Art Denkmal«, erklärte Olivia. »Ich habe es gegoogelt: Die Lattenlurche sind in Wirklichkeit nur etwa so groß …« Olivia zeigte ihrer Schwester mit Daumen und Zeigefinger einen Abstand von wenigen Zentimetern. »Und sie sind ganz scheu, man kann froh sein, wenn man überhaupt mal einen entdeckt.«

»Olivia hat recht, aber an dieser Statue kannst du gut erkennen, wie so ein Lurch aussieht. Schau mal, das Muster auf dem Rücken, ich habe gelesen, dass das Tier daher seinen Namen hat.«

»Darf ich den Lurch anfassen, Mama?«

»Klar, warum nicht.«

Noemi ging zu der Bronzefigur und streichelte vorsichtig über die Oberfläche, während Oliva danebenstand, eigentlich gerne das Gleiche getan hätte, sich aber dann wohl doch zu erwachsen dafür fühlte. Die Zwillinge kamen angerannt und versuchten sofort, auf die Figur zu klettern, um darauf zu reiten. Das war wieder alles so typisch. Jedes ihrer Kinder hatte seine eigene Persönlichkeit und seine eigenen besonderen Verhaltensweisen.

Franziska seufzte, manchmal fühlte sie sich von der Energie der Jungen hoffnungslos überfordert. Aber sie ließ Nico und Jonas ihren Spaß, wann immer es möglich war. Mittlerweile hatte sich auch Olivia entschlossen, die Details der Tierfigur näher anzuschauen. Franziska blickte sich um. Weit und breit kein Autoverkehr, und auch sonst keine Gefahr für die Kinder. »Ihr könnt ja noch einen Moment hierbleiben. Ich suche nur schnell die Metzgerei und kaufe Fleischwurst für unser Picknick. Nico, Jonas, ihr haltet euch von dem Brunnen und dem Wasser fern, haben wir uns verstanden?«

»Geht klar, Mama«, riefen die Zwillinge wie aus einem Mund.

Franziska nickte ihren Töchtern zu und ging dann dem Hinweisschild zur Metzgerei nach. Sie musste nicht weit laufen, das Geschäft lag gleich am Anfang einer kleinen, verwinkelten Gasse, die vom Dorfplatz wegführte. An der Ecke eines schmucken Häuschens war ein hölzernes Ladenschild zu erkennen, das sich an seiner schmiedeeisernen Halterung leicht im Wind bewegte. *Metzgerei Braubart* stand darauf geschrieben, darunter waren ein fröhlich grinsendes Schwein und eine schwarz-weiß gefleckte Kuh gemalt.

Franziska stieg die Stufen zum Laden hoch und betrat die Metzgerei. Unwillkürlich machte sie drinnen sofort wieder einen halben Schritt rückwärts.

»Frau Braubart, so was bin ich einfach von meinem Metzger in Brennerbach nicht gewohnt.« Eine schrille Frauenstimme, offensichtlich sehr aufgebracht, tönte durch den Laden. »Nun, ein Freund hat mir Ihre Metzgerei empfohlen, aber ich muss doch sagen, ich bin enttäuscht, tief enttäuscht. Eine so miese Fleischqualität habe ich einfach nicht erwartet. Dabei hatten wir Besuch. Landrat Michels samt Gattin. Können Sie sich überhaupt vorstellen, wie unendlich peinlich das war?«

Eine dralle Frau mit kleinen grauen Dauerwellenlocken, die von hinten aussahen wie ein Stahlschwamm, stand vor der Theke und ließ der anderen keine Chance auf eine Antwort. Die Frau hinter der Fleischtheke war sichtlich entsetzt über die Vorwürfe, das erkannte Franziska sofort. Rote Flecken am Hals, hilfloses Kneten der Hände. Der Gattin des Metzgers – um diese musste es sich dem Namen nach offenbar handeln – war der ganze Auftritt mehr als unangenehm.

»Sie müssen verstehen, Frau Guseknecht, wie schwer es mir fällt zu glauben, dass unser Tafelspitz von schlechter Qualität gewesen sein soll. Mein Johannes schlachtet schließlich selbst und er …«

Entsetzt hob Frau Guseknecht eine Hand, an der zwei Diamantringe blitzten. »Ich bitte Sie, Frau Braubart, verschonen Sie mich mit den blutigen Details Ihrer Zunft. Ich darf wohl mit Fug und Recht von mir behaupten, eine erfahrene Köchin zu sein, aber so zäh ist mir noch kein Rinderbraten aus dem Topf gekommen.«

»Aber ich …«

»Nichts aber, entweder Sie haben eine wirklich gute Erklärung für dieses zähe Fleisch, oder ich bekomme auf der Stelle mein Geld zurück.«

Genug. Das war mehr, als Franziska ertragen konnte. Ihr tat die Metzgersgattin leid, und diese Frau Guseknecht erinnerte sie an frühere Kundinnen, die gerne die eigenen Fehler damit bemäntelten, dass sie die Fleischqualität infrage stellten. Franziska warf Frau Braubart einen kurzen, um Erlaubnis heischenden Blick zu, stellte sich neben Frau Guseknecht und sagte: »Entschuldigen Sie bitte, dass ich mich in Ihr Gespräch einmische.« Unwillig wendete sich die Angesprochene zu ihr. Franziska fuhr fort: »Sie haben doch sicher das Fleisch kräftig gekocht, und mit Sicherheit haben Sie es mindestens zwei Stunden lang im Topf gelassen?«

Abschätzig musterte die Kundin Franziska, und man sah ihr deutlich an, was sie davon hielt, dass sich eine Wildfremde in ihr Gespräch einmischte.

»Ich weiß zwar nicht, was Sie das angeht. Aber natürlich habe ich das Fleisch ausreichend kräftig gekocht. Sollte ich das Ganze meinen Gästen vielleicht blutig servieren?«

»Ich fürchte, dann liegt das Problem nicht in der Fleischqualität, sondern in der Zubereitung. Tafelspitz sollte niemals, aber wirklich niemals, längere Zeit kräftig kochen. Allenfalls zu Beginn der Garzeit, und dann auch nur, um die Poren zu schließen. Die enthaltenen Kollagene, also die Bindegewebseiweiße, ziehen sich durch das Erhitzen über 40° zusammen, und das Fleisch wird zuerst zäh. Erst durch längeres Garen zerfallen diese Eiweiße, und das Fleisch wird wieder zart. Knappe zwei Stunden Garzeit bei pro Kilogramm Fleischgewicht sind ein guter Richtwert. Probieren Sie es aus: Lassen Sie das Fleisch bei niedriger Temperatur drei, vier Stunden sieden, und Sie werden überrascht sein. Im Grunde kann man nichts falsch machen, außer man kocht es zu heftig. Dann wird auch das zarteste Stück Rindfleisch zäh.«

Die Kundin schnappte überrascht und empört nach Luft. »Nun sagen Sie doch auch mal was, Frau Braubart.«

Die Metzgersgattin lächelte: »Was soll ich noch sagen? Es stimmt. Hätten Sie mir gleich verraten, dass Sie unser Fleisch für zwei Stunden in kochendem Wasser zäh gekocht haben, hätte ich mir gar keine Gedanken gemacht.« Nun war sie vollkommen ruhig, die roten Flecken an ihrem Hals waren verschwunden. Sie lächelte knapp. »Da können Sie genauso gut unsere feine Leberwurst mit Kräutern kaufen und hinterher behaupten, die würde gar nicht nach Zwiebelmett schmecken.«

Scharf atmete Frau Guseknecht ein. »Also, das … das ist doch …«

»… eine Entschuldigung wert, das wollten Sie doch sicher sagen, Frau Guseknecht?«, schlug Frau Braubart mit einem Lächeln vor.

»Einen Teufel werde ich. So etwas ist mir ja noch nie passiert. Unverschämtheit. Ich werde ganz sicher diese Metzgerei nicht weiterempfehlen.«

»Was ich bedauerlich finde, denn wir sind in der Region recht beliebt«, erklärte Frau Braubart honigsüß.

»Die Gründe dafür sind mir schleierhaft. Guten Tag.« Frau Guseknecht zog die Tür lauter hinter sich ins Schloss, als unbedingt nötig gewesen wäre.

»Sie hat der Himmel geschickt. Ich war wie vor den Kopf geschlagen. Mir ist gar keine Antwort mehr eingefallen.« Frau Braubart streckte die rechte Hand über die Theke. »Ich bin Hetti, Hetti Braubart, mein Mann Johannes ist der Metzger. Nein, wie Sie das hinbekommen haben. Das mit den Eiweißen im Fleisch, das hatte ich völlig vergessen.«

Franziska schüttelte Hetti Braubart die Hand und sagte: »Franziska Borgert, ich mache zurzeit Urlaub auf dem Gutshof Moselthal.«

»Sagen Sie, Frau Borgert, wie konnten Sie das so gut erklären? Sind Sie vom Fach?«

»Ich bin gelernte Metzgerin, arbeite aber schon seit der Geburt meiner Großen nicht mehr in diesem Beruf. Und solche Kundinnen wie Frau Guseknecht eben waren mir immer ein Gräuel.«

»Sie sagen es. Also, wenn mein Johannes hier gewesen wäre, Gott, der hätte sich vielleicht wieder aufgeregt. Gut, dass der das nicht miterleben musste. Frau Guseknecht kann gerne weiter in Brennerbach oder Cochem ihr Fleisch kaufen. Auf solche Kundinnen kann ich gut verzichten. So, genug davon. Was darf ich Ihnen denn anbieten?«

»Ich hätte gern einen Ring Fleischwurst, wir wollen heute im Wald ein Picknick machen.«

»Das ist aber eine nette Idee. Sie und ihre Tochter?«

»Und meine anderen drei Kinder.« Franziska sah, dass Hetti erstaunt die Augen aufriss, sich aber jeden Kommentar verkniff. Das sprach für sie, andere äußerten Erstaunen bis hin zu deutlichen Worten, was sie von solchen Großfamilien hielten. Das hatte sie alles schon erleben müssen.

»Dann sollte ich mal besser acht Brötchen dazupacken. Die Bäckerei schließt nämlich gleich.«

»Aber ich …«

»Nix da, die Brötchen gehen aufs Haus, sozusagen als kleines Dankeschön für die Unterstützung bei der ollen Guseknecht. Gott, wenn ich das meinem Johannes erzähle, was wird der Augen machen. Sie müssen unbedingt bald wiederkommen und ihn kennenlernen, so für ein Fachgespräch unter Kollegen.«

»Na ja, wir sind insgesamt zwei Wochen hier vor Ort. Bestimmt ergibt sich da noch mal die Gelegenheit.« Franziska glaubte nicht, dass sich der örtliche Metzger über ein Fachgespräch mit einer Touristin freuen würde, aber sie wollte auch nicht unhöflich gegenüber Hetti Braubart sein. Also zahlte sie die Fleischwurst und nahm die beiden Papiertüten entgegen. »Und danke noch einmal für die Brötchen.«

»Sehr gern, Frau Borgert, und ich wünsche Ihnen viel Spaß beim Picknick.«

Als Franziska über den Dorfplatz zurück zu ihren Kindern schlenderte, dachte sie mit Wehmut an ihre Ausbildungszeit zurück. Sie hatte gerne als Metzgerin gearbeitet. Aber das war eben kein Beruf, den man spätabends ausüben konnte. Büros reinigen in der Spätschicht, das war das Einzige, was ihr nach den Ausbildungsjahren und einer erfolgreichen Abschlussprüfung geblieben war.

Sie sollte aufhören, Trübsal zu blasen. Sie hatte Urlaub und würde einen netten Tag in der Natur verbringen. Franziska zwang sich zu einem fröhlichen Lächeln, als sie bei ihren Kindern ankam. »Da bin ich wieder, und jetzt gehen wir Lurche suchen.«

Wie bei den Messies

Zufrieden überflog Katie die neu eingegangenen Reservierungsanfragen. Es sah wirklich gut aus. Sie schloss das Computerprogramm und nahm die Autoschlüssel aus der Holzschale auf dem Schreibtisch. Wenn sie jetzt losfuhr, konnte sie zum Biohof fahren und mittags wieder zurück sein. Theo würde sich heute um die neuen Gäste kümmern, die am frühen Nachmittag eintreffen sollten. Katie faltete ihre Einkaufsliste zusammen und steckte sie ein. Vielleicht reichte die Zeit sogar, um bei Sophie im Bistro noch eine Tasse Kaffee zu trinken.

»Entschuldigung, Chefin, aber hättest du mal zwei Minuten für uns?«

Elke und Lotte standen in der Bürotür.

»Ja, klar, kommt rein. Gibt es ein Problem?« Katie ließ sich nicht anmerken, dass die beiden sie genau in dem Moment aufhielten, als sie zu einem angenehmen Vormittag aufbrechen wollte. Sie legte Schlüssel und Handtasche wieder weg und lehnte sich an ihren Tisch, während Elke und Lotte zögernd näher kamen. Die Körpersprache der zwei sagte es ganz deutlich: Sie hatten ein unangenehmes Thema zu besprechen.

»Raus mit der Sprache, wir haben doch vereinbart, dass wir offen miteinander reden wollen«, ermunterte sie ihre beiden Mitarbeiterinnen.

»Wir wissen ja, dass die Gäste sich bei uns wohlfühlen sollen, jeder wie er will, und wir haben da auch nicht zu bestimmen …«, begann Elke.

Lotte fiel ihr ins Wort: »Aber das muss jetzt ein Ende haben. Es wird unerträglich.«

»Jetzt macht ihr mich aber neugierig. Was muss ein Ende haben?«

»Der Zustand in Zimmer 15«, erklärte Lotte. »Wir konnten da seit einer Woche nicht saubermachen, weil Herr Neumann den ganzen Tag im Zimmer ist und das ›Bitte-nicht-stören-Schild‹ an der Klinke hängen hat.«

Elke nickte bestätigend. »Lotte hat recht. In den ersten Tagen haben wir es natürlich respektiert, dafür ist das Schild ja da. Mittlerweile riecht es aber schon unangenehm auf dem Flur. So nach altem Abfall. Und ich habe vorhin mal einen kurzen Blick ins Zimmer geworfen, weil ich dachte, Herr Neumann wäre beim Frühstück. Tatsächlich hat er noch tief und fest geschlafen, da konnte ich natürlich nicht ins Zimmer gehen. Ich habe dann ganz leise die Tür wieder zugezogen.«

»Aber passieren muss da was, Katie«, sagte Lotte. »Und wir können doch einem Gast keine Anweisungen erteilen.«

»Verstehe ich das richtig: Herr Neumann verhindert seit einer Woche mehr oder weniger bewusst, dass ihr in seinem Zimmer sauber macht?«, fragte Katie ungläubig und ärgerte sich im Stillen darüber, dass ihr das nicht selbst aufgefallen war.

»Ja, so ist es«, bestätigte Lotte.

»Gut, ich werde heute sowieso noch einmal mit ihm sprechen müssen, weil er nachts regelmäßig die anderen Gäste aufweckt. Wie ihr schon gesagt habt: Die Gäste sollen sich bei uns wohlfühlen, aber es gibt Regeln, an die sich alle halten müssen. Ich fahre jetzt zum Biohof. Bis zum Mittag bin ich zurück, und dann wird ja wohl auch Herr Neumann seinen Schönheitsschlaf beendet haben.«

***

Der Biohof ist wirklich ein Geheimtipp von Sophie gewesen, dachte Katie, als sie am Mittag von ihrer Einkaufsfahrt zurückkam. Sie hatte nicht nur frisches Gemüse für die geplante Minestrone am Abend eingekauft, sondern ein paar köstliche neue Käsesorten probiert, mit denen sie an einem der nächsten Abende ein großes Käsebüfett aufbauen wollte. »Isch empfehl die Zwiebelsupp und warmes köstlisches Brot«, imitierte sie Jean-Pierres französischen Akzent. Sie hatte lange mit Jean-Pierre am Wochenende gefachsimpelt und über die Speisepläne diskutiert.

Katie trug die Kühlbox in die Küche und vergewisserte sich kurz, ob es an der Rezeption neue Nachrichten gab, bevor sie zu Zimmer 15 ging und dort energisch klopfte. Von drinnen waren dumpf ein paar Schritte zu hören, und während sie wartete, schnupperte sie. Ja, Elke und Lotte hatten recht, hier, direkt vor der Zimmertür, konnte man einen schwachen, aber unangenehmen Geruch von Küchenmüll wahrnehmen.

Endlich wurde die Türklinke heruntergedrückt und die Tür einen Spalt weit geöffnet.

»Hallo, Herr Neumann, kann ich kurz mit Ihnen reden?«

»Ähm, ja, sicher.« Kevin fuhr sich mit der Hand übers Kinn, als wollte er sich vergewissern, ob er sich am Morgen schon rasiert hatte. Hatte er nicht. »Also, wenn es um das Spiel letzte Nacht geht. Ich hab wirklich nicht bemerkt, dass ich so laut gewesen bin. Das war echt random. Sorry, ich werde da besser drauf achten.«

Random? Was meinte er damit? Was war es nur für eine nervtötende Angewohnheit, irgendwelche englischen Wörter in die Sätze einzustreuen?

»Ich muss dann mal wieder ...« Mit einer vagen Handbewegung deutete Kevin ins Innere des Zimmers und machte Anstalten, den Türspalt wieder zu schließen. Katie, die bis jetzt höflich in einem Meter Abstand von der Zimmertür gestanden hatte, machte zwei entschlossene Schritte vorwärts und sorgte so dafür, dass Kevin zurückweichen musste und ihr den Weg ins Zimmer freigab. Schon nach wenigen Schritten blieb sie allerdings stehen und schaute sich fassungslos um. Elke und Lotte hatten nicht übertrieben. Auf dem Boden stapelten sich Pizzakartons, der Papierkorb quoll von leeren Getränkedosen über. Offenbar war Kevin ein großer Fan von Energydrinks. Ob er davon eine Kiste im Auto dabei hatte oder zwischendurch einkaufen gewesen war, vermochte Katie nicht zu sagen. Fest stand, dass er weder den Weg zum Müllcontainer gefunden hatte, noch hatte er irgendwelche Anstalten gemacht, sein Leergut in den Laden zurückzubringen. Zwischen den Pizzakartons lagen unzählige große Papierbögen mit Verlaufsdiagrammen und Skizzen, offenbar Teil seiner Arbeit. Dazwischen war überall getragene Kleidung wahllos auf dem Boden verstreut, ja, mit einem Schaudern erkannte Katie auch Socken und Boxershorts zwischen den anderen Sachen. Die Luft im Raum war stickig und abgestanden, es roch nach altem Fett und ungewaschener, verschwitzter Kleidung. Ein unangenehmer Mix aus Frittenbude und ungelüfteter Sportumkleide. Entsetzt sah Katie, dass in einer Ecke, über einem Haufen aus Wäsche und möglicherweise weiteren Essensverpackungen, eine grün schillernde Fliege kreiste. Und da. Noch eine.

»Herr Neumann.«

»Vin, wir waren doch schon bei Vin.«

»Mir ist jetzt aber gerade nicht nach Vin, Herr Neumann. Ich könnte das jetzt nett umschreiben und ein paar höfliche Worte finden, will ich aber nicht. Ich glaube, wir beide müssen jetzt mal Klartext miteinander reden: Dieser Saustall hier ist noch vor einer Woche eines meiner Vorzeigezimmer gewesen und wurde sogar im Fernsehen erwähnt. Was denken Sie sich dabei, hier alles vollzumüllen?« Katie holte einmal tief Luft, um ihren Puls auf unter Ich-platze-gleich zu bringen. Mit betont ruhiger Stimme fuhr sie fort: »Sie haben genau eine Stunde Zeit, um Ihre schmutzige Wäsche zwischen den Essenresten auszusortieren. Die Verpackungen wandern alle in den Hof, dort steht der Müllcontainer. Sie lüften das Zimmer, sorgen dafür, dass diese ekligen Fliegen hier nicht weiter herumschwirren, und räumen auf. In einer Stunde kommen meine Mitarbeiterinnen und machen sauber, richten das Bett und putzen das Bad. In dieser Zeit werden Sie nicht im Zimmer sein, sondern draußen einen Spaziergang machen, oder unseren Aufenthaltsraum aufsuchen – machen Sie irgendwas. Ab morgen wird jeden Tag spätestens bis elf Uhr dieses Zimmer gereinigt, und zwar in Ihrer Abwesenheit. Haben Sie das alles verstanden, Herr Neumann?«

Kevin verzog schuldbewusst das Gesicht. »Sieht es so schlimm aus? Ich habe das über der ganzen Arbeit völlig ausgeblendet.«

»Schlimmer, als Sie sich das vorstellen, und schlimmer, als ich es hier in meinem Haus dulde. Sie haben die Wahl: Halten Sie sich an die Regeln, das gilt auch für dieses unsägliche Fluchen in der Nacht, oder Sie packen morgen Ihre Koffer und ich sehe mich gezwungen, dieses Zimmer an jemand anders zu vermieten.«

»O nein, bitte, das wäre … also gerade jetzt, in der aktuellen Projektphase … nee, ich hab's gecheckt, ich räume auf, und ich kann auch selber saubermachen, habe ich schon mal … geseh… ähm … gemacht.«

»Müssen Sie nicht, aber in einer Stunde ist dieses Zimmer wieder ordentlich. Übrigens gibt es in Sollensbach neben dem Supermarkt auch einen Waschsalon, nur so als Idee. Ach ja, ich habe unten an der Rezeption Müllsäcke, besser Sie kommen und holen sich einen davon ab.«

Katie drehte sich grußlos um und verließ das Zimmer samt kleinlautem Mieter.

Auf der Treppe blieb sie noch einmal stehen, um sich wieder zu sammeln. Sie hatte gar nicht vorgehabt, so harsch zu sein, aber es gab Grenzen, und Kevin Neumann hatte sie überschritten.

***

»Soll ich auch noch mal mit ihm reden? Ich kann übrigens auch Karate.« Theo sprang auf und machte ein paar schnelle Handbewegungen und Tritte, die sehr überzeugend aussahen. Katie lachte. Theo war überhaupt kein Schlägertyp, aber es war nett, dass er seine Hilfe anbot.

»Nee, lass mal, Herr Neumann hat es schon begriffen. Jedenfalls habe ich von Elke gehört, dass er sich mächtig ins Zeug gelegt hat.«

Katie saß mit Theo im Büro und ließ den Tag Revue passieren. Das war etwas, das für die beiden in den letzten Wochen zur Gewohnheit geworden war.

»Aber er kann doch nicht ein Pensionszimmer zumüllen, im Dreck leben und dann ohne Konsequenzen davonkommen?« Leicht außer Atem ließ sich Theo wieder auf den Polsterstuhl zurücksinken.

»Er hat ja nichts demoliert, und ich nehme es ihm wirklich ab, dass er alles andere ausgeblendet hatte, um mit seinem Projekt fertig zu werden.«

»Ich sage dir, Katie, du bist zu gut für diese Welt. Aber bitte«, Theo hob beide Handflächen, als wollte er sich ergeben, »das ist deine Entscheidung. – Mal was anderes: Gibt es noch irgendetwas, das ich erledigen soll?«

»Nein, nichts Aktuelles. Ich setze mich jetzt an die Essensplanung für die nächsten Tage. Ich hatte für Freitagabend an ein großes Käsebüfett gedacht, als Einstieg ins Wochenende.«

»Gut, dann werde ich jetzt draußen noch die Gartenschläuche einrollen und danach Feierabend machen. Der Wetterbericht sagt Regen voraus, da werden wir nicht gießen müssen.«

»Regen? Im Leben nicht, es war doch den ganzen Tag keine Wolke am Himmel.«

»Ich gebe nur weiter, was ich heute Morgen im Radio gehört habe, aber so falsch haben die Wetterfritzen in den letzten Tagen nicht gelegen. Wie gesagt, wenn es nach denen geht, haben deine Gummistiefel morgen wieder ihren großen Auftritt.«

Viel mehr Zeit

»Luke, ich bin dein Vater!«

Die düstere Stimme Darth Vaders, unterbrochen von zischenden Atemzügen, erfüllte das Zimmer. Unmittelbar danach dröhnte der bekannte Soundtrack von *Star Wars* aus dem Lautsprecher des Handys.

Es dauerte ein paar Sekunden, bevor der Deckenberg im Bett in Bewegung geriet und eine Hand hektisch nach dem Smartphone auf dem Nachttisch tastete.

»Luke. Ich bin dein …«

Kevin versuchte, den Anruf anzunehmen, bevor seine selbst zusammengeschnittene Tondatei von vorne begann. Ein Klingelton, den nun wirklich nicht jeder hatte. Zweifel, ob es wirklich der passende Ton war, kamen ihm eigentlich nur, wenn ihn ein Anruf aus dem Tiefschlaf riss.

Zu spät. »Luke, ich …«

Hektisch wischte Kevin über den Bildschirm. Endlich Stille. »Neumann, hallo?«

»Herr Neumann, guten Morgen, JTO Industries. Ich hoffe, Sie sind wohlauf. Ich verbinde Sie mit Herrn Nakamura, einen Augenblick bitte.«

Die Frauenstimme klang dermaßen aufgeräumt, ausgeschlafen und fröhlich, dass sich Kevin unwillkürlich fragte, ob sein japanischer Kunde womöglich schon auf künstliche Intelligenz setzte, wenn es um das Vorzimmer ging. So aufgekratzt konnte niemand morgens um … um wie viel Uhr überhaupt … sein? Kevin schaute aufs Display und stöhnte auf. 07:10 Uhr. Er überschlug im Kopf die Zeitverschiebung: In Tokio war es bereits kurz nach 14 Uhr. Kein Wunder, dass die Frau am Telefon so wach war. Mit einem Stöhnen setzte er sich auf und schob sich ein Kissen in den Rücken.

»Nakamura. Good Morning, Mr. Neumann.« Wie immer war Yuto Nakamuras Englisch makellos, mit dem deutlichen Akzent einer erstklassigen britischen Schulausbildung an einer sehr teuren Privatschule.

Kevins Englisch war genauso flüssig, aber von seinen Arbeitsjahren in Kalifornien geprägt. Schnodderige Westcoast trifft auf britische Upperclass.

»Was kann ich für Sie tun, Mr. Nakamura?«

»Oh, ich hoffe doch, dass ich etwas für Sie tun kann, Mr. Neumann. Ich weiß, dass unsere engen Zeitpläne Sie sehr unter Druck gesetzt haben, daher wollte ich Ihnen die gute Nachricht persönlich mitteilen.«

Kevin wischte sich mit der Hand über das Gesicht und versuchte in seinem schlaftrunkenen Zustand zu begreifen, was sein japanischer Kunde mehr als neuntausend Kilometer entfernt sagen wollte. JTO Industries hatte ihn bisher sagenhaft gut bezahlt, aber war enorm pingelig, was Abgabefristen betraf.

»Ich fürchte, Sie müssen da schon deutlicher werden.«

»Nun, unsere Zulieferer sind noch nicht so weit, also hat der Vorstand beschlossen, die Präsentation zu verschieben. Sie bekommen deutlich mehr Zeit. Ich weiß, dass Sie natürlich fristgerecht geliefert hätten, aber ich weiß auch, dass wir die Ziele sehr hoch gesteckt hatten. Was sagen Sie dazu?«

Was soll ich dazu schon sagen, dachte Kevin. Erst maulten sie rum, dass alles nicht fertig wurde, und dann taten sie so, als ob sie ihm einen Gefallen erweisen würden. Wo sie doch in Wirklichkeit selbst nicht klarkamen. Jede Wette, dass bei denen in Tokio an allen Ecken die Hütte brannte und sie deshalb jetzt die Reißleine zogen. Aber das würde Nakamura natürlich niemals zugeben. Andererseits, die zahlten saugut, also besser nett sein.

»Ich weiß Ihr Entgegenkommen und Ihre Offenheit zu schätzen, Mr. Nakamura. Und es ist sehr großzügig, dass Sie mir mehr Zeit einräumen.«

»Es ist eine Geste unserer Wertschätzung gegenüber Ihrer Arbeit.«

Logo. Ohne meine Programme würden deine Roboter nur dumm in der Gegend herumzucken, wenn sie überhaupt zucken würden.

»Das ist mir bewusst, Mr. Nakamura.«

»Nun, dann darf ich mit Ihrem Programm in …«, zum ersten Mal hörte Kevin so etwas wie Unsicherheit und vielleicht auch Verlegenheit in der Stimme des Japaners heraus, »ähm … in drei Monaten rechnen.«

Kevin war mit einem Schlag hellwach. Hatte Nakamura gerade drei Monate gesagt?

»Entschuldigen Sie, Mr. Nakamura, das Mobilnetz war gerade kurz weg, was haben Sie gesagt?«

»Ich sagte, dass wir den ersten Programmstand für die Steuerung der neuen Fertigungsroboter in drei Monaten benötigen.«

»Tatsächlich? Ja, gut. Sollte ich früher fertig werden, würde ich der Entwicklungsabteilung vorab schon einmal einen Programmstand schicken.«

»Sie erhalten natürlich weiterhin die vereinbarten Tagessätze, machen Sie sich darüber keine Gedanken.«

»Ich danke Ihnen.«

»Gerne, Mr. Neumann, wir hören dann wieder voneinander. Einen schönen Tag noch.«

Kevin starrte sein Telefon an und versuchte das eben Gehörte zu sortieren. In Japan lief offensichtlich irgendetwas mächtig schief. Man räumte ihm mehr Zeit ein, wollte ihm aber trotzdem seinen Stundensatz zahlen, den er damals extra hoch angesetzt hatte. Das war sozusagen Schmerzensgeld für den Zeitdruck und den Stress gewesen, denn dass die Japaner Druck machen würden, hatte er schon bei früheren Arbeiten erfahren.

Aber jetzt hatte er drei Monate mehr Zeit ... krass, da musste er ja nur jeden zweiten Tag ein paar Stunden programmieren und war immer noch früher fertig als gedacht. Kevin blies die Wangen auf und stieß die Luft dann mit einem Schnauben aus. Fuck, was sollte er mit der ganzen freien Zeit anfangen?

Einschlafen konnte er nicht mehr. Da konnte er auch genauso gut aufstehen und duschen.

Eine halbe Stunde später stand er unschlüssig vor dem Schreibtisch und überlegte, ob er den Laptop hochfahren sollte. Gestern hätte er nicht gezögert, sondern sich direkt in die Arbeit gestürzt, aber das war gestern und vor Nakamuras Anruf gewesen. Ein Klopfen an der Zimmertür unterbrach seine Überlegungen. Er öffnete.

Vor ihm stand Lotte, eines der Zimmermädchen, die gestern seinen Raum komplett sauber gemacht hatten. Im Nachhinein eine echt peinliche Nummer, wie er sich eingestehen musste.

»Guten Morgen, Herr Neumann. Entschuldigen Sie die Störung, aber Sie haben heute kein Schild an der Klinke, da dachte ich, ich frage mal nach, ob ich schon Ihr Bett machen kann?«

»Ähm, ja, warum nicht. Ich hatte gerade …« Kevin brach ab und schwieg verlegen. Er konnte ja schlecht erzählen, dass er gar nicht wusste, was er mit seinem plötzlichen Überfluss an Zeit tun sollte.

»Was halten Sie davon, wenn Sie inzwischen einfach runter in den Frühstücksraum gehen? Ich brauche auch gar nicht lange.«

»Frühstücksraum? Und dann?«

»Nun, eine Möglichkeit wäre, und das tun doch recht viele Gäste«, Lotte lächelte verschmitzt, »einfach mal zu frühstücken.«

»Oh, sicher, da habe ich ja gar nicht dran gedacht. Frühstücken. Warum eigentlich nicht?«

Kevin schaute noch einmal zurück zu seinem Computer und gab sich dann einen Ruck. »Sie haben recht, warum sollte ich nicht einfach frühstücken. Aber ich habe nichts vorbestellt.«

»Melden Sie sich einfach kurz bei der Chefin. Ich bin sicher, sie wird Ihnen etwas zusammenstellen. Und für morgen früh lege ich Ihnen die Bestellkarte drüben auf den Schreibtisch.«

»Ja … danke schön.«

Als Kevin die breite Treppe hinunterging, konnte er schon den Duft von frisch gebrühtem Kaffee und Brötchen riechen. Frühstücken, statt vor dem Bildschirm eine Dose ›Energypower Erdbeergeschmack‹ runterzustürzen. Echt abgedreht, aber irgendwie auch cool.

Kevin ging beschwingt die letzten Stufen hinunter und folgte neugierig dem Stimmengewirr, das aus dem hinteren Teil des Gebäudes kam.

Es regnet

Im Zimmer war es angenehm kühl. Franziska zog die Bettdecke ein bisschen höher und drehte sich auf die andere Seite, um noch ein bisschen länger zu schlafen. Wie gemütlich es unter der warmen Decke war. Und dann dieses Geräusch … Sie fuhr hoch, schwang sich aus dem Bett, eilte auf bloßen Füßen zum Fenster und schob den Vorhang ein Stückchen zurück. Jetzt war ihr klar, was sie gehört hatte. Draußen regnete es. Dicke Tropfen rannen die Scheibe herunter, von allen Sträuchern im Garten tropfte es, und selbst von hier oben konnte sie sehen, dass sich auf dem Parkplatz mehrere große Pfützen gebildet hatten. Ein Blick aufs Handy verriet ihr, dass es fast sechs war. Mit ein bisschen Glück konnte sie noch mal zurück ins warme Bett und vielleicht kurz die Augen schließen, bevor die Zwillinge aufwachten.

»Mama!« Pech gehabt, die Verbindungstür flog auf, und die beiden Jungen stürmten ins Zimmer. »Mama, es regnet!«

»Ja, habe ich auch gerade gesehen«, sagte Franziska und

fügte mit einem Seufzen hinzu: »Kommt mit in mein Bett, wir machen es uns vor dem Frühstück noch ein bisschen gemütlich.« Das Buch, aus dem sie abends vorgelesen hatte, lag noch auf dem Nachttisch. Wie oft sie die Geschichte vom Grüffelo schon vorgelesen hatte, hätte sie wirklich nicht sagen können, aber die zwei liebten dieses Bilderbuch ganz besonders. Franziska stopfte sich das Kopfkissen in den Rücken und schlug die erste Seite auf. Zwei paar eiskalte Kinderfüße schoben sich unter die Decke.

»Die Maus spazierte im Wald umher …«, begann Franziska.

»Genau wie wir gestern«, unterbrach Jonas begeistert.

»Psst«, machte Nico. Er beugte sich vor, um an Franziska vorbeischauen zu können. »Ich will zuhören.«

»Die Maus …«

Die Zeit, bis es um sieben Uhr endlich so weit war, dass sie in den Frühstücksraum gehen konnten, kam Franziska ziemlich lang vor.

»Mama, was machen wir heute?« Dieses Mal hatte Olivia die Frage gestellt.

»Tja«, begann Franziska zögernd, »wir können ja als Erstes in den Aufenthaltsraum gehen und ihr könnt da spielen oder etwas malen, wie wär's?«

»Malen? Nicht dein Ernst, Mama.«

Franziska zuckte zusammen. Was war nur mit Olivia los? Sie, die sonst immer so friedlich war, so vernünftig? Seit sie hier angekommen waren, war ihre große Tochter wie ausgetauscht.

»Nico, Jonas? Noemi? Wozu habt ihr denn Lust?« Olivia wandte sich an ihre Geschwister. Die überlegten nicht lange und riefen wie aus einem Mund: »In den Freizeitpark! Zu den Tierbabys!«

»Da hast du es.« Triumph glitzerte in Olivias Augen. »Ich

verstehe besser als du, was die Kleinen wollen.« Also daher wehte der Wind. Plötzlich wurde Franziska klar, warum Olivia so zickig war, so launisch. Jahrelang hatte Franziska sie als eine kleine Ersatz-Mutter für die jüngeren Geschwister gebraucht, und diese Rolle wollte Olivia nicht so ohne Weiteres abgeben. Warum sollte Olivia sich auch damit zufriedengeben, eines von vier Kindern zu sein, wenn sie zu Hause immer die Verantwortung für die drei Geschwister hatte?

»Hm.« Wenn diese Idee ab jetzt jeden Tag zur Sprache kam, würden ihr sehr bald die Begründungen ausgehen. Franziska runzelte die Stirn, so, als wäre ihr gerade erst eingefallen, dass aus dem Ausflug heute nichts werden konnte. »Das macht aber keinen Spaß bei diesem Regenwetter.«

Zustimmend nickte Noemi. »Ja, das ist nicht so toll im Regen. Da sind die Tierbabys wahrscheinlich alle drinnen in ihren Schlafhöhlen, und wir sehen sie gar nicht. Außerdem hat mein linker Gummistiefel ein Loch.«

»Ich habe gesehen, dass es im Aufenthaltsraum auch Spiele gibt, die man ausleihen kann. Wer will mit mir Uno spielen?«, fragte Franziska.

Die drei Jüngeren sprangen bei diesem Vorschlag sofort auf. Olivia dagegen schnappte sich ihr Handy vom Tisch und sagte: »Ihr könnt alleine spielen, ich habe keine Lust. Ich geh raus.«

Hilflos sah Franziska zu, wie Olivia aus dem Frühstücksraum stürmte und wenig später draußen wieder auftauchte, mit einem Schirm bewaffnet, und trotzig über den Parkplatz stapfte.

Die Saison ist vorbei

Mit einem schrillen Quietschen kam der Einkaufswagen schräg zum Stehen. Katie rieb sich den schmerzenden Hüftknochen, dort, wo der Griff sie getroffen hatte. Wie war das möglich, dass die Menschheit über Ozeane fahren und bis zum Mond fliegen konnte, aber niemand erfand einen Einkaufswagen, der leicht und geräuschlos geradeaus manövriert werden konnte? Verbittert schob sie das sperrige Gefährt mit voller Kraft wieder an. Einen Meter weiter: dasselbe Quietschen, die eingebaute Linkskurve, Vollbremsung, Hüftknochen. Natürlich genau dieselbe Stelle. So ging es nicht.

Das Wetter war leider genau so gekommen, wie es Theo gestern Abend vorhergesagt hatte. Am Morgen hatte es heftig geregnet. Danach war es kurz sonnig gewesen, und inzwischen war es zwar warm, aber ein feiner Nieselregen kam herunter, mal mehr, mal weniger. Das, hatte Katie beschlossen, war der perfekte Tag, um zum Landhandel zu fahren und die letzten noch fehlenden Gartengeräte zu kaufen. Zu ihrem

Jeans-Minirock trug sie ein eng anliegendes weißes Top und darüber ihr geliebtes apfelgrünes Leinenhemd. Die langen Ärmel genügten völlig, um den leichten Nieselregen abzuhalten. Aber jetzt, im Kampf mit dem Einkaufswagen, war ihr selbst dieses Kleidungsstück zu warm. Ungeduldig zerrte sie an den engen Ärmeln, bis sie endlich herausschlüpfen konnte, dann knotete sie die Ärmel um die Hüfte. Ein leichter Schweißfilm bedeckte die bloßen Arme. Sie atmete auf. Schon besser. Ein Blick nach unten verriet ihr, welches Problem ihr Einkaufswagen hatte. In dem Rad auf der linken Seite hatte sich ein Stück kräftige orangene Schnur verfangen. Kein Wunder, dass das Rad immer wieder blockierte. Sie hockte sich hin, um die Schnur herauszuzupfen.

***

Ob sein Wagen vorbeipassen würde? Wohl nicht. Mitten im Gang hockte eine blonde Frau und machte sich am Boden zu schaffen. Was machte sie da? Ein lebendes Hindernis. Er könnte durch den nächsten Gang, den mit den Düngemitteln, gehen und dann von der anderen Seite ... Wobei, er würde sich Zeit lassen, erst mal abwarten, den Anblick auf sich wirken lassen: schlanke, kräftige Arme, die bloßen Schultern leicht sonnengebräunt, irgendein grünes Kleidungsstück um die Hüften geknotet. Gut sah sie aus, jedenfalls das, was er von hier aus sehen konnte. Oliver Körten-Buschmeier mochte und bewunderte Frauen, die arbeiten konnten und nicht zimperlich waren. So wie diese Frau, die verbissen probierte, irgendein Problem mit ihrem Einkaufswagen zu lösen. Er würde hingehen und ihr seine Hilfe anbieten. Doch dann hörte er es.

»O sh... sugar.«

Oliver erstarrte mitten in der Bewegung. Diese Stimme kannte er. Die Engländerin. Er musterte die Engländerin und ihre Einkäufe. Himmel, so ein Mist. Mit einem Blick hatte er erfasst, warum sie hier im Landhandel war. Ihr Gartenprojekt nahm offenbar Gestalt an. In ihrem Wagen stapelten sich bereits mehrere Beutel Anzuchterde, kleine Blumentöpfe, eine grüne Plastikgießkanne und Bambusstäbe. Zuoberst balancierte eine gelb blühende Rose. Was konnte er noch unternehmen, um zu verhindern, dass auf der Obstwiese ein nutzloses Blumenbeet entstand?

In diesem Moment erhob sie sich. Endlos lange gebräunte Beine unter einem blauen Minirock … der Anblick ließ ihn trocken schlucken. Aber jetzt war nicht der richtige Zeitpunkt, um eine attraktive Frau zu bewundern, jetzt hieß es handeln, und zwar schnell. Wobei – attraktiv? Oliver schnaubte. Sie trug doch tatsächlich diese albernen geblümten Gummistiefel zum Rock. Er wartete darauf, dass sie endlich den Weg frei machte.

***

Okay, Problem gelöst. Katie wischte sich eine blonde Haarsträhne aus der Stirn und strich sie hinters Ohr. Sie zog ihre Einkaufsliste aus der Rocktasche und prüfte, was noch fehlte. »Spaten, Grabgabel, Rosenhandschuhe«, las sie halblaut. Ah, da vorne war ja die Wand mit den Gartengeräten. *Sonderangebot zum Saisonende*, versprach ein Schild, das quer über dem Gang hing. *Alles muss raus. 50 Prozent Rabatt an der Kasse.*

Saisonende? Der Hochsommer hatte doch gerade erst angefangen? Wie auch immer, die Kunden hatten offenbar die Gelegenheit genutzt und den gesamten Bestand aufgekauft. Ein letzter Spaten hing noch einsam an seinem Haken. Katie streckte die Hand danach aus. In diesem Moment drängelte sich von rechts ein anderer Kunde grob an ihr vorbei, griff beherzt zu und schnappte sich den Spaten. Empört drehte sie den Kopf zur Seite und erkannte das ihr mittlerweile nur zu bekannte Profil von Oliver Körten-Buschmeier. So aus nächster Nähe hatte sie ihn allerdings noch nie gesehen. In seinem wettergegerbten Gesicht gab es mehr kleine Fältchen, als sie bis jetzt wahrgenommen hatte. Ganz besonders in den Augenwinkeln. Wahrscheinlich war er älter, als sie gedacht hatte – ungefähr so alt wie ihr Ex-Mann Brian. Jetzt wandte er ihr sein Gesicht zu. Seine Augen hatten eine merkwürdige Farbe, nicht ganz blau, nicht ganz grün, und rund um die Pupillen bernsteinbraun. Er schaute ihr gerade ins Gesicht, ohne zu blinzeln und zog die Augenbrauen hoch. Ganz klar, eine Herausforderung. Es waren keine Worte nötig, um das zu verstehen.

Katie richtete sich zu ihrer vollen Größe auf, nahm ihren Wagen und schob ihn weiter. Wenigstens eine Grabgabel wollte sie noch haben. Sie beschleunigte ihre Schritte. Im Augenwinkel sah sie, dass Oliver dasselbe tat. Ganz hinten rechts am Ende der Gartengerätewand hing sie, die letzte Grabgabel. Edelstahl, rostfrei. Noch schneller. Vergeblich. Oliver fuhr rechts von ihr, was ihm einen unfairen Vorteil verschaffte. Ein triumphierender Seitenblick, ein Griff, und die Grabgabel, Edelstahl, rostfrei, landete in seinem Einkaufswagen.

»Mm, Sonderangebot. Sehr gut. Ach, Sie wollten die auch? Na ja, kann man nichts machen, nicht wahr? Wer zuerst kommt, mahlt zuerst.«

Katie antwortete nicht und bemühte sich, so zu tun, als wäre ihr das vollkommen egal. Er hatte ja recht, auch wenn sein Verhalten überaus grob und unhöflich war. Aber wenigstens die hübschen Rosenhandschuhe, die sie vorhin gesehen hatte, wollte sie noch holen. Das himbeerrote Leder und die lange, rosenbedruckte Armstulpe aus festem Nylonstoff hatten es ihr angetan.

In einer einzigen geschmeidigen Bewegung hatte Oliver seinen Wagen im Stich gelassen und war an ihr vorbeigezogen. Damit hatte Katie nicht gerechnet. Ihr bloßer Unterarm berührte seinen – Haut auf Haut, prickelnd heiß, geradezu aufregend. So verharrten sie für einen Moment im stummen, erbitterten Armdrücken unter dem Schild *Rosenhandschuhe, Größe M, Echtleder.* Er war stärker, drückte ihren Arm beiseite und knurrte: »Willichhaben.« Weg war er und mit ihm die Handschuhe, während Katie ihm noch mit halb geöffnetem Mund hinterherschaute, stumm vor Empörung.

An der Kasse legte Katie alles aufs Band. Während sie darauf wartete, dass sie an der Reihe war, warf sie noch einen letzten betrübten Blick auf ihren Einkaufszettel, bevor sie ihn mit einem Seufzen zurück in die Rocktasche stopfte.

»Fehlt noch was? Haben Sie alles bekommen?« Der Verkäufer schaute sie fragend an.

»Ich … wieso … nein«, stammelte Katie. »Aber wie …?«

»Woher ich das weiß?« Der Verkäufer lachte. »Ich kenne diesen Blick. Sie haben gerade auf Ihren Einkaufszettel geschaut, und Sie haben nicht alles bekommen, was da drauf stand. Also, verraten Sie mir, was noch fehlt?«

»Na ja, eigentlich wollte ich noch einen Spaten kaufen und eine Grabgabel. Aber die Wand mit den Geräten war so gut wie leer, alles schon verkauft. Wahrscheinlich wegen Ihres Sonderangebots.«

»Kann sein«, meinte der Verkäufer gleichmütig. »Die Aktionsware ist schon verkauft. Aber soll ich Ihnen mal was verraten?« Er senkte verschwörerisch die Stimme. »Sie dürfen es aber nicht weitersagen. Die guten Sachen haben wir vorher natürlich weggeräumt, ins Lager. Glauben Sie etwa, dass wir die handgeschmiedeten Geräte zum halben Preis verschleudern? Nein, an der Angebotswand war nur die Billigware aus Fernost. Schwer wie Blei und stumpf dazu. Außerdem würde ich Ihnen einen Damenspaten empfehlen, der ist etwas schmaler. Damit arbeitet es sich leichter. Und«, er schaute sie prüfend an, »mit einem längeren Stiel. Also, wenn Sie bereit sind, ein bisschen mehr auszugeben, kann Ihnen geholfen werden.«

Atemlos beeilte sich Katie zu versichern: »Absolut, das ist kein Problem. Ich bin nicht wegen der Sonderangebote hier und bin bereit zu bezahlen, was es kostet.«

Der Verkäufer drehte das Schild an seiner Kasse um. *Geschlossen, bitte an der anderen Kasse anstellen*, las Katie. »Warten Sie bitte einen Moment, okay?«

Zehn Minuten später verließ Katie in bester Laune den Laden. Ha, Oliver würde sie nicht aufhalten!

Smile

Wahnsinn! Echt jetzt? Wow. Kevin trat auf die Terrasse und atmete einmal tief durch. War auch nötig, so viel hatte er seit Wochen nicht mehr zum Frühstück gegessen. Mann, war das lecker gewesen. Diese Croissants mit der Marmelade, das Rührei und der frisch gepresste Orangensaft … er sollte wirklich jeden Tag runterkommen und frühstücken, schließlich zahlte er dafür. Warum hatte er das bloß eine Woche lang verpasst?

Okay, die Frage ließ sich leicht beantworten: Weil der Programmstand sonst nicht fertig geworden wäre. Zwölf Stunden Arbeit pro Tag. Aber damit war jetzt Schluss, der Anruf von Nakamura hatte alles geändert.

Kevin schaute sich um. Hier draußen war er noch gar nicht gewesen. Morgens hatte es heftig geregnet, jetzt glänzte alles feucht. Ganz frisch irgendwie. Hübsch sah das aus, also, wenn man auf so Sachen wie Garten, Wiese und Aussicht stand. Garten und Wiese war jetzt nicht unbedingt sein Ding, aber etwas löste der Anblick in ihm aus. Er brauchte ein paar Atemzüge, bis er den Finger drauflegen konnte, was es war: Entspannung. Er hatte in den letzten Wochen so sehr unter Strom gestanden, dass er sich an den Zustand gewöhnt hatte. Ziellos schlenderte er über die Terrasse und stieg die Stufen zum Rasen hinab.

Ich könnte mich ja mal ein bisschen umschauen, überlegte er. Kevin schob die Hände in die Hosentaschen und schlenderte los, quer über den Rasen. Am Ende der nassen Rasenfläche gab es einen Weg, der zu einer großen Halle führte. Solche Hallen kannte er aus seinem Heimatdorf, oft dienten sie zum Keltern des Weins, und ein paar Nachbarn seiner Eltern hatten ihre Landmaschinen in ähnlichen Gebäuden stehen. Wahrscheinlich war diese Pension früher mal ein Weingut gewesen. Kevin ging zügig weiter und entschloss sich spontan, nach rechts der Straße in Richtung Wümmerscheid-Sollensbach zu folgen. Am Straßenrand ließ es sich gut gehen, nur ab und zu musste er einer großen Pfütze ausweichen. Insgesamt kamen drei Autos vorbei und ein Reisebus. Hier tobt ja der Bär, dachte er.

Die Straße führte leicht bergauf. Kevin nahm die Hände aus den Taschen, um besser gehen zu können. Fuck, das war echt nicht sein Ding, gehen. Er atmete schwer, Schweißtropfen brannten ihm in den Augen, und dann war da noch dieses fiese Stechen in der Seite.

Finstere Gedanken gingen ihm durch den Kopf: Ich bin ja so was von am Arsch. Okay, dass ich keinen Marathon rennen kann, ist mir schon klar. Aber einen Kilometer an der Landstraße entlanggehen, das müsste schon drin sein. So schlecht bin ich doch gar nicht in Form, das hätte ich gemerkt. Ich könnte sogar joggen, wenn ich wollte.

Kevin trabte los. Langsam angehen lassen, nichts überstürzen. Joggen war wirklich nicht so schwer. Aber das entpuppte sich als Trugschluss. Nach zweihundert Metern sah Kevin ein, dass er wohl besser eine Pause einlegen sollte. Das war echt armselig. Hätte er besser mal auf Agnetha gehört und wäre mit ihr ins Gym gegangen, aber auch dafür hatte er ja keine Zeit gehabt, genauso wenig wie für alles andere.

Mann ey, ich muss wirklich die Kurve kriegen. Mit diesem guten Vorsatz im Kopf drehte er sich um und ging langsam wieder zurück. *Meine Work-Life-Balance ist ja so was von unterirdisch. Okay, ein Step nach dem anderen. Morgen Frühstück und dann wieder spazieren.* Hatte das nicht sogar Agnetha mal vorgeschlagen, dass er zumindest mal spazieren gehen sollte? Kevin schaute zurück. Ein ganzes Stück weiter die Straße rauf stand ein Hinweisschild aus Holz. Bis dahin würde er morgen rennen, oder wenigstens gehen. Für heute war es genug. Er wischte sich den Schweiß von der Stirn. Seine Seite pochte, aber er fühlte sich so gut wie schon lange nicht mehr.

Kurz vor der Einfahrt zur Pension fing der Regen wieder an. Kein starker Platzregen wie am frühen Morgen, der nach einem heftigen Wolkenbruch wieder Sonne versprach, sondern ein feiner Nieselregen, der Stunden andauern konnte.

Kevin ging schneller. Er hasste es, nass zu werden. Auf der Treppe unter dem Vordach saß ein Mädchen auf den Stufen. Sie beugte sich über ein Smartphone, sodass ihre braunen Locken das Gesicht wie ein Vorhang verdeckten. Beim Näherkommen hörte er sie leise fluchen. »Shit! Och nee, fuck, das darf doch nicht wahr sein. Mistding.«

Kevin blieb ein, zwei Schritte vor der Treppe stehen und sah dem Mädchen zu. Er schätzte sie auf höchstens zwölf oder dreizehn. Abwechselnd tippte sie wütend etwas mit beiden Daumen, dann starrte sie wieder ungläubig auf ihr Handy. Das wiederholte sich mehrmals.

»Probleme?«, fragte er.

Das Mädchen schaute erschrocken auf.

Kevin hob beide Hände: »Sorry, ich wollte dich nicht erschrecken. Bin nach dem Frühstück nur kurz spazieren gegangen, ich darf doch hier unter das Dach?«

»Ist ein freies Land, und hier ist es trocken«, erwiderte das Mädchen. »Wohnen Sie auch hier im Hotel?«

»Jep, ich bin Vin, ich habe das Zimmer am Ende des Ganges, die Nummer …«

»O nein, du bist … ähm, ich meine … Sie sind der Kerl, der den Krach gemacht hat und eine Nacht später dann so richtig laut rumgebrüllt und geflucht hat. Die Zwillinge sind davon wach geworden, und meine kleine Schwester hat richtig Angst gehabt.«

Kevin verdrehte die Augen und verzog das Gesicht zu einem schiefen Grinsen. »Okay, nur fürs Protokoll: Ich hatte nicht daran gedacht, wie laut meine Computerboxen sind. Und in der zweiten Nacht hatte ich meine Kopfhörer auf, um keinen zu stören. Aber wenn man dann spricht, kriegt man selbst nicht mehr mit, wie laut es ist, deswegen war ich so gut zu hören. Und ich habe rumgeflucht, weil mich die Unfähigkeiten eines Mitspielers drei Leben und einen Spitzenplatz im Ranking gekostet hat.«

»Oh, Onlinegames? Computerboxen? Kennst du … äh … kennen Sie sich vielleicht mit Computern aus?«

»Du kannst ruhig Vin und du sagen, ich bin ja erst sechsundzwanzig.«

»Olivia, und ich bin elf. Meine Mama würde ausrasten, wenn sie wüsste, dass ich mich mit einem fremden Mann unterhalte. Aber ich denke, das ist schon safe, weil ich echt schnell wegrennen kann.«

»Mann, sehe ich so gefährlich aus?«

»Nee, eher harmlos, aber als Frau muss man aufpassen. Aber okay, Vin, wie sieht es jetzt aus? Wie krass sind deine Computerkenntnisse? Sagen wir mal, auf einer Skala von eins bis zehn, wobei zehn mega wäre?«

Kevin grinste breit. »Sagen wir, eine gute fünfzehn.«

»Echt jetzt?«

»Jep. Ich verdiene mit Softwarearchitektur und Programmierungen mein Geld.«

»Wow. Cool.«

Oliva nickte nachdenklich, dann streckte sie ihr Handy in Kevins Richtung. »Mir ist der Messenger abgestürzt, die Kontakte sind weg. Kriegst du das wieder hin?«

»Zeig mal.« Kevin nahm das Handy und scrollte durch die Einstellungen. »Ey, klar, das hatte Agnetha auch mal, da war das Programm abgestürzt, aber du hast – anders als sie – zum Glück Backups in der Cloud.«

»Echt? Hab ich?«

»Na ja, ist voreingestellt, das hilft. Warte mal, so, und jetzt noch … hier einmal starten.« Kevins Daumen flogen nur so über das Display. »Ich lade dir noch ein paar neue Emojis runter. So, erledigt. Und bestätigen und … alles klar. Da, fertig: Siebenundachtzig Kontakte wiederhergestellt. Und es gibt neue Gesichter für ›smile‹, die finde ich ziemlich cool. Die habe ich mitentwickelt.« Er reichte Olivia das Handy zurück.

»Boah, cool. Danke! Du hast echt ein ›smile‹ entworfen?«

»Ja, ich wollte Agnetha damit überraschen, aber daraus wurde nichts.«

»Ist sie deine Freundin?«

»Na ja, war sie. Das ist im Moment eher kompliziert.«

Olivia legte den Kopf schief und musterte Kevin, der sofort das Gefühl hatte, von einer deutlich älteren Person als von einer Elfjährigen taxiert zu werden.

»Bist eigentlich ein Netter. Ich würde ihr an deiner Stelle mal schreiben. Vielleicht ist es dann nicht mehr so kompliziert, habe ich auch gemacht, als ich mit der Paula Stress hatte. Echt, einfach sagen, dass es einem leidtut, hilft wirklich, ich schwör.«

»Danke für den Tipp, vielleicht mache ich das tatsächlich.«

Kevin ging die Stufen hoch und blieb kurz in der Tür stehen. »Schönen Tag noch, Olivia.«

»Dir auch, Vin. Man sieht sich.«

Ich will nicht wieder nach Hause

Knirsch – schlapp. Knirsch – schlapp. Für einen Moment hielt Katie inne, um sich mit dem Jackenärmel den Schweiß von der Stirn zu wischen. Das bisschen Nieselregen störte sie nicht weiter, aber der lehmige Boden machte ihr das Umgraben wirklich schwer. Immerhin, ein ganzes Stück war schon geschafft. Bald konnte sie beginnen, ihre vorgezogenen Pflänzchen einzusetzen. Wurde auch Zeit. Die armen Dinger waren eigentlich schon zu groß, um noch auf der Fensterbank in Saatkisten zu stehen. Sie holte tief Luft, setzte den Spaten an und trat ihn mit einer energischen Bewegung ihres geblümten Gummistiefels fest in die Wiese. Knirsch –

»Was machen Sie denn da?«

Der Spaten blieb, wo er war. »Ach, du bist es, Olivia. Willst du dich ein bisschen umsehen?«

»Mmh. Und, was wird das hier? Sieht nach ziemlich harter Arbeit aus. Macht Ihnen so was Spaß?«

»Das ist eine sehr gute Frage. Doch, ja, irgendwie macht es

Spaß. Es ist schwer, einen neuen Garten anzulegen. Aber ich habe mir vorgenommen, dass ich hier ganz viele Blumen haben möchte, alles soll bunt werden.«

Zweifelnd schaute Olivia auf den schlammigen, umgegrabenen Streifen. »Im Moment sieht es eher matschig aus und überhaupt nicht bunt.«

»Da sagst du was. Und die nasse Erde ist auch viel schwerer als trockene. Ich könnte eine Pause vertragen. Komm doch mit rüber zu dem Unterstand, ich habe eine Thermosflasche mit Tee dabei.«

In Windeseile waren zwei Klappstühle aufgestellt, und jede hielt einen dampfenden Becher Tee mit Milch in den Händen.

Olivia umschloss ihren Becher mit beiden Händen, trank einen Schluck und sagte überrascht: »Da ist ja eine kleine Rose innen in der Tasse. Die sieht man erst beim Trinken.«

»Deswegen ist das auch eine meiner Lieblingstassen – ich habe so gerne schöne Dinge um mich herum.«

Anstelle einer Antwort stieß Olivia nur einen abgrundtiefen Seufzer aus und schaute hinaus in den Nieselregen.

»Olivia? Was hast du?« Forschend sah Katie das Mädchen von der Seite an. Die blickte stur geradeaus. »Bist du nicht glücklich? Gefällt dir euer Urlaub nicht?«

»Das ist es ja gerade«, stieß Olivia hervor. »Hier ist alles schön. Es gibt überhaupt nichts Hässliches, keine Autos, keinen Krach. Noemi und ich haben ganz viel Platz im Zimmer. Jeden Tag essen wir was extra Gutes zum Abendbrot.«

»Aber daran ist doch nichts Schlimmes.«

»Mama ist total anders als zu Hause. Sie hat viel mehr Zeit. Ich auch, ich muss ja nicht jeden Abend auf die anderen aufpassen. Ich müsste also froh sein. Aber Mama schimpft andauernd mit mir, und sie sieht immer noch total müde aus. Und mir ist langweilig. Das hier«, sie machte eine weit ausholende Handbewegung über die dunstverhangenen Wiesen und

Hügel vor ihnen, »das ist echt schön, aber ich hab nichts zu tun.«

»Hast du vielleicht ein bisschen Heimweh?«, fragte Katie vorsichtig nach. »Fehlen dir deine Freundinnen? Dann würdest du wohl am liebsten wieder nach Hause fahren?«

Jetzt wandte Olivia endlich doch ihr Gesicht zu Katie. In ihren Augen schimmerten Tränen. »Nein, das ist es ja«, sagte sie unglücklich. »Ich will auf keinen Fall wieder nach Hause zurück. In Köln ist es schrecklich. Meine Mama sehe ich kaum. Eigentlich weiß ich überhaupt nicht mehr, was ich will.«

»Na komm«, sagte Katie tröstend, »so schlimm wird es doch nicht sein.«

»Doch, so schlimm ist es. Ich muss drei oder vier Mal in der Woche abends auf die Zwillinge aufpassen, wenn Mama arbeiten geht. Ich …«, Olivia stockte.

»Ja, was?«, hakte Katie sanft nach. Sie spürte, dass da noch mehr war, was das Mädchen bedrückte.

»In meiner Klasse lachen mich viele aus. Ich hab die falschen Schuhe und nicht die richtigen Pullis. Mama sagt, die kann sie nicht kaufen. Und dann reden alle immer über Serien, die sie im Abo angeschaut haben, nur ich kann da nicht mitreden. Das finde ich auch gar nicht schlimm … meistens jedenfalls. Bei Noemi ist das auch so. Die hatte eine beste Freundin, Lina hieß die. Doch Linas Eltern haben sich scheiden lassen, und die Lina ist mit ihrer Mama weggezogen. Jetzt hat Noemi überhaupt keine beste Freundin mehr. Das findet sie total doof. Mama sagt sie nichts davon, weil die immer gestresst ist.«

»Wegen der Arbeit?«

»Genau. Tagsüber ist es schwierig mit den Jobs, wegen Nico und Jonas.«

»Das gibt es doch gar nicht«, sagte Katie empört. »Haben

die beiden denn keinen Platz in der Kita? Jede Familie hat ein Anrecht darauf.«

»Das wissen wir auch, und die Kleinen gehen auch hin. Natürlich nur, wenn sie gerade mal nicht erkältet sind. Aber die Kita ist ziemlich weit weg, fast fünf Kilometer. Von unserer Wohnung fährt kein Bus in die Richtung, und wir haben kein Auto. Mama läuft mit den beiden. Das dauert über eine Stunde. Mama ist Metzgerin und müsste mit der Arbeit ganz früh anfangen, da hat die Kita noch gar nicht geöffnet. Also bringt sie zuerst Nico und Jonas weg, wenn Noemi und ich in die Schule müssen. Danach hat sie manchmal einen Aushilfsjob als Verkäuferin in der Metzgerei, aber nur für ein paar Stunden. Abends geht sie dann putzen, in der Spätschicht. Und ich mach mir und den anderen was zu essen und pass auf, dass sie sich waschen und ins Bett gehen. Die Zwillinge können das noch nicht gut alleine, sie sind ja erst vier. Aber okay.« Sie wischte sich mit der bloßen Hand über die Augen und zog die Nase hoch. »Ich kann schon gut Rührei machen. Und Pfannkuchen mit Nutella. Und Nudeln mit Tomatensoße kann ich auch. Ich komm klar. Nur so mit Freundinnen verabreden, das geht eben nicht.«

Katie schluckte. Das war ganz schön viel Verantwortung für eine Elfjährige. Vorsichtig fragte sie: »Und deine Mutter, die macht alles ganz alleine? Oder habt ihr auch einen Papa irgendwo, den ihr ab und zu besucht?«

Jetzt zog sich ein tiefer Schatten über Olivias Gesicht. »Nein!«, brüllte sie. »Haben wir nicht! Alle fragen das immer. Also, wenn Sie es ganz genau wissen wollen: Mein Papa ist tot, der war schon gestorben, bevor ich auf die Welt gekommen bin. Noemis Papa hat Mama sitzen gelassen, als sie schwanger wurde. Und der Papa von Nico und Jonas? Hat sich vor zwei Jahren eine andere Frau gesucht, eine, die nicht so viele Kinder hat. Das hat er ihr so gesagt, ich hab's gehört. Seit der Scheidung ist Mama alleine. So, jetzt wissen Sie es auch.« Mit der Schuhspitze bohrte sie ohne hinzusehen in dem staubigen Boden im Unterstand. »Alle gucken immer ganz mitleidig, wenn ich das erzähle, aber das hilft nicht. So ist unser Leben in Köln, und deswegen will ich nicht wieder nach Hause.«

Es gab keine Worte, mit denen Katie eine Elfjährige in dieser Lage hätte aufheitern können. Stattdessen hielt sie Olivia eine aufgerissene Packung Schokoladenkekse hin. »Hier, nimm einen.«

Olivia zögerte.

»Ich weiß, das hilft auch nicht, aber sie schmecken trotzdem gut. Und irgendwie habe ich immer das Gefühl, mit einer Tasse Tee und einem Keks ist alles ein bisschen weniger schlimm. So machen wir das in England.«

Zögernd griff Olivia zu und nahm sich einen der schokoladenüberzogenen Kekse. Sie biss hinein, und im Mundwinkel war fast so etwas wie ein schwaches Lächeln zu erkennen.

»Wenn mir etwas einfällt, wie ich dir helfen kann, sag ich dir Bescheid«, versprach Katie. »Und bis dahin, versuch doch trotzdem, deinen Urlaub zu genießen. Einen Tag nach dem anderen.«

Mit einer raschen Handbewegung nahm sich Olivia einen zweiten Keks, stopfte ihn in den Mund und nickte. »Ich geh … sorry …« Sie kaute und schluckte. »Ich geh dann mal wieder. Und danke für den Tee.« Schnell rutschte sie von dem Klappstuhl und machte sich auf den Weg über die nasse Wiese, zurück zum Gutshof.

Es dauerte eine ganze Weile, bis Katie die Energie wiederfand, um so schwungvoll wie vorher umzugraben.

***

Oliver Körten-Buschmeier ließ das Fernglas sinken. Er stand

in dem Weinberg, der oberhalb der alten Obstwiese gelegen war.

»Was zum Teufel macht diese verrückte Engländerin denn jetzt schon wieder?«, murmelte er. »Die Wiese umgraben? Alleine, im Regen, und nur mit einem Spaten bewaffnet?« Er schüttelte den Kopf, steckte das Fernglas in die Jackentasche und holte stattdessen seine Rebschere heraus. Es mussten noch etliche überflüssige Triebe herausgeschnitten werden, und einige der Blüten waren nicht befruchtet und drohten jetzt bei Regenwetter herunterzufallen. Er machte sich an die Arbeit, aber die Engländerin ging ihm einfach nicht aus dem Kopf. Was stellte die sich eigentlich vor? Wie kam die dazu, seine Wiese umzugraben? Oliver schnaubte empört. Na, die wird noch ihr blaues Wunder erleben, dafür sorge ich.

Gutshof Moselthal, Mittwoch, 28. Juni

Hello my dear,

jeden Tag bist du Teil meines Lebens, und das wird auch immer so bleiben. Jeden Tag werde ich dir berichten, was ich erlebt, gedacht, gefühlt habe. Das habe ich dir damals versprochen. Auch wenn du schon lange nichts mehr davon wissen willst. Es schmerzt mich mehr, als ich mit Worten sagen kann, dass du jeden einzelnen meiner Briefe ungeöffnet zurückgehen lässt. Und trotzdem kann ich nicht aufhören damit. Wie könnte ich aufhören, deine Mutter zu sein? Das ist unmöglich. Eines Tages wirst du das verstehen. Eines Tages wirst du es verstehen, und dann wirst du in der Lage sein, einen kleinen Schritt auf mich zuzugehen. Einen klitzekleinen Schritt, das ist doch nicht zu viel verlangt.
Heute geht mir sehr vieles durch den Kopf, Dinge, an die ich jahrelang nicht mehr gedacht habe. Wie ich dich zum ersten Mal in den Armen gehalten habe. Wie du mich angesehen hast, als ich dich bei

deinem Vater zurücklassen musste, damit ich eine Berufsausbildung machen konnte. Und dann der schlimmste Moment von allen: Als du mich weinend angerufen hast, um mir zu erzählen, dass dein Vater und Sheila dich in ein Mädcheninternat schicken werden. Du warst gerade acht Jahre alt geworden. Nichts hätte ich lieber getan, als dich stattdessen zu mir zu holen. Aber wie hätte das gehen sollen, ich mit meinen Spätschichten in der Küche und alle ein, zwei Jahre in einem anderen Land? Ich dachte, es wäre das Beste für dich, bei deinem Vater und seiner neuen Frau aufzuwachsen. In einer normalen Familie.

Vielleicht möchtest du wissen, warum ich ausgerechnet jetzt an diese alten Geschichten denke? Der Grund hat einen Namen: Franziska. Franziska ist zu Gast in meiner Pension, sie ist dreiunddreißig Jahre alt, und sie hat vier Kinder, die sie ganz alleine großzieht. Und ja, sie schafft das. Okay, sie streiten sich auch mal. Aber Franziska und ihre Kinder sind warmherzige Menschen, und sie halten fest zusammen. Dabei haben sie kaum Geld, sie können sich noch nicht einmal eine ausreichend große Wohnung leisten, und den Urlaub in meiner Pension haben sie in einem Preisausschreiben gewonnen. Es ist ihr erster Urlaub, den sie jemals gemacht haben!

Und jetzt frage ich dich: Hast du es nicht gut getroffen mit Sheila und deinem Vater? Ist es etwa nicht fantastisch, in einem wundervollen privaten Internat mit lauter netten Mädchen zu wohnen? Genießt du das Reiten, die Tennisstunden, die Theatergruppe und natürlich die Schulbildung, die dir eine staatliche Schule so niemals geben könnte?

Manchmal schickt mir Brian ein Foto von dir.

Meine schöne, fünfzehnjährige Emma, meine Tochter – ich hoffe von ganzem Herzen, dass wir damals für dich die richtige Entscheidung getroffen haben.

In Liebe
Deine Mutter Katie

Kevin rennt

Ein neuer Morgen voller neuer Möglichkeiten. Praktisch der Beginn von Work-Life-Balance 2.0. Kevin blieb auf dem Kiesplatz stehen und atmete einmal tief ein und wieder aus. Die Luft war noch etwas kühl, aber sie brachte eine Frische mit sich, die ihn überraschte. Überraschend frisch? Das lag wahrscheinlich daran, dass er normalerweise nicht so früh aufstand und sich draußen aufhielt.

Er hatte sich fest vorgenommen, es bis zur Bank zu schaffen, dafür hatte er sogar extra den Wecker früher gestellt. Der Plan war makellos: Er musste vorbereitet sein, und er musste früh starten. Wenn er erst einmal Brötchen, Eier, Saft und Kaffee intus hatte, wäre es kein Wunder, wenn er beim Laufen schwächeln würde. Also hatte Kevin sich schon am Abend die Kleidung rausgesucht, die einem Sportoutfit noch am nächsten kam: Bermudashorts, Sneakers und eines seiner schwarzen Lieblings-T-Shirts mit der Aufschrift *Programmierer … ist ein Organismus, der Kaffee und Pizza in Software verwandelt.*

Kevin hob die Arme in die Höhe, beugte sich ein, zwei Mal nach links und rechts und hüpfte dann kurz auf der Stelle. Es knackte in einigen Gelenken. Holy shit, er musste echt mal was für seinen Körper tun. Okay, also los.

Kevin trabte vom Hof und fühlte sich gut dabei, seine Schritte waren federnd, seine Atmung ruhig und gleichmäßig. Keine Frage, er war doch fitter, als er gedacht hatte.

Ein paar Hundert Meter später musste Kevin einsehen, dass er sich getäuscht hatte – aber so was von getäuscht. Lag wahrscheinlich an der Steigung. Wäre es bergab gegangen, hätte er locker weiterlaufen können. Stattdessen schnappte er nach Luft wie ein Goldfisch auf dem Trockenen. Seine Füße schienen am Asphalt zu kleben. Kevin zwang sich trotzdem weiterzulaufen.

Hoffentlich sah ihn keiner.

Die Bank schien kaum näher zu kommen. War die echt so weit entfernt gewesen? Gestern war sie ihm noch wie ein erreichbares Ziel erschienen, nicht mehr als ein Zwischenstopp, bevor es weiterging.

Als er nach endlosen zwanzig Minuten endlich die Bank erreicht hatte, lief ihm der Schweiß in die Augen, sein T-Shirt klebte am Körper, und er musste sich an der Banklehne festhalten, weil ihm schwindelig wurde.

Fuck, keinen weiteren Schritt würde er traben. Never ever! Laufen war einfach nicht sein Ding. Was sollte das auch bringen, außer Atemnot? Kevin beugte sich vor und stützte die Hände auf den Oberschenkeln ab. Gott sei Dank hatte er noch nichts gegessen, sonst wäre ihm wahrscheinlich auch noch übel geworden. Er richtete sich auf und ging langsam zurück.

Das Seitenstechen brachte unliebsame Erinnerungen an längst vergangene Sportunterrichtsstunden wieder hervor. Er hatte schon damals keinen Sinn darin gesehen, in der Halle im Kreis zu laufen oder mit anderen zusammen um einem Ball zu kämpfen. Sein Sportlehrer Werner Frontalla hatte ihn erst angefeuert, später angeschrien und am Ende nur noch ausgelacht. Kevin war das alles ziemlich egal gewesen, die Sportnote konnte seinen Notenschnitt nur unwesentlich verschlechtern. Und während sein Sportlehrer ihm noch eine düstere Zukunft prophezeit hatte, hatte Kevin schon die ersten Programmieraufträge aus Silicon Valley abgearbeitet.

No sports, das hatte Winston Churchill doch als Motto gehabt. Ich hätte daran danken sollen, bevor ich vom Hof getrabt bin, dachte Kevin verbittert. Was der alte Frontalla wohl sagen würde, wenn er mich jetzt sehen könnte?

Langsam bekam Kevin wieder Luft. Er brauchte einen Plan. Okay, erst duschen, dann Frühstück. An seinem Ziel, fitter zu werden, hatte sich nichts geändert, nur der Weg zum Ziel war unklar. Laufen war es jedenfalls nicht.

De-fi-ni-tiv nicht!

Kümmert euch mal

Zwei gepolsterte Stühle und ein kleiner quadratischer Tisch aus Kirschholz. Das war inzwischen der Lieblingsplatz, an dem Katie und Theo ihre tägliche Besprechung am frühen Abend abhielten. Katie hatte inzwischen ihren Plan in die Tat umgesetzt und eine Sitzecke in ihrem Büro eingerichtet. Dafür hatte sie einen alten Tisch vom Speicher hergeschafft und vor dem Fenster aufgestellt. Dazu noch zwei von den bequemen Polsterstühlen aus dem Aufenthaltsraum für die Gäste.

Katie schaute in ihren Teebecher.

»Du bist nicht gerade gesprächig heute«, sagte Theo.

»Was? Bitte, was hast du gesagt?«

»Du bist sehr schweigsam heute Abend. Stimmt etwas nicht?«

»Ach, es ist nur … ich hatte heute eine seltsame Begegnung. Eins von den Borgert-Mädchen, die Älteste, Olivia, hat mich heute im Garten besucht.«

Theo hatte die seltene Gabe, im richtigen Moment zu schweigen. Das machte ihn zu einem sehr guten Zuhörer.

»Sie hat mir von ihrem Leben in Köln erzählt. Das ist, na ja, richtig mies. Die Mutter arbeitet fast nur im Spätdienst, und das Mädchen versorgt dann die Geschwister. Dabei ist sie selbst erst elf Jahre alt. Es ist zum Heulen. Am liebsten würde ich mich persönlich um die Familie kümmern.«

»Du kannst aber nicht jeden retten.«

»Ich weiß, aber gerade dieses Schicksal, das nimmt mich richtig mit. Frau Borgert ist doch eine junge Frau. Nur weil sie zum falschen Zeitpunkt vom falschen Mann schwanger geworden ist – das darf doch nicht über ihre Zukunft entscheiden. Und die Kinder tun mir auch leid.« Katies Stimme zitterte. »Die wissen gar nicht richtig, wie sie sich hier beschäftigen sollen. Ich könnte … man müsste …«

Plötzlich setzte sich Theo auf.

»Zuckerschnute«, sagte er gedankenverloren. »Honigbienchen.«

Katie zuckte zusammen. »Wie bitte?«

»Oh, das muss ich erklären«, ergänzte Theo eilig. »Weißt du noch, was du mir vor ein paar Tagen erzählt hast? Von dem Ehepaar Zimmerbach? Die zwei machen doch gerade so eine Art Paartherapie und haben einander schon morgens beim Frühstück mit Kosenamen überhäuft. Um ihre Beziehung zu stärken.«

»Ja, das war witzig. Aber was hat das mit Familie Borgert zu tun?«

Theo beugte sich vor und sagte: »Die beiden haben noch etwas gesagt, kannst du dich daran erinnern? Sie sagten, ihre nächste Aufgabe sei es, sich um jemanden zu kümmern, der es nicht so gut hat. Sie hätten aber noch niemanden gefunden.« Er machte eine bedeutungsvolle Pause.

»O mein Gott, Theo, du bist ein Genie. Das ist es! Die beiden könnten sich um die Borgert-Kinder kümmern, vielleicht mal einen schönen Ausflug mit ihnen machen oder so. Gleich morgen früh rede ich mit ihnen.«

Theo griff nach den beiden leeren Teebechern und stand auf. »Das mit dem Genie lass ich mir auf ein Kissen sticken.« Er lächelte verschmitzt. »Und Katie, ich mag es, dass du immer die Welt retten willst. Das ist nett.« Mit diesen Worten verschwand er.

Dat Leben is kein Wunschkonzert

Als die Zimmerbachs mit Franziska Borgert und ihren Kindern abends die große Halle betraten, hatte Uli Zimmerbach einen schlafenden Nico auf dem Arm, während Franziska ihren anderen Sohn trug, der ebenfalls schlief.

Katie, die hinter der Rezeptionstheke stand, freute sich bei dem Anblick der Gruppe wie eine Schneekönigin, offenbar war der Ausflug an die Mosel ein voller Erfolg gewesen: Alle sahen müde und zufrieden aus, sogar Olivia strahlte über das ganze Gesicht. Moni Zimmerbach, die eine erschöpfte, aber glückliche Noemi an der Hand hielt, blieb kurz stehen. »Wir bringen schnell die Kinder nach oben, die Süßen sind so wat von fertich. Abba wennse noch ne Kleinichkeit zu essen hätten, Frau Sheridan, dat wäre richtich klasse.«

Katie musste nicht lange nachdenken. »Ich habe frisches Baguette, Tomaten und Käse und außerdem einen kühlen Riesling. Wäre das Kleinigkeit genug?«

Uli Zimmerbach, der schon auf der Treppe stand, drehte

sich zu ihr um und zwinkerte ihr zu. »Machense aus dem Riesling ein kühles Pilsken und ich bin Ihnen auf ewich dankbar.«

»Ja, Bier ist natürlich auch da, Herr Zimmerbach.«

Während die ganze Gruppe im ersten Stock verschwand, lief Katie in die Küche und stellte auf einem Tablett Geschirr und Essen zusammen. Das war einer der Gründe, warum sie eine Pension eröffnet hatte. Genau so hatte sie sich das damals vorgestellt: einfach die Möglichkeit haben, den Gästen auch mal außer der Reihe einen Imbiss anbieten zu können. Etwas, was im geregelten Betrieb eines großen Hotels nicht so ohne Weiteres möglich war. Zufrieden summte Katie die Anfangstakte von *Ain't no sunshine* und trug das volle Tablett in den Frühstücksraum.

***

»Und dann sind wir auffem Schiff nach Alf gefahren. Und ich dachte immer, so heißt nur diesa pelzige Alien aussem Fernsehen von damals. Nö, ich sach Ihnen, nen ganza Ort heißt so. Na ja, und dann sin'wa natürlich rauf auf die Burg oberhalb von dem Dorf. Toller Ausblick, wie wenne auffem Gasometer in Oberhausen stehst. Da kannste auch dat Revier so von oben bestaunen. Also, die Jungens haben natürlich die Burg geliebt. Klar, Ritter und so. Nee, ich muss sagen, dat war schon schön.« Moni Zimmerbach lehnte sich zurück und seufzte zufrieden. »Der Uli und ich, wir sind ja sonst mehr so anner Nordsee, da gibbet auf Langeoog nen kleines Dorf, da lebt ne Freundin von uns. Hammwa im letzten Jahr sogar mal bei dem Strandkorbverleih mitgeholfen, abba hier anner Mosel, nee, dat is auch schön.«

Katie saß mit den Zimmerbachs im Frühstücksraum und hatte sich den Ausflugstag in allen Einzelheiten beschreiben lassen. Franziska Borgert dagegen war nur noch kurz nach unten gekommen und hatte sich entschuldigt, dass sie nicht mehr am Imbiss teilnehmen wollte. Sie wollte lieber bei ihren Kindern bleiben und vielleicht noch mit Olivia ein bisschen fernsehen.

So kam es, dass Katie alleine mit den Zimmerbachs bei Weißwein, Bier und Käse zusammensaß.

»Also wennse mich fragen, dann is dat eine ganz verfahrene Lage bei der Franziska«, stellte Uli Zimmerbach fest. »Wat die uns so erzählt hat, boah, dat gibbet ja in keinem Kino. Die ist fertich ausgebildete Metzgerin, so richtich mit Abschluss und allet. Abba wie sollse da arbeiten, mit den beiden kleinen Bengeln. In Vollzeit kannste dat vergessen. Als Verkäuferin bissken wat dazuverdienen, dat geht tagsüber. Und dann am Abend putzen gehen und nie genug schlafen. Also, mir is dat richtich nah gegangen, dat sach ich Ihnen.« Zur Bekräftigung seiner Anteilnahme leerte Uli sein Bierglas auf ex und öffnete dann eine neue Flasche, um sich noch einmal nachzuschenken.

»Ich habe mit Olivia gesprochen, sie hat mir ein wenig von ihrem Alltag erzählt«, bestätigte Katie. »Es ist schwierig, wenn die Kinder noch so klein sind.«

»Machense sich nix vor. Son Kita-Platz is auch nicht der goldene Wech zum Glück. Ich hab dat doch bei unseren zwei Mädels gesehen. Die sind jetzt längst erwachsen, aber damals … ich sach Ihnen, die Moni war am Rotieren, war doch so, ne Moni?«

»Jau. Mann, Mann, Mann. Wobei, die Kindergartenzeit war ja noch Gold. Dann denkste, suppa, die sind jetzt inna Grundschule, und zack kommen sechs Wochen Sommerferien und dann noch die Oster-, Herbst- und Weihnachtsferien. Damals, da konnte ich froh sein, dat ich die Buchhaltung beim Uli gemacht hab. Da war dat egal, wann ich dat gemacht hab. Dat gab Wochen, da hab ich abends und nachts anne Abrechnungen gesessen.«

Katie hörte zu und dachte nach, aber eine Lösung fiel ihr auch nicht ein.

»Ich seh Ihnen dat an, Sie denken jezz auch: Mann, wat könnte man da machen? Abba, ich glaub, außer mal einen schönen Tach im Urlaub is da nich viel zu tun. Dat Leben, Frau Sheridan, dat Leben ist kein Wunschkonzert. Da heißt es nich ›Wünsch dir wat‹, sondern ganz häufich nur: So isset. Is die traurige Wahrheit.«

Keiner versteht Kevin

Perfekt, ein Vierertisch am Fenster. Und es saßen nur zwei Leute daran. Und die waren auch noch so ungefähr in seinem Alter.

»Entschuldigung, ist hier noch frei?«

Der Mann schaute hoch. Er zuckte mit den Achseln, nahm seinen Tagesrucksack und einen Fleecepulli von dem Stuhl neben sich und murmelte: »Ja, ist frei.«

Ihm gegenüber saß eine Frau, wahrscheinlich seine Freundin. Sie war offenbar viel draußen, ihr Gesicht war sonnengebräunt und sie strahlte Frische und Gesundheit aus. Freundlich lächelte sie und sagte: »Aber sicher. Setz dich ruhig zu uns.«

Dankbar ließ sich Kevin auf den Stuhl sinken. Sein Tagespensum war längst fertig, und so hatte er beschlossen, sich ein warmes Abendessen zu gönnen. Während seiner Zwölf-Stunden-Tage am Computer war ihm das nicht weiter aufgefallen, aber er war es wirklich leid, den ganzen Tag mit niemandem zu reden. Als er noch mit Agnetha zusammen gewesen war, war da abends immer jemand zu Hause gewesen. Als er reihum bei seinen Kumpels geschlafen hatte, war ihm deren Gesellschaft schon eher zu viel als zu wenig gewesen. Aber mittlerweile hätte er sich sogar mit Freuden zu seiner Mutter in die Küche gesetzt, um ein Schwätzchen zu halten. Mannomann, er war echt einsam.

Viel zu spät fiel ihm ein, dass ein dritter Gast bei einem jungen Pärchen vielleicht nicht unbedingt willkommen war. O nein, hatte er etwa einen romantischen Abend gestört? Jetzt gab es aber keinen Weg mehr zurück. Außerdem sah die Frau echt nett aus, und ihre blonden Haare erinnerten ihn ein bisschen an Agnetha.

»Ich heiße Daria, und das ist mein Freund Noah – wir können uns duzen, oder?«

»Ja, klar. Nennt mich Vin.«

»Vin? Wie Vin Diesel?« Jetzt schaltete sich Noah ins Gespräch ein. »Wow. Ich habe alle seine Filme gesehen, ich verehre Vin Diesel.«

»Ja, die Filme sind cool.«

»Wobei, du bist der erste Mensch, den ich kennenlerne, der tatsächlich so heißt. Ist ja nicht gerade ein häufiger Vorname.«

Kevin errötete. »Na ja, es ist eher so eine Art … Spitzname von mir. In Wirklichkeit heiße ich Kevin. Aber den Namen mag ich nicht besonders.«

Sie unterbrachen ihr Gespräch, um Getränke zu bestellen.

Heute hatte Katie französische Zwiebelsuppe und frisches Weißbrot auf die Karte gesetzt. In Windeseile hatte sie ein zusätzliches Gedeck gebracht, stellte einen zweiten Brotkorb hin, brachte Mineralwasser für das Pärchen und Cola für Kevin.

Fieberhaft überlegte Kevin, wie er ein Gespräch anfangen könnte. Gott, er war so was von aus der Übung.

Zum Glück erlöste ihn Daria und fragte: »Und, Vin, was machst du so?«

Gutes Thema. Da war er direkt in seinem Element. »Ich bin Software-Entwickler. Ich entwickle Software für die Steuerung von Fertigungsrobotern und Materialflusssystemen. Ihr müsst euch das so vorstellen ... das ist jetzt ein bisschen kompliziert ...«

Schon nach wenigen Sätzen machte Daria einen völlig überwältigten Eindruck, ihr Lächeln wirkte allerdings ein wenig starr. Noah saß neben ihm, deswegen konnte Kevin sein Gesicht nicht sehen, und wusste nicht, ob er alles verstand, aber er würde den beiden einfach alles genau erklären. Jetzt griff Kevin nach einer Papierserviette und nahm einen Kugelschreiber aus seiner Hemdtasche.

»Ich skizziere das einfach mal schnell, dann könnt ihr es euch besser vorstellen.« Mit schnellen Strichen entstand ein Flussdiagramm auf der Serviette. »Der Witz ist, dass es hier ...«, er umkringelte eines der Symbole, »auf keinen Fall zu einer Stockung im Materialfluss kommen darf, denn sonst ...« Daria hatte inzwischen aufgegessen und unterdrückte ein Gähnen. Kevin beschloss, ein paar Details auszulassen. »Jedenfalls, dieses Problem konnte ich gestern lösen, mit diesem einfachen Stück Code, ich notier das einfach mal in Binärschreibweise. Ich habe mir nämlich angewöhnt, so nahe wie möglich an der Maschinensprache zu arbeiten. Jeder Konvertierungsvorgang kostet ja nur unnötig Zeit.«

Daria beugte sich vor, um die Serviette zu betrachten. Sie war von einer endlosen Kolonne von Nullen und Einsen bedeckt. »Ja, äh, das war echt interessant ... Vin.«

»Genau. War nett, dich kennenzulernen.« Noah sprang auf. »Daria? Du wolltest doch noch deine Tante anrufen.«

Die schlug sich mit der flachen Hand vor die Stirn. »Stimmt. Meine Tante! Daran hatte ich ja gar nicht mehr gedacht!«

Das war doch bestimmt nur eine Ausrede gewesen. Nachdenklich faltete Kevin die bekritzelte Serviette zusammen und steckte sie mitsamt dem Kugelschreiber in die Hemdtasche. Er hatte doch wirklich alles ganz einfach und anschaulich erklärt. Beim nächsten Mal, nahm er sich vor, würde er einfach sagen: Ich mach was mit Computern.

Diese Briefe

»Ich kenne niemanden, der so gut organisiert ist wie du.« Mit diesen Worten reichte Theo eine Handvoll Briefe über Katies Schreibtisch. »Ich habe heute Morgen die Geschäftspost geöffnet und bearbeitet, das hier ist noch der Rest. Alles, was persönlich an dich adressiert ist.«

»Mm, wie immer. Klar, danke«, sagte Katie geistesabwesend, legte den kleinen Stapel ungeöffneter Umschläge neben sich auf die Schreibunterlage und tippte weiter auf ihrer Tastatur.

»Katie, darf ich dich mal was fragen? Ich habe gerade gesagt, ich kenne niemanden, der so gut organisiert ist wie du.« Theo hob eine Hand, als Katie zu einer Antwort ansetzte. »Warte. Die Frage kommt erst noch. Wieso schickst du die ganze Zeit Briefe nach England, obwohl du weißt, dass sie ungeöffnet zurückkommen? Jeder einzelne? Heute ist wieder einer dabei, wie so oft. An der Adresse oder am Porto kann es nicht liegen, das hättest du längst geändert, wenn es ein Problem gäbe.«

»Es ist …« Katie schluckte. »Ich habe mich schon gefragt, wann ich dir davon erzählen werde. Setz dich, das wird eine längere Geschichte. Ich mache uns eine Tasse Tee.«

Es war leichter, wenn man etwas zu tun hatte. Die Polsterstühle zurechtrücken. Tee in Tassen gießen. Milch dazugeben. Umrühren.

Schließlich war Katie so weit. Sie richtete sich in ihrem Stuhl auf, stellte die Tasse auf den Tisch, holte tief Luft und sagte: »Ich hatte eine Tochter, sie ist aus meinem Leben verschwunden.«

»O Gott, Katie, ist sie gestorben? Es tut mir leid, dass ich gefragt habe.«

»Nein, nein, das ist es nicht. Sie lebt, es geht ihr gut. Sie heißt Emma. Sie ist jetzt fünfzehn Jahre alt. Aber sie will nichts mehr mit mir zu tun haben.«

Als Katie einmal begonnen hatte, gab es kein Halten mehr. Sie erzählte Theo, wie alles angefangen hatte: Wie sie sich mit achtzehn in den fünfzehn Jahre älteren Brian verliebt hatte. Wie sie unerwartet schwanger wurde. »Brian ist ein guter Mensch, ein anständiger Mann. Wir haben geheiratet, aber wir waren zu verschieden. Wir haben es wirklich probiert. Nun ja, als Emma achtzehn Monate alt war, wurde die Ehe geschieden, und ich habe vor einer schweren Entscheidung gestanden: Sollte ich meine unterbrochene Berufsausbildung weitermachen? Aber wer würde sich um mein Kind kümmern? Eine alleinerziehende angehende Köchin hat es nicht leicht. Meine Eltern sind dann eingesprungen und haben die Kleine zu sich genommen. Dort ist sie geblieben, bis sie vier wurde, doch dann sollte sie eingeschult werden. Doch dort, wo meine Eltern wohnen, gab es keine gute Schule. Mir schien es damals die beste Lösung, Emma zu ihrem Vater zu geben. Der hatte inzwischen eine neue Partnerin, und die beiden hatten an Emma einen absoluten Narren gefressen. Die perfekte Lösung, dachte ich.« Katie rieb sich müde über die Augen. »O Gott, warum erzähle ich dir das überhaupt?«

Theo lächelte und sagte schlicht: »Weil du mir vertraust.«

Ein nachdenklicher Blick streifte Theo. Katie nickte langsam, es brauchte keine Worte.

»Und wie ging es dann weiter? Was ist passiert?«

»Was passiert ist? Die Pubertät, das ist passiert. Emma war schon lange in einem Internat, eine der besten Schulen Englands. Das hätte ich ihr nie bieten können. Aber dann, von einem Tag auf den anderen, hatte sie sich in den Kopf gesetzt, dass ich mich selbst hätte um sie kümmern müssen. Ich sei schließlich ihre leibliche Mutter. Emma sagt, dass ich sie weggegeben hätte, würde beweisen, dass ich eine schlechte Mutter wäre und sie nicht lieb hätte. Ich habe versucht, ihr zu erklären, dass ich nur das Beste für sie wollte – eine Familie mit zwei Elternteilen, Stabilität, ein Leben ohne dauernde Umzüge in andere Orte, ja, und Sicherheit. Sie war immer gut versorgt. Und, mein Gott, ich habe sie doch nicht zu fremden Leuten geschickt. Sie war bei ihrem eigenen Vater. Und zu seiner neuen Frau … hat Emma … Mum gesagt. Mich hat sie Katie genannt.« Katie schüttelte langsam den Kopf. »Ich weiß mir keinen Rat mehr. Mit den Briefen versuche ich, Kontakt zu ihr aufzunehmen. Ich schreibe ihr jeden Tag. Ich dachte, irgendwann wird sie anfangen, die Briefe zu lesen und alles wird wieder gut zwischen uns. Aber ich glaube bald selbst nicht mehr daran.«

»Du darfst die Hoffnung nicht aufgeben.« Theo schaute sie eindringlich an. »Du hast getan, was du für das Beste gehalten hast, mehr kann niemand verlangen.«

»Doch, ich verlange mehr von mir. Ich will endlich selbst an einem Ort ankommen. Das ist es, was ich hier tue. Der Gutshof Moselthal wird mein Zuhause, meine Heimat. Und ich wünsche mir so sehr, dass Emma irgendwann Teil davon wird. Ich muss nur den richtigen Weg finden.«

»Sei nicht so streng zu dir. Ich denke, du machst das genau richtig. Die Nähe anbieten, mehr kannst du nicht tun. Das Angebot annehmen, das muss von deiner Tochter kommen, das kannst du nicht erzwingen.«

»Aber ein Zuhause aufbauen, das kann ich, und das werde ich. Verstehst du jetzt, warum mein neuer Blumengarten so wichtig für mich ist? Zu einem richtigen Zuhause gehört auch ein Garten.«

Theo lachte freundlich und schüttelte den Kopf. »Die Engländerin und ihr Garten. Was für ein Klischee.«

Trotzig hob sie das Kinn. »Das macht es nicht weniger richtig. Die Menschen brauchen Blumen – und Liebe.«

»Oscar Wilde soll gesagt haben: ›Bewahre die Liebe in deinem Herzen. Ohne sie ist das Leben wie ein Garten ohne Sonne, aus dem die Blumen verschwunden sind.‹«

»Das ist eins meiner Lieblingszitate, ich kenne es gut. ›Keep love in your heart. A life without it is like a sunless garden when the flowers are dead.‹« Für einen kleinen, aber endlos scheinenden Moment schwiegen Katie und Theo gemeinsam. Es war Katie, die den Bann brach. »Es wird allerdings Zeit, dass die Beete fertig werden, sonst wird das nichts mit den Blumen. Meine Wohnung sieht schon wie ein Dschungel aus. Auf jeder Fensterbank und unter allen Dachfenstern stehen die Pflanzschalen mit den vorgezogenen Pflanzen. Die müssen dringend ins Freie.«

Der glückliche Gärtner

Weil Theo angeboten hatte, am Vormittag die bestellten Lebensmittel abzuholen, eröffneten sich für Katie zwei freie Stunden, mit denen sie nicht gerechnet hatte. Leben ist das, was passiert, während man selbst noch Pläne macht – ihre deutsche Großmutter hatte diesen Spruch oft zitiert, vor allem, wenn Katie sich mal wieder darüber beschwert hatte, dass alles anders gekommen war, als sie sich das vorgestellt hatte.

Früher war ihr das peinlich gewesen, wenn jemand angeboten hatte, ihr eine Aufgabe abzunehmen, weil sie den Anspruch an sich selbst hatte, alles Notwendige alleine erledigen zu können. Aber mit den Jahren hatte sie gelernt, solche Angebote anzunehmen.

Theos Einkauf war ein solches Angebot. Natürlich hätte sie auch leicht selbst losfahren können, um alles abzuholen, sie hatte dafür genug Zeit eingeplant. Dass jetzt Theo unterwegs war, ermöglichte ihr, im Garten zu stehen und den Vormittag zu genießen.

Für heute sagte der Wetterbericht noch Wolken und wechselhaftes Wetter voraus, aber schon in den nächsten Tagen sollte ein Hochdruckgebiet sommerliche Temperaturen bescheren. So oder so, das Umgraben der Wiese war eine Aufgabe, die Katie nicht besonders reizte. Entweder war der Boden feucht und schwer oder knochentrocken und hart. Das alles würde bei heißem Sommerwetter auch nicht besser. Wenn sie in dem Tempo weitermachte, konnte sie ihren Blumengarten für dieses Jahr vergessen. Sie scheute die körperlich anstrengende Arbeit nicht, aber sie musste sich eingestehen, dass sie langsamer als gedacht vorankam. Da war ihr Theos »Zeitgeschenk« natürlich willkommen.

»Hör auf zu jammern und fang an«, ermahnte sie sich selbst.

***

Der alte Weinberg bot wirklich den perfekten Überblick über die alte Obstwiese. Mit großem Interesse verfolgte Oliver Körten-Buschmeier Katies Arbeiten im Garten. Heute trug sie Shorts und dazu ein rotes T-Shirt. Sie sah wirklich gar nicht übel aus, diese Engländerin – das war ihm schon mehrmals aufgefallen. Blonde Haare, schlank und sportlich, gute Figur. Oliver ließ das Fernglas sinken. Schluss damit, diese Gedanken mussten aufhören. Ob sie schön oder hässlich war, spielte für sein Vorhaben keine Rolle. Er wollte doch nur überwachen, was aus seiner Wiese wurde. Den Platz dort brauchte er dringend, um seine Sachen abzustellen. Und wenn er nicht bald aufhörte, Katie Sheridan durchs Fernglas zu beobachten, hätte er wahrscheinlich demnächst den Ruf, ein Spanner zu sein.

Oliver schnaubte überrascht. Was tat sie denn jetzt?

Katie nahm ihr Handy heraus und wählte ihre Playlist. Die kleine Bluetooth-Box stand im Unterstand und reichte für ein bisschen Musik beim Umgraben völlig aus. *Easy* sangen die Commodores, was Katie ganz passend fand, auch wenn der Spaten alles andere als easy in den Boden glitt.

»Coole Musik. Eigentlich nicht mein Favorit, aber irgendwie auch cool.«

Katie schaute hoch. Ohne dass sie es bemerkt hatte, war Kevin Neumann zur Wiese geschlendert.

»Guten Morgen, Vin, wollten Sie nicht joggen? Oder habe ich da was falsch in Erinnerung?«

»Morgen, Katie. Nein, ich habe immer noch fest vor, fitter zu werden, aber laufen … was soll ich sagen, das ist nicht so mein Ding. Hab's neulich ausprobiert.«

Katie stützte sich auf ihren Spaten ab und legte den Kopf schief, während sie ihren Gast musterte. »Und was ist so Ihr Ding?«

»Ich bin wirklich gut im E-Sport.«

»E-Sport? Sie meinen Online-Spielchen und Zocken?«

»Moment mal, E-Sport ist kein Zocken, das muss man ernst nehmen.«

Katie hob beschwichtigend die Hand. »Ich wollte Ihnen nicht zu nahetreten, aber ich vermute mal, dass diese Sportart nicht unbedingt mit viel Bewegung verbunden ist.«

»Das ist leider der Haken an der Sache. Ich meine, Sie haben gut reden, Sie stehen hier, hören coole Musik und ziehen Ihr Ding durch. Ich dagegen habe plötzlich Zeit, muss weniger arbeiten, und ich weiß ja auch, dass ich den Hintern hochkriegen muss. Aber was ist mein Ding?« Kevin sah sie ratlos an. »Sorry, mit Joggen werd ich nicht glücklich.«

»Na ja, niemand hält Sie davon ab, sich den zweiten Spaten da vorne zu nehmen und bei meiner coolen Musik ebenfalls umzugraben.«

»Echt jetzt? Das würde Ihnen nichts ausmachen? Ich meine, krass, ich könnte es ja mal probieren.«

»Nur zu, jedem Anfang wohnt ein Zauber inne …«

»Hermann Hesse. Musste ich in der Schule lesen, war ganz okay. Aber ob der damit wirklich das Umgraben gemeint hat … ich hab da so meine Zweifel.« Kevin grinste schief und wirkte plötzlich noch jünger, als er war.

»Kommen Sie, Vin, schnappen Sie sich den Spaten, und dann werden wir ja sehen, ob es noch was anderes als E-Sport für Sie gibt.«

Kevin nahm sich den zweiten Spaten und ließ sich von Katie zeigen, welches Stück Wiese noch umgegraben werden musste. In den ersten Minuten wirkten seine Bewegungen noch etwas unbeholfen. Er rammte den Spaten zu kräftig in den Boden, die Erdmenge, die er dabei abstach, war zu groß, aber Katie bemerkte, dass er schon nach kurzer Zeit zu einem eigenen Rhythmus fand. Kevin schien beim Umgraben alles andere um sich herum auszublenden. Gleichmäßig und ohne Pause konzentrierte er sich in den nächsten zwei Stunden auf diese Arbeit. Selbst als Katie erklärte, dass sie jetzt zurück ins Haus gehen müsse, um in der Küche mit Manni das Abendessen durchzusprechen, schaute Kevin nur kurz hoch und erwiderte: »Wenn das okay ist, mache ich hier alleine weiter.«

Als Katie am frühen Nachmittag zurück zur Obstwiese kam, lehnte Kevin am Unterstand und präsentierte ihr verschwitzt und erschöpft, aber sichtlich stolz seine Arbeit. Die Sonne hatte in seinem Gesicht ihre Spuren hinterlassen, die Bräune stand ihm gut, stellte Katie fest. Sie staunte über die Größe der umgegrabenen Fläche. Vielleicht klappte es ja doch noch mit ihrem Blumengartenplan.

Im Unterstand stellte sie den Korb, den sie mitgebracht hatte, auf einen der Gartenstühle ab.

»Hier, Vin, ich habe selbst gemachte Zitronenlimonade dabei und außerdem warmen Apfelstrudel.«

»Ich liebe Apfelstrudel. Und was zu trinken ist auch super. Ich habe mich zwischendurch schon an dem Kasten Mineralwasser hier im Unterstand bedient. War doch okay – oder?«

»Selbstverständlich. Aber es gibt noch was Besseres zum Durstlöschen.« Katie schenkte zwei große Gläser ein und fügte noch Eiswürfel hinzu, die sie in einer isolierten Dose aus der Küche mitgebracht hatte. »Bitte schön, die Limonade habe ich nach einem Rezept meines Vaters gemacht, die gab es im Sommer immer am Sonntagnachmittag, wenn mein Vater im Garten war.«

»Ihr Vater war Gärtner?«

»Nein, Major bei den britischen Streitkräften. Für ihn war die Lektüre der *Times* im Liegestuhl zusammen mit einem Glas Limonade der Inbegriff von Sonntagsruhe.«

»Wenn Sie mich fragen, gibt es schlechtere Beschäftigungen an einem Sonntagnachmittag. Und die Limonade ist, nebenbei bemerkt, echt lecker. Mein Vater verschwindet beispielsweise regelmäßig am Sonntag für mehrere Stunden in seiner Werkstatt. Manchmal hat er da einfach nur eine ganze Zeit lang Schrauben sortiert. Ich vermute, er findet es gut, dass meine Mutter selten dort auftaucht. So eine Werkstatt kann die Grundlage für eine funktionierende Ehe sein. Hat Ihre Mutter auch im Garten gesessen und gelesen?«

»Nein, nie!«

»Da sehen Sie. Das meine ich.«

Ja, vielleicht ist da wirklich was dran, dachte Katie. Freiräume lassen, um dann den Rest des Tages gemeinsam zu genießen. Vielleicht war das ja ein Grund, warum es mit Brian und ihr nicht geklappt hatte.

»Ui, jetzt sehen Sie aber mega nachdenklich aus. Ich wollte Ihnen nicht zu nahetreten, Katie.«

»Sind Sie nicht. Es … es war nur eine Erinnerung an alte

Zeiten.« Katie trank einen Schluck, um Zeit zu gewinnen, dann deutete sie auf die umgegrabene Fläche. »Dass Sie so weit gekommen sind, das ist wirklich unglaublich.«

»Ja, ich muss auch sagen, das hat Spaß gemacht. Also, wenn man bei stechenden Schmerzen in den Armen und im Rücken von Spaß sprechen kann.«

»Ihnen geht es aber gut – oder?«

»Doch, doch, aber eine heiße Dusche wäre jetzt klasse. Und ansonsten mussten sich meine Arme halt mal daran gewöhnen, mehr als nur die Computermaus zu bedienen.«

Katie lachte erleichtert auf. »Sie sehen jedenfalls wie jemand aus, der weiß, was er geleistet hat. Sie sollten sich selbst mal sehen …«

»Oh, könnten Sie vielleicht ein Foto von mir machen, so als Erinnerung an mein erstes Umgraben? Hier ist mein Handy. Augenblick, ich entsperre das mal gerade. So, bitte.«

»Warum nicht.« Katie nahm das Handy und fotografierte Kevin, wie er sich auf seinen Spaten abstützte und ihr mit seinem Limonadenglas lachend zuprostete. Der glückliche Gärtner am Ende eines Arbeitstages.

»Hier, Ihr Handy. Ich hoffe, die Fotos sind was geworden.«

Kevin wischte mit dem Daumen durch seine Bildergalerie. »Aber so was von. Krass, ich sehe ja aus, als wäre ich tagelang draußen gewesen.«

»Jedenfalls bekommt Ihnen die Arbeit draußen besser als der E-Sport im Zimmer.«

»Das stimmt. Wenn Sie nichts dagegen haben, mache ich morgen früh weiter.«

»Was sollte ich dagegen haben? Ich schlage dann aber zum Frühstück Würstchen und Rührei vor, so als Grundlage.«

»Coole Idee. Gut, dann mache ich für heute Feierabend. Wir sehen uns beim Abendessen.«

»Das werden wir. Und, Vin: Danke, danke für die ganze Hilfe.«

»Ich habe zu danken. Es war echt cool, hätte ich nicht gedacht.«

Zufrieden zog sich Kevin in seinem Zimmer die durchgeschwitzten Klamotten aus, um vor dem Programmieren schnell noch unter die Dusche zu springen. Bevor er sein Handy auf den Schreibtisch legte, schaute er sich noch mal die Fotos an. Hey, den Dreitagebart sollte er nicht wegrasieren, der sah richtig cool aus.

Und wenn Agnetha ihn jetzt sehen würde? Ob sie ihn dann wieder ein bisschen mehr mögen würde? Kurzentschlossen lud er eines der Fotos in seinen Account hoch, tippte als Bildunterschrift *Der glückliche Gärtner* und ergänzte #Gartenarbeitistcool #GluecklicherGaertner #GutshofMoselthal.

Ja, morgen würde er auf jeden Fall weitermachen.

Milde Gaben

»Na, ihr Süßen?« Moni Zimmerbach zog sich einen freien Stuhl heran und ließ sich am Abendbrottisch der Familie Borgert nieder.

»Hallo auch.« Franziska schaute kurz hoch und fuhr dann fort, Baguettescheiben mit Butter zu bestreichen und an ihre Kinder weiterzureichen. »Wer will noch? Noemi? Soll ich dir Leberwurst drauftun?«

»Hömma«, sagte Moni, »Kinners, wir haben uns wat überlecht, der Uli und ich. Wie wär's noch ma mit nem schönen Ausfluch morgen? So wir alle zusammen?«

Vier Augenpaare richteten sich erwartungsvoll auf Moni, nur Franziska machte sich weiter an den Brotscheiben zu schaffen.

»Wie wäret denn miiiit ...«, Moni machte eine kunstvolle Pause, »... dem Freizeitpark? Achterbahn, Streichelzoo un allet? Uli und ich laden euch ein, die ganze Familie.«

»Jaaa!«, jubelten Nico und Jonas wie aus einem Mund.

Auch Olivia und Noemi strahlten. »Au ja.«

Ein Loch bildete sich in der dünnen Weißbrotscheibe, so fest hatte Franziska die Butter verstrichen.

»Nein«, sagte sie fast tonlos. »Nein, danke. Wir haben schon etwas vor.« Ungläubig starrten die anderen sie an.

Olivia war es, die das Schweigen brach. »Ich versteh das nicht, Mama. Wir wollten da von Anfang an hin. Die Tierbabys, die Riesenrutsche ...«

»Hörst du jetzt endlich davon auf?«, brüllte Franziska.

Erschrocken schaute Olivia ihre Mutter an. Die Zwillinge hörten auf zu essen, Nico fing an zu weinen. In seinem weit geöffneten Mund klebte noch das Stück Brot, das er gerade abgebissen hatte. Noemi schob ihr Wasserglas ein Stückchen nach links, dann wieder in die andere Richtung, hin und her, als hätte sie nichts Dringenderes zu tun. Die Stille wurde unerträglich. Mit einem erstickten Aufschluchzen sprang Franziska auf und stieß dabei ihren Stuhl so heftig nach hinten, dass er mit einem lauten Poltern umfiel. »Auch das noch!« Hastig richtete sie den Stuhl wieder auf und schob ihn an den Tisch. Die Teller und Gläser schepperten. Sie eilte aus dem Frühstücksraum in die Eingangshalle.

»Warte!« Moni Zimmerbach war ihr gefolgt. Mit einem verwunderten Stirnrunzeln sagte sie noch einmal: »Warte ma.«

Franziska war am Fuß der Treppe stehen geblieben. Ohne sich umzudrehen, sagte sie: »Ich hab auch meinen Stolz.« Sie machte Anstalten, die Treppe hochzugehen, aber Moni hatte sich ihr blitzschnell in den Weg gestellt.

»Wat soll dat heißen, deinen Stolz?«

»Genau das. Wir wollen keine Almosen. Meine Kinder haben schon eine Familie, die brauchen nicht noch eine Ersatzfamilie. Eure milden Gaben will ich nicht.«

»Sach ma, spinnste jetzt? Is nich dein Ernst, oder?«

»Nicht mein Ernst? Ich meine das genau so. Wir haben

vielleicht nicht so viel Geld, aber ich kann selbst für meine Kinder sorgen. Ihr hättet mich vorher fragen sollen. Jetzt kann ich sehen, wie ich das mit meinen Kindern wieder hinkriege.«

»Wat denn wieder hinkriegen, wat meinste denn überhaupt? Wir ham doch bloß n Ausflug angeboten, so einen, für den eure Kohle sonst nicht reicht.«

»Genau. Da ist es schon wieder. Die Franziska ist zu blöd, ihr Leben alleine auf die Reihe zu kriegen. Gebt der Franziska mal ein Geschenk, sie hat kein eigenes Geld.« Franziska wurde noch lauter. »Seh ich auch dankbar genug aus? Fühlt ihr euch jetzt gut? Kommt ihr dann auch mit nach Köln und erklärt meinen Kindern, warum zu Hause alles scheiße ist? Geht mir doch weg mit euren guten Taten. Ihr macht alles nur noch schlimmer.«

Moni stand da wie vom Donner gerührt und schaute Franziska hinterher, die die geschwungene Steintreppe hochstampfte.

Das Jauchefass

»Guten Morgen, Vin. Na, Muskelkater?« Katie stellte ein Glas mit frisch gepresstem Orangensaft auf Kevins Tisch und musterte dann ihren Unterstützer beim Projekt Blumengarten.

»Vor der heißen Dusche war es echt krass.«

»Hoppla, das tut mir leid.«

»Nee, schon okay. Ich wollte mich bewegen, und ich habe mich bewegt. Der Muskelkater ist nur die Quittung dafür, dass ich davor viel zu lange nichts gemacht hatte.«

»Dann würden Sie mir also weiter helfen wollen?«

»Auf jeden Fall, ich bin dabei. Ich meine, ich würde ja auch beim Sport nicht einfach aufhören, nur weil es anstrengend ist.«

»Ich könnte wirklich Unterstützung gebrauchen, denn sonst wird es in diesem Jahr nichts mehr mit meinem Blumengarten.«

»Also, auf mich können Sie zählen, ich werde jetzt …«

»Frau Sheridan, das geht jetzt eindeutig zu weit!«

Eine Frau, die zusammen mit ihrem Mann am Vortag angereist war, kam wütend durch die Terrassentür gestürzt und unterbrach Kevin mitten im Satz.

»Vin, entschuldigen Sie mich kurz. Frau Beusel, was kann ich für Sie tun?«, fragte Katie liebenswürdig.

»Das kann ich Ihnen sagen. Wir wollten draußen auf der Terrasse frühstücken. Ihre Mitarbeiterin hatte das angeboten. Nun, mein Mann und ich, wir hatten eigentlich vor, zwei, drei Tage in Ihrem Haus zu bleiben.«

»Worüber ich mich sehr freue. Was ist denn los, kann ich Ihnen irgendwie helfen?«

»Helfen? Nein, Volker, mein Mann, ist schon jetzt sicher, dass wir für die vergangene Nacht eine Minderung des Zimmerpreises durchsetzen könnten. Ich frage mich, wie Sie das ertragen können. Es ist eine Zumutung.«

Katie wechselte einen ratlosen Blick mit Kevin, der allerdings nur vage mit den Schultern zuckte.

»Frau Beusel, würden Sie mir bitte sagen, was Sie so aufregt?«, fragte Katie und bemühte sich, ruhig zu bleiben. Gäste, die sofort mit Minderungen des Zimmerpreises drohten, waren ihr suspekt.

»Das fragen Sie noch?« Frau Beusel stieß ein empörtes Schnauben aus. »Im Prospekt Ihrer Pension steht ausdrücklich, dass man sich hier in einer ruhigen, landschaftlich abgeschiedenen Lage befinden würde. Und Ihr Haus sei der ideale Ort, um auszuspannen und den Alltag zu vergessen. Wie, bitte schön, soll man den Alltag vergessen und ausspannen, wenn man kaum Luft zum Atmen bekommt? Dieser Gestank ist bestialisch.«

Jetzt schrillten bei Katie alle inneren Alarmglocken. »Welcher bestialische Gestank? «

»Volker ist dem Geruch nachgegangen, und er hat die Quelle gefunden, sie steht mitten in dieser, wie soll ich es nennen, gerodeten Fläche. Jetzt sagen Sie doch nicht, Sie wüssten nichts von dem riesigen Jauchefass auf Ihrem Grund und Boden. Sie haben diese stinkende Brühe auch großflächig verteilt. Ob das überhaupt erlaubt ist? Ich habe da meine Zweifel.«

Katie konnte nicht anders, als fassungslos zu stammeln: »Jauche? Etwa in meinem Blumengarten?«

»Blumengarten?« Frau Beusel lachte schrill. »Blumengarten! Bei diesen Ausdünstungen wird jede Blüte verkümmern. Frau Sheridan, für uns steht fest, wir werden packen und vorzeitig abreisen. Es gibt schließlich noch andere Unterkünfte an der Mosel, wo man seine Gäste nicht zum Frühstück mit gegärten Fäkalien vergrault und dann so tut, als wüsste man von nichts. Machen Sie die Rechnung fertig, in zehn Minuten werden wir auschecken. Und über den Preis für diese eine Übernachtung reden wir noch.«

Katie bemerkte sehr wohl, dass andere Gäste das Gespräch neugierig von ihren Tischen aus verfolgt hatten. Sie versuchte, sich weder ihren Ärger noch ihre Scham anmerken zu lassen, sondern drängte sich an Frau Beusel vorbei und rief nur noch im Weggehen über die Schulter zurück: »Erlauben Sie mir, dass ich mir zunächst selbst ein Bild von der Situation mache.« Katie stürmte auf die Terrasse, blieb aber nach wenigen Schritten wie angewurzelt stehen. Ein durchdringender Gestank stand wie eine Wand in der Luft. Sie wagte kaum einzuatmen, so schrecklich roch es. Über ihr im ersten Stock wurde ein Fenster geöffnet. Uli Zimmerbach lehnte sich vor und schaute nach draußen. Er entdeckte Katie und rief: »Meine Fresse, dagegen is dat ja anna Emscher 'nen Luftkurort. Junge, Junge, der Mief beißt ja sowat von inne Augen. Wat is denn bei Ihnen im Garten verendet, Frau Sheridan?«

Katie öffnete den Mund, um zu antworten, da durchschnitt ein schrilles Kreischen den Morgen. Irgendwo weiter unten am Hang arbeitete jemand mit einer lauten, einer sehr lauten Kreissäge.

»Na warte«, murmelte Katie wütend, »du willst Ärger, Körten-Buschmeier? Den kannst du haben!«

Denn dass Oliver Körten-Buschmeier der Verursacher des Lärms war, stand für sie außer Frage. Der Kreissägen-Krach kam direkt von seinem Grundstück. Katie schaute zu Uli Zimmerbach hoch und hob ratlos die Hände. Entschlossen, dem Lärm ein Ende zu machen, lief sie die Terrassenstufen hinunter, kam aber nur wenige Schritte weit, weil sich ihr Volker Beusel in den Weg stellte.

»Das ist unerhört. Erst diese furchtbare Geruchsbelästigung und jetzt auch noch ein Höllenlärm. Hat meine Frau Ihnen schon gesagt, dass wir abreisen werden?« Volker Beusel brüllte Katie über den Lärm hinweg an.

»Ich werde dem ein Ende machen, glauben Sie mir. Mein Nachbar erlaubt sich wohl einen kleinen Scherz.«

»Scherz?« Volker Beusel verzog verächtlich das Gesicht. »Ich würde eher sagen, dass Sie in der Beschreibung Ihrer ach so traumhaften Lage des Gutshofs ein bisschen übertrieben haben. Wenn ich Urlaub neben einer Jauchegrube und einer Kreissäge machen wollte, dann wäre das hier natürlich der richtige Ort. Aber wer will das schon? Sie können froh sein, wenn wir im Internet keine negativen Bewertungen zu Ihrer Pension veröffentlichen. Wir überlegen uns das noch. Guten Tag, Frau Sheridan.«

Katie ersparte sich eine Erwiderung und rannte über die Rasenfläche zu ihrem Wiesenstück. Mit jedem Schritt wurde der Gestank intensiver. Mit der Hand vor Mund und Nase stand sie schließlich auf ihrer Wiese und versuchte, nur ganz flach zu atmen. Der durchdringende Jauchegeruch nahm ihr fast den Atem. Mitten auf der umgegrabenen Fläche standen zwei offene Kunststoffcontainer, zusammen etwa doppelt so groß wie ein Müllcontainer. Eindeutig, von hier kam es. Katie verzichtete darauf, näher heranzugehen. Sie wollte gar nicht wissen, was genau da im Behälter schwappte. Außerdem waren offenbar Jauche und Mist auf der Erde rund um den Container verteilt worden. Katie musste kein Sherlock Holmes sein, um zu erahnen, was sich hier abgespielt hatte. Zwei breite Furchen führten über die Wiese bis zum Container, eindeutig die Spuren eines Traktors.

Wut und Hilflosigkeit trieben ihr die Tränen in die Augen. »Das ist so gemein«, murmelte sie, »aber bitte, wie Sie wollen, Herr Nachbar. Erklären Sie das alles mal der Polizei.«

Voller Zorn trat Katie mit dem Fuß nach einem Erdbrocken, der von den Traktorreifen weggeschleudert worden war. Dann drehte sie sich um und lief zurück zum Haus, um Anzeige bei der Polizei zu erstatten. Aber sie erreichte ihr Büro und das Telefon nicht, denn Theo kam ihr aufgeregt entgegengelaufen.

»Katie, ich habe dich schon überall gesucht.«

Katie hob die Hand und schnitt ihm damit das Wort ab. »Jetzt nicht, Theo. Ich muss rasch im Büro telefonieren.«

»Das wird nicht gehen, ich habe ihn nämlich in dein Büro dirigiert, damit er nicht allein durchs Haus streift.«

Katie blieb stehen und runzelte verständnislos die Stirn. »In meinem Büro? Wen meinst du?«

»Alexander Konrad Erbthaler, Vertreter des Hotelverbands und Prüfer für die Einstufung unseres Hauses.«

»Herr im Himmel, das darf doch nicht wahr sein. Du meinst, wir haben Gäste, die erbost abreisen, einen durchgeknallten Nachbarn, der Jauche auf meinem Grundstück verteilt und mit seiner Kreissäge mehr Krach macht als drei Düsenjets zusammen, und ausgerechnet an dem Tag kommt der Verbandsprüfer?«

Theo nickte resigniert. »Sieht ziemlich düster aus. Ich konnte nicht verhindern, dass dieser Erbthaler bereits den wütenden Auftritt der Beusels miterlebt hat.«

»Mist, Mist, Mist. Okay, ich spreche mit ihm. Vielleicht kannst du inzwischen bei der Polizei anrufen. Oliver Körten-

Buschmeier hat illegal Jauche auf meinem Grundstück abgestellt. Und vielleicht können die ja auch was gegen die Kreissäge unternehmen.«

»Ich schau, was ich machen kann.«

Draußen vor der Bürotür schloss Katie kurz die Augen, um sich zu sammeln. Dann richtete sie sich auf und setzte ein freundliches Lächeln auf, bevor sie die Türklinke herunterdrückte. Auf einem der beiden Polsterstühle in ihrer Besprechungsecke saß ein Mann von etwa Mitte vierzig, in Jeans, Polohemd und Sneakers, mit einem Klemmbrett auf den Knien. Er machte sich eifrig Notizen. Katie hatte eine Art Buchhalter erwartet, einen Mann, der pingelig seine Liste abarbeiten würde, aber Erbthaler war sonnengebräunt, hatte seine Haare modisch nach hinten geföhnt und trug eine schmale Lesebrille mit dunkelblauer Fassung. Er wirkte auf Katie mehr wie ein Golf- oder Tennislehrer als wie der Prüfer des Hotelverbands. Als sie in den Raum trat, nahm er die Brille ab, legte das Klemmbrett auf den Tisch und erhob sich. »Guten Tag, Frau Sheridan, ich fürchte, ich komme zu einem unpassenden Zeitpunkt. Aber das passiert schon mal, wir melden unsere Besuche nie vorher an.«

»Guten Tag, Herr Erbthaler. Ich muss sagen, ich hätte Sie wirklich gerne in einer anderen Situation begrüßt.«

»Nun, meine Aufgabe ist es, ein Haus und sein Angebot einzuschätzen, damit wir dieses Haus auf unserer Webseite entsprechend der Kriterien unserer Verbandssatzung Paragraf 13a Absatz 4 bewerten können.«

Okay, Kommando zurück, dachte Katie, er sieht zwar nicht so aus wie ein kleinlicher Buchhalter, aber er redet wie einer. Ein paragrafenverliebter Erbsenzähler mit einer hohen, näselnden Stimme. Das passte so gar nicht zu dem charmanten Äußeren.

»Ja, was soll ich sagen, Herr Erbthaler. Nehmen Sie doch bitte Platz. Darf ich Ihnen etwas zu trinken anbieten?«

»Wasser, ohne Kohlensäure, nicht gekühlt, ich habe einen empfindlichen Magen.«

»Sicher, Augenblick.« Katie nahm das Telefon, wählte die Küche an und bestellte bei Lotte das gewünschte Wasser. Danach setzte sie sich in den anderen Stuhl. »Sie verstehen sicher, dass wir uns heute in einer Ausnahmesituation befinden, Herr Erbthaler. Mein Nachbar hat sich einen bösen Scherz erlaubt. Ich …«

»Sie müssen gar nichts sagen. Die Situation scheint mir doch recht eindeutig zu sein.«

»Gott sei Dank. Ich bin froh, dass Sie das auch so sehen.«

Erbthaler schaute sie über den Brillenrand verblüfft an. »So? Froh sind Sie? Ich wüsste nicht, warum. Ich habe mir einen Überblick verschafft und muss sagen, dieser bestialische Gestank ist nichts, über das man froh sein könnte. Ich muss Ihren Gästen recht geben, die gerade das Weite gesucht haben.«

»Aber das meine ich doch mit bösem Scherz«, erwiderte Katie.

»Eine einfache Frage, Frau Sheridan, verbunden mit der Bitte um eine einfache Antwort.« Herablassender konnte man es nicht ausdrücken. Herr Erbthaler saß als Prüfer nicht nur am längeren Hebel, er hatte offenbar auch vor, Katie das spüren zu lassen. Katie kochte innerlich vor Wut, besann sich aber auf einen alten Trick, der ihr schon oft geholfen hatte, wenn ein Küchenchef mal wieder ausfallend geworden war. Sie spannte einfach kräftig die Zehen an, so als wollte sie sich im Boden festkrallen. Für ihren Gesprächspartner völlig unsichtbar, half es ihr, den Ärger in Zaum zu halten.

Lotte brachte auf einem kleinen Tablett ein Flasche Mineralwasser und ein Glas. »Ah, danke schön.« Umständlich goss sich der Prüfer Wasser ein und trank einen Schluck. »Wo war ich stehen geblieben? Ach ja, eine einfache Frage: Gehört das Grundstück mit dem Jauchetank Ihnen?«

»Natürlich, aber ich ...«

»Aha.« Dem Aha folgten ein paar weitere Notizen.

»Hören Sie, Herr Erbthaler, ich protestiere gegen dieses ›Aha‹.« Jetzt reichte es Katie. Sie musste deutlicher werden. »Was wollten Sie denn damit sagen? Dass ich absichtlich einen Jauchetank aufbaue, um meine Gäste zu vergraulen? Der Tank gehört mir nicht, die Jauche gehört mir nicht, sondern wahrscheinlich meinem Nachbarn.«

»Wahrscheinlich dem Nachbarn«, murmelte Erbthaler und schrieb weiter.

Das war nicht der richtige Moment zum Schweigen. Katie erhob die Stimme. »Jawohl, wahrscheinlich. Ich habe nämlich kein Namensschild am Jauchetank gefunden. Dafür aber Traktorspuren. Mein Nachbar fährt so einen Traktor. Und ich denke, er hat sich einen bösen Scherz erlaubt, weil ich ihm angeblich sein Grundstück weggenommen habe. Ich wiederhole noch einmal: Es ist ein böser Scherz. Ich werde Anzeige bei der Polizei erstatten.«

»Nun, das ist Ihr gutes Recht. Aber wie gesagt, unsere Arbeit ist eine Momentaufnahme, so wie Ihre Gäste einen Tag in diesem Haus eben auch erleben ...«

»Himmelarsch, ich geh jezz da runter und erklär dem Kerlchen mal, wo er sich seine Kreissäge hinstecken kann, wenn er nich sofort damit aufhört.« Uli Zimmerbachs wütender Ausruf in der Halle war klar und deutlich auch bei geschlossener Tür im Büro zu verstehen.

Weitere heftige Notizen auf dem eingeklemmten Formular. Katie verdrehte die Augen.

»Und mir scheint, Ihre Gäste sind alles andere als ... ähm ... glücklich.«

»Wie sollten sie auch? Wenn mein Nachbar da draußen diesen Krach macht.«

»Wie sollten sie auch?«, echote Erbthaler. »Sie sagen es. Sie sagen es. Arbeitet Ihr Nachbar mit seiner Säge auf Ihrem Grundstück?«

»Nein, natürlich nicht.«

»Also darf man wohl davon ausgehen, dass diese Situation heute der Normalzustand ist, der Ihren Hausgästen geboten wird.«

»Nein!« Katies Stimme rutschte ins Schrille ab. Sie bemerkte es selbst und schob ruhiger nach: »Nein, diese Gegend gilt als ausgesprochen ruhig und erholsam.«

»Soso.« Erbthaler trank sein Glas leer und erhob sich. »Ich schlage Ihnen etwas vor, Frau Sheridan. Das ist normalerweise nicht meine Art, aber womöglich liegen hier ja tatsächlich besondere Umstände vor. Ich werde in zehn bis vierzehn Tagen noch einmal vorbeischauen und mir ein Bild von der Situation machen. Dann sollten Sie keine Jauche oder Gülle in Ihrem Garten offen herumstehen haben, und vielleicht bringen Sie ja auch Ihren Nachbarn dazu, mit diesem Höllenlärm aufzuhören. Bemühen Sie sich nicht, ich finde selbst den Weg hinaus. Guten Tag.« Erbthaler verließ das Büro.

Katie lehnte sich zurück und legte den Kopf in den Nacken. Ihr liefen Tränen über die Wangen. Sie versuchte, sie wegzublinzeln, aber das war aussichtslos. Es war so ungerecht, so gemein. Sie nahm den Flyer des Hotelverbands, den Erbthaler auf dem kleinen Tisch zurückgelassen hatte, zerknüllte ihn und warf ihn wütend gegen die Wand. Wahrscheinlich konnte sie Oliver Körten-Buschmeier noch nicht einmal verbieten, Holz zu sägen.

Sie brauchte einen Plan, ganz dringend.

Trübe Gedanken

Träge rann ein einzelner Tropfen außen an dem beschlagenen Glas herunter. Oliver saß bewegungslos an seinem Küchentisch und starrte auf das Weinglas. Dann schnaubte er unwillig – als ob sich eine Antwort finden würde, indem er hier herumhockte! Der Riesling schimmerte hellgelb, fast golden, im Kerzenlicht. Es war sein Lieblingswein. Er hatte sich etwas davon eingegossen, probiert und das Glas wieder zurückgestellt. Der Wein schmeckte ihm heute nicht. Kein Wunder. Um so einen Wein zu genießen, musste man in der richtigen Stimmung sein. War er in der richtigen Stimmung? Überhaupt nicht. Sein Blick ging ins Nirgendwo, und er wusste genau, warum ihm sein eigener Wein heute nicht schmeckte. Eigentlich hätte es ein netter Abend sein können … eigentlich. Aber dagegen sprachen gleich drei Punkte.

Punkt eins: Er fühlte sich mies, so richtig mies. Die Sache mit den Jauchebehältern auf der Wiese war eine blöde Schnapsidee gewesen, so viel stand fest. Was hatte er sich nur dabei gedacht? Gerade eben hatte er einen Anruf von seinem Freund Bastian bekommen, dessen Frau sich wiederum mit Elke sehr gut verstand. Mit genau der Elke, die oben in der Pension arbeitete. Bastian hatte ihm brühwarm berichtet, dass heute ein Prüfer vom Hotelverband dagewesen war und der über die üblen Gerüche und den Lärm total entsetzt gewesen war.

Musste der Prüfer denn ausgerechnet an dem Tag erscheinen, an dem er die Idee mit dem Jauchebehälter und der Kreissäge in die Tat umgesetzt hatte? Mist, verdammter. Oliver schüttelte ratlos den Kopf. Na klar, er hatte Katie Sheridan ein bisschen ärgern wollen, aber er war eindeutig zu weit gegangen. Die Aktion mit der Jauche und der Kreissäge gefährdete die Zukunft der Pension, zumindest aber den Erfolg des Unternehmens in den nächsten Wochen. Oliver seufzte tief. Das war echt nicht so gedacht gewesen.

Und da kam auch schon Punkt zwei ins Spiel: Im Grunde bewunderte er den Mut von Katie Sheridan. Es war ja keine Kleinigkeit, in ein anderes Land auszuwandern, so ein großes Haus zu kaufen, es umzubauen und eine Pension zu eröffnen. Okay, sie hatte sich dabei an seiner Obstwiese vergriffen, und darüber er war sauer gewesen. Um bei der Wahrheit zu bleiben: Ihm war schon klar, dass die Wiese nicht zu seinem Land gehörte. Auf dem Papier lag sie ganz klar auf dem Grund des Gutshofes. Aber es gab ja wohl auch so was wie ein Gewohnheitsrecht – das vermutete er zumindest. Und warum musste diese Engländerin ausgerechnet auf dieser Wiese einen Garten anlegen?

Weil sie es darf, du hirnverbrannter Hornochse! Leider war seine innere Stimme laut und gnadenlos ehrlich, und sie hatte sich schon den ganzen Tag über zu Wort gemeldet. Kein Wunder, dass er sich so schlecht fühlte.

Ach ja, und dann war da noch Punkt Nummer drei: Katie Sheridan hatte nicht nur Mut, sie sah auch noch unverschämt gut aus. Allein wenn er an ihre langen gebräunten Beine dachte, wurde er ganz kribbelig. Solche Gefühle hatte er nicht mehr beim Anblick einer Frau gehabt, seit Steffi ihn verlassen hatte. Seine große Liebe war sie gewesen. Aber offenbar hatte nur er so gefühlt. Steffi dagegen hatte mit dieser Pfeife von Steuerberater aus Cochem was angefangen und war von heute auf morgen ausgezogen. Angeblich, weil der Typ sich als ihre große, wahre Liebe entpuppt hatte. Pah! Die Wahrheit war, seiner Ansicht nach, banaler. Der Kerl schwamm in Geld, hatte drei Steuerbüros, eine Finca in den Hügeln von Mallorca, machte Winterurlaub in der Schweiz und segelte auch schon mal in der Karibik. Alles Dinge, die man sich als Inhaber eines kleinen Weinguts nicht leisten konnte. Quatsch – Dinge, zu denen er, Oliver, nicht die geringste Lust hatte. Steffi dagegen hatte sich dermaßen für dieses Jetset-Leben begeistert, dass sie sich dem Kerl praktisch an den Hals geworfen hatte. Und damit war das Thema gemeinsame Zukunft, Familie und Kinder zu den Akten gelegt worden.

Wie gesagt, während der letzten zwei Jahre hatte er sich in seiner Arbeit verkrochen, aber beim Anblick von Katie Sheridan hatte sein innerer Panzer Risse bekommen. Diese Frau war intelligent, attraktiv und wusste, was sie wollte. Offenbar wollte sie hier an der Mosel eine neue Zukunft.

Tja, und er hatte alles dafür getan, ihr dabei Steine in den Weg zu legen.

Selbst Bastian hatte dafür nur wenig Verständnis gezeigt, obwohl sie alte Kumpels waren. Das hatte Bastian zwar nicht wörtlich ausgesprochen, aber es war in seinem Tonfall zu hören gewesen, und an den winzigen Sprechpausen am Telefon.

Mit einer ärgerlichen Handbewegung schob Oliver das Weinglas außer Reichweite auf die andere Seite des Holztisches. Riesling war jetzt wirklich nicht die richtige Wahl. Ein Tresterbrand oder noch besser ein hochprozentiger Single-Malt musste jetzt ins Glas. Oliver stand auf, holte aus der alten Küchenanrichte seiner Großmutter eine Flasche und ein Glas und schenkte sich großzügig ein. Der erste Schluck Whisky wärmte ihm den Magen. Entschlossen trank er das Glas auf ex leer.

Ich muss mit Papa reden, schoss es ihm durch den Kopf. Und ich muss einen Weg finden, um den Blödsinn, den ich angerichtet habe, wiedergutzumachen.

Leider hatte er keine Idee, wie er das anstellen sollte, aber vielleicht wüsste ja sein Vater einen Rat.

Vater und Sohn

»Junge, ich weiß nicht, ob du dir damit einen Gefallen tust.« Erwin Körten-Buschmeier stützte sich auf seinen Spaten ab und musterte seinen Sohn.

»Hör zu, Papa, ich hab mich ja auch nicht eingemischt, als du dich hier im Dorf mit jedem angelegt hast. Insbesondere mit Sophie von Metten, als sie von ihrer Tante das Mühlencafé geerbt hatte. Was hast du immer gewettert. Warst du nicht derjenige, den ich bei der Polizei abholen musste, weil du mit deiner Schrotflinte Falschparker, die zufällig ihr Auto auf deinem Grundstück abgestellt hatten, bedroht hast?« Die Sonne stand nachmittags schon recht tief über dem Garten. Oliver machte einen Schritt zur Seite, damit er nicht länger geblendet wurde.

Erwin schob verlegen seinen speckigen Cordhut aus der Stirn. »Ich habe mich wie ein Idiot benommen, so einfach ist das. Die ganzen Jahre habe ich meine Wut in mich hineingefressen und meine Mitmenschen für Dinge verantwortlich gemacht, für die sie gar nichts konnten. Du warst damals in Frankreich. Du hast ja nicht mitbekommen, wie es war, als man Wümmerscheid und Sollensbach zu einem Ort zusammengelegt hat. An alles hatten sie gedacht, nur diese beiden Häuser hier und den Mühlenhof hatte man übersehen. Plötzlich habe ich nirgendwo mehr hingehört. Die Wümmerscheider konnten die Sollensbacher nicht ausstehen und umgekehrt – und mich haben beide Seiten ignoriert. Das hat mir zu schaffen gemacht, das kannst du mir glauben. Aber ich habe daraus gelernt. Auf Gott und die Welt wütend zu sein, bringt dich einer Lösung keinen Schritt näher.«

Oliver schnaubte ungläubig. »Anders als du habe ich wirklich Grund, mich zu beschweren. Diese Engländerin hat sich einfach ein Stück Wiese geschnappt und will da allen Ernstes einen Blumengarten anlegen. Blumen!« So wie Oliver das Wort aussprach, hörte es sich wie eine besonders widerliche Art von Ungeziefer an. Beiläufig nahm er seinem Vater den schweren Eimer voll Erdbrocken ab und leerte ihn in der Schubkarre aus. »Ich habe ja grundsätzlich nichts gegen die Frau. Der Gutshof ist prachtvoll geworden, seit sie alles renoviert hat, und man hört nur Gutes über die Pension. Aber ich muss mir trotzdem nicht alles gefallen lassen.«

»Nicht? Gehört dir denn die Wiese, Junge?«

»Na ja …« Oliver räusperte sich. »Nicht so richtig. Nur dem Gewohnheitsrecht nach. Ich habe da in den letzten Jahren immer meine Maschinen abgestellt.«

»Soso, dem Gewohnheitsrecht nach. Also hat eigentlich die Engländerin ein Anrecht auf das Land.« Erwin schüttelte missbilligend den Kopf. »Junge, du gehst den falschen Weg. Du darfst dich nicht in diese Sache verrennen.«

»Huhu, Onkel Erwin.« Der Ruf kam von der anderen Ecke des Gartens und unterbrach das Gespräch von Vater und Sohn. Am Gartenzaun gingen zwei Mädchen vorbei, die eine, ungefähr elf Jahre alt, hielt die Hand der deutlich Jüngeren fest.

»Hallo, Onkel Erwin!«, rief die Ältere, während die Jüngere ohne Umschweife fragte: »Hast du Bonbons, Onkel Erwin?«

Erwin rammte den Spaten in den Boden und trat lächelnd an den Gartenzaun. »Hallo, Marie, hallo, Lisa. Da sind ja meine beiden Lieblingsnachbarinnen. Wo wollt ihr denn hin?«

»Ich bin schon mit den Hausaufgaben fertig und habe Lisa in der Kita abgeholt. Meine Mama hilft Sophie bei der neuen Webseite des Bistros.«

Erwin griff in seine Hosentasche und holte eine angefangene Rolle mit Pfefferminzbonbons heraus. »Ich habe hier nur Pfefferminz, mögt ihr die?«

Die kleine Lisa nickte mit großen Augen und steckte sich ein Pfefferminzbonbon direkt in den Mund. »Uii, scharf«, sagte sie nach dem ersten Lutschen. »Du musst wieder Gummibärchen kaufen, Onkel Erwin.«

Erwin Körten-Buschmeier lachte. »Geht klar, junge Frau, ich werde es mir merken.«

Marie zwinkerte ihm zu. »Wir werden dann nächste Woche wieder nachfragen, Onkel Erwin. Jetzt müssen wir aber los, es soll noch Kuchen bei Sophie geben. Tschüs!«

»Tschüs, ihr beiden, und grüßt zu Hause schön.«

Immer noch lächelnd ging Erwin zurück zu seinem Sohn. »Ich mag die Mädchen, was mich im Übrigen daran erinnert, dass bei meinem Sohn aktuell keine Frau in Sicht ist, von Enkelkindern ganz zu schweigen.«

»Och, Papa, fang doch nicht wieder damit an. Du weißt genau, dass Steffi diejenige war, die gegangen ist. Für mich wäre sie die Frau meines Lebens gewesen, und ich hätte gerne mit ihr Kinder gehabt.«

Erwin legte seinem Sohn den Arm um die Schultern. »Du hast recht, es tut mir leid, ich wollte nicht in der alten Wunde herumbohren. Aber du bist noch jung, und man kann sich auch neu verlieben.«

Oliver grinste schief. »Dafür müsste man erst einmal die richtige Frau finden. Und bei dem Arbeitspensum, das ich im Moment auf dem Weingut habe, weiß ich nicht, wie ich auch noch eine Frau kennenlernen soll.«

»Einstein soll einmal gesagt haben: Sich zu verlieben ist nicht das Dümmste, was Menschen tun – aber die Gravitation kann nicht dafür verantwortlich gemacht werden. Ich weiß nicht genau, was er damit sagen wollte, aber mir gefällt der Spruch. Die Arbeit und dein Riesling sind nicht alles im Leben. Es gibt noch andere Frauen, und die sind nicht wie Steffi, lass dir das von einem alten Mann gesagt sein. So, und jetzt gehen wir ins Haus, ich hab Lust auf eine Tasse Kaffee.«

Was war das denn?

Schon 458 Mal »gefällt mir« und fast 200 Kommentare. Kevin schaute ungläubig auf die Angaben unter dem Foto. Es war doch erst einen Tag her, dass er das Foto *Der glückliche Gärtner* gepostet hatte. Sicher, online hatte er einen großen Freundeskreis. Und doch, diese Reaktion überraschte ihn. Er begann, sich die Kommentare unter dem Bild anzuschauen. Viele hatten einfach nur einen lachenden Smiley oder ein Daumen-hoch-Symbol geschickt, es gab dazwischen aber auch Texte. Robin aus Belgien schrieb:

Coole Landschaft, nicht so flach wie bei uns.

John, ein Softwareentwickler aus Kalifornien, den er schon ewig kannte:

Keep going, redhead 😊😊😊

Kevin tippte, wischte und überflog die Nachrichten.

Und dann, ganz weit unten, war ein Kommentar, bei dem seine Augen hängen blieben. Wie gut er dieses Profilbild kannte. Da war sie, seine Agnetha. Nicht mehr seine Agnetha. Ihr hellblondes Haar. Dieses umwerfende Lächeln, für ihn das schönste Lächeln der Welt. Wie oft hatte sie sich über ihr eigenes Profilfoto lustig gemacht. Es war aus einem merkwürdigen Blickwinkel von schräg oben aufgenommen, und sie pflegte zu sagen, das sei das einzige Foto der Welt, auf dem sie halbwegs schlank aussähe und sie würde es niemals austauschen. Sicher, sie war alles andere als dünn, und dabei nicht besonders groß. Was sie ihm aber nie so recht geglaubt hatte, war, dass niemand jemals darüber nachdachte. Wer Agnetha kennenlernte, sah eine fröhliche, hübsche, quirlige Frau, nicht eine moppelige Person. Für ihn war auf diesem Foto nur eines wichtig: die gute Laune, die es ausstrahlte. Egal, wie winzig das kleine runde Bild war, er konnte nicht anders, als ebenfalls zu lächeln.

In der Sprechblase neben ihrem Profilfoto stand nur eine einfache Frage, sichtbar für die ganze Welt:

Was war das denn?

Kevins Herz klopfte bis zum Hals. Seit Agnetha ihn aus ihrer Wohnung geworfen hatte, hatten sie keinen Kontakt mehr gehabt. Sie waren im Streit auseinandergegangen, und bis eben hatte er geglaubt, dass er nie wieder von ihr hören würde. Wie oft hatte er in den letzten Wochen Nachrichten an sie geschrieben und dann doch nicht abgeschickt. Böse Worte waren zwischen ihnen gefallen, Worte, die sich nicht mehr zurücknehmen ließen. Und doch hatte sie ihm jetzt ein Zeichen gegeben, oder etwa nicht? Sie folgte seinen Konten immer noch, er war ihr also nicht vollkommen gleichgültig. Gab es noch Hoffnung?

Seine Daumen schwebten über dem Smartphone. Los jetzt. Ohne lange nachzudenken, tippte er:

Wonach sieht es denn aus?

Senden. Durchatmen. Er hatte es getan. Er hatte eine Nachricht an Agnetha geschrieben.

Seine Hände zitterten. Kam das von einem weiteren Tag mit Spaten und Grabgabel im Garten? Er hatte den ganzen Vormittag und den halben Nachmittag lang umgegraben, solange es seine Kräfte erlaubt hatten und bis es Zeit gewesen war, an den Computer zu gehen. Der durchdringende Geruch von Jauche musste so schnell wie möglich aus Katies Garten verschwinden, und er hatte sein Bestes gegeben, dabei zu helfen. Auch Theo Engels hatte seinen Teil beigetragen, indem er morgens früh zum Landhandel gefahren war und dicht schließende Deckel für die offenen Jauchebehälter gekauft hatte. Zum Glück handelte es sich um ein gängiges Modell in der Größe einer Europalette, hatte Theo ihm erklärt. Nur so war es für Kevin überhaupt erträglich gewesen, die ganze Fläche noch einmal umzugraben. Mit jedem Spaten voll Erde, den er umgewendet hatte, hatte er den Eindruck gehabt, dass der Geruch ein wenig nachließ.

Kevin legte das Handy auf den Schreibtisch und wanderte zum Fenster hinüber. Er ließ den Blick über den Garten wandern, der hell und einladend im Licht eines warmen Sommerabends dalag. Verrückt, auf so etwas hatte er sonst nie geachtet. Wie denn auch, mit dem Blick auf den Bildschirm und Arbeitszeiten bis in die späte Nacht. Schön sah das aus. Von der Terrasse am Frühstückszimmer konnte man Gläserklirren hören, leise Gespräche, ein vereinzeltes Lachen, ab und zu wurde ein Stuhl verrückt. Sehen konnte Kevin die Leute nicht, drei große Sonnenschirme versperrten ihm den Blick. Er seufzte. Es wäre schön gewesen, jetzt da draußen zu sitzen. Aber nicht alleine.

Ein schnelles, hartes E-Gitarren-Riff zerriss die Stille. Mit einem Satz war Kevin an seinem Schreibtisch. Er hatte viel Zeit darauf verwendet, für sein Smartphone eine ganze Bibliothek von Klingeltönen aufzubauen. Und diesen speziellen Musikschnipsel hätte er auch im Tiefschlaf erkannt: eine private Nachricht. Schnell entsperrte er das Gerät.

»Ja!« Die Faust zu einer Siegergeste geballt, jubelte er: »Sie hat geantwortet!«

Dieses Mal hatte Agnetha keinen öffentlichen Kommentar, sondern eine private Nachricht geschickt.

Sieht für mich aus wie jemand, den ich mal kannte. Aber dieser Jemand war nie draußen, und er hätte niemals was im Garten gemacht.

Vielleicht hab ich mich ja geändert.

Der Kevin, den ich kannte, war nie braun gebrannt, und er hatte keinen Dreitagebart.

Der Kevin, den du kanntest, hat zu viel gearbeitet.

Ist das jetzt nicht mehr so?

Nö. Habe plötzlich gemerkt, dass es noch mehr gibt im Leben.

Dass diese Erkenntnis durch einen Anruf seines Auftraggebers Yuto Nakamura ausgelöst worden war, musste er ja nicht unbedingt dazusagen.

?

Klar, so war Agnetha. Sie gab sich nicht mit allgemeinen Aussagen zufrieden. Seufzend ergänzte Kevin:

Mr. Nakamura hat das Projektende verschoben, und jetzt habe ich mehr Zeit als vorher.

Ach so, der. Yuto Nakamura. Der wichtigste Mensch in deinem Leben. War ja klar, dass du nicht selbst drauf gekommen bist.

Autsch, das tat weh. Fieberhaft überlegte Kevin, was er jetzt schreiben sollte. Er wollte nicht, dass die Unterhaltung schon wieder endete. Am besten war jetzt schonungslose Ehrlichkeit, beschloss er.

Hast ja recht. Aber damit ist jetzt Schluss.

Ach wirklich? Ich kann das kaum glauben. Ich habe dir so oft gesagt, dass du was ändern musst in deinem Leben, aber nichts ist passiert.

Ich habe alles Mögliche geändert.

Was denn zum Beispiel?

Boah, dieser Klingelton. Warum war ihm nie aufgefallen, wie

aggressiv diese Musik war? Was für eine bescheuerte Idee, die Titelmusik von einem Spiel zu wählen, bei dem es nur darauf ankam, möglichst viele Gegenspieler in möglichst kurzer Zeit abzuknallen.

> Ich habe aufgehört, nachts zu zocken. Ich stehe früh auf und frühstücke richtig. Und das Wichtigste hast du ja schon gesehen: Ich habe angefangen, im Garten zu arbeiten.

> Kevin, wo bist du? Du kennst niemanden mit einem Garten. Außer deine Eltern. Sag bloß nicht, dass du jetzt wieder bei Mama und Papa eingezogen bist.

O Mann. Agnetha war immer noch sauer. Wobei, auf der anderen Seite antwortete sie die ganze Zeit auf seine kurzen Nachrichten. Es war fast wie ein richtiges Gespräch. Kevin biss sich auf die Unterlippe. Jetzt bloß keinen Fehler machen, den Faden nicht abreißen lassen.

> Bin an der Mosel. In der Nähe von Wümmerscheid-Sollensbach.

Immer wieder dieser Klingelton. Er musste den unbedingt ändern, aber jetzt war nicht der richtige Moment dafür. Er las ihre Antwort:

> Ist ja gar nicht so weit weg von Koblenz.

Was wollte sie ihm damit sagen? War das nicht ein deutliches Zeichen? Er tippte:

Stimmt. Ist sozusagen vor der Haustür. Weniger als eine Stunde im Auto.

Hm.

Kevin schloss kurz die Augen. Sein frisches T-Shirt, das er vorhin nach dem Duschen angezogen hatte, war schon wieder durchgeschwitzt. Gesicht und Hals waren gerötet vor Aufregung. Er fühlte sich wie damals als Junge, kurz bevor er im Schwimmbad zum ersten Mal vom Dreimeterbrett gesprungen war. Er musste es einfach versuchen.

Agnetha? Sollen wir uns noch mal treffen? Vielleicht hast du Lust vorbeizukommen, und wir gehen irgendwo was trinken? Es ist echt schön hier.

Quälende fünf Minuten vergingen, bis die Antwort kam.

Ja, okay.

Datum und Uhrzeit waren schnell abgemacht. Danach tat Kevin das, was er schon längst hätte tun sollen. Er wählte einen anderen Klingelton aus. Nach längerer Suche entschied er sich für eines der wenigen Stücke von ABBA, die nicht nur Agnetha, sondern auch ihm gefielen: *So long.* Gutes Tempo und nicht so kitschig wie die langsamen Balladen, mit denen hatte er sich nie anfreunden können. Und irgendwie passte der Inhalt des Songs auch: Es ging darin um eine Frau, die mit einem Typen nichts mehr zu tun haben wollte …

Ein Plan

Schon die ganze Woche hatte sich Katie auf diesen Abend gefreut. Ein Abend mit Sophie und ihrem Mann Peter im Garten des Mühlenhofs. Katie hatte damals bei ihrem ersten Besuch, als sie mit ihren englischen Freunden nach Wümmerscheid-Sollensbach gekommen war, fast vier Wochen lang bei Sophie und Peter gewohnt. Sie liebte den Mühlenhof, und ganz besonders mochte sie das Kleine Café an der Mühle, das Sophie in einem ehemaligen Stallgebäude eingerichtet hatte. Ein britischer Tearoom oberhalb der Mosel. Katie wurde selten sentimental, aber immer, wenn sie diesen Raum betrat, bekam sie Sehnsucht nach ihrem Lieblingscafé in St.-Nicholas-on-Sea, und sie vermisste ihre englischen Freunde und Nachbarn.

Heute aber konnten weder der Tearoom, der laue Sommerabend, noch die hervorragenden Steaks, die Peter auf dem Grill gezaubert hatte, ihre Stimmung aufhellen.

»Meine Güte, Katie, immer, wenn du dich unbeobachtet

glaubst, siehst du aus, als hätte sich jemand auf deinen Lieblingspudel gesetzt. Was ist denn los?«, fragte Peter besorgt.

Statt einer Antwort seufzte Katie so tief wie die Moore im Sollensbacher Bruch.

»Peter hat recht, dir liegt doch was auf dem Herzen. Oder ist es so privat, dass du nicht darüber reden willst?«, schob Sophie nach. »Wir wollen dich ja nicht drängen, wir machen uns bloß Sorgen.«

»Ach, das ist furchtbar lieb von euch beiden. Es ist so … wie heißt es doch immer: Wenn es regnet gießt es … ähm, nein wartet, ich meine … ähm…«

»Du meinst: Ein Unglück kommt selten allein. Ich glaube, das ist unsere deutsche Version von ›When it rains it pours‹«, half Peter weiter.

»Ja, genau, das meinte ich.« Katie lächelte Peter dankbar zu. »Gestern kam einfach alles zusammen. Ich hatte wirklich den miesesten Tag aller Zeiten.« Sie schluckte und musste sichtlich gegen ihre Tränen ankämpfen. »Zum einen hat mir mein Nachbar Oliver Körten-Buschmeier auf der Wiese, die ich doch gerade mühsam umgraben hatte, zwei große Container mit übel stinkender Jauche gestellt.«

»Ihh, wie eklig ist das denn?«, warf Sophie ein.

»Hm, Körten-Buschmeier. Das ist ja nicht gerade ein häufiger Nachname. Ist dein Nachbar etwa mit unserem Erwin unten an der Straße verwandt?«, fragte Peter.

»Sein Sohn, glaube ich. Er hat ein Weingut an der Mosel, aber ein Teil seiner Weinberge grenzt an mein Grundstück. Und die Wiese, die Sophie und ich für den Blumengarten ausgesucht hatten, die wurde von ihm in den letzten Jahren genutzt.«

»Uah, dann hat die alte Arbeitshose in dem Schuppen ihm gehört?« Sophie schauderte. Für Peter erklärte sie: »Wir haben unglaublich viel Gerümpel entsorgt, das war eigentlich mehr eine Müllkippe für alte Geräte als ein Lagerplatz. Und ein paar

Sachen haben wir direkt weggeworfen, unter anderem eine wirklich fürchterliche Arbeitshose.«

»Ja, das war allerdings seine Lieblingshose. Aber darum geht es leider nicht. Ich würde ihm die Hose sogar ersetzen, wenn damit der Ärger aus der Welt wäre. Nur, so leicht wird es nicht sein. Da war noch mehr.« Katie seufzte wieder.

»Was denn noch?«, fragte Peter mitfühlend.

»Also einmal der bestialische Gestank auf dem ganzen Grundstück, da konntest du die Luft praktisch schneiden«, zählte Katie auf. »Dazu noch Kreissägenlärm, dass einem die Ohren geschmerzt haben. Und last but not least: Der Prüfer vom Hotelverband, der mein Haus einschätzen wollte. Ausgerechnet diesen Tag hatte er sich für seinen Besuch ausgewählt. Die kommen immer unangekündigt. Aber was für ein Pech. Ihr könnt euch sicher vorstellen, dass er Gestank und Lärm nicht gerade erbaulich fand. Zu allem Unglück ist dann auch noch ein Paar erbost abgereist, auch das hat der Prüfer mitbekommen. Mich wundert, dass er nicht direkt geflüchtet ist.«

»Ach du meine Güte, und jetzt?«, fragte Sophie.

»Jetzt wird er unangekündigt in zehn bis vierzehn Tagen wieder vorbeikommen. Ich habe also noch eine Gnadenfrist bekommen, aber bis dahin muss ich irgendetwas tun, damit mein Nachbar zu Verstand kommt. Die Polizei hat bei ihm nichts ausrichten können, weil er sich an die normalen Ruhezeiten hält, was seine Säge betrifft. Meine aktuelle Wunschliste sieht so aus: Die Jauchebehälter müssen weg, und der Lärm muss aufhören. Ich brauche diese positive Bewertung auf der Webseite des Verbandes. Viele Reiseveranstalter richten sich danach. Die Pension muss ein Erfolg werden! Ich habe meine gesamten Ersparnisse da reingesteckt, und dann auch noch Investoren mit ins Boot geholt. Und denen habe ich eine gewisse Rendite in Aussicht gestellt, das ist ja Sinn der Sache.« Sie rieb sich mit Daumen und Zeigefinger über die Augen. »Es muss einfach klappen. Abgesehen davon will ich natürlich mein rechtmäßig erworbenes Land so nutzen, wie es möchte. Und wenn auf einer Wiese ein Blumengarten entstehen soll, dann entsteht da eben ein Blumengarten.«

Nachdenklich trank Peter einen Schluck Bier.

»Woran denkst du, Schatz? Du hast doch eine Idee, das sehe ich genau.« Sophie, die neben Peter auf der Gartenbank saß, stieß ihrem Mann auffordernd den Ellenbogen in die Seite.

»Autsch. Mit häuslicher Gewalt kriegst du mich auch nicht zum Reden.«

»Sehr witzig, Herr von Metten. Los, raus mit der Sprache.«

»Na ja, ich dachte gerade daran, dass Oliver Körten-Buschmeier offenbar nicht für gute Argumente empfänglich ist. So einen Kollegen hatte ich auch mal. Der hat einfach die Ohren auf Durchzug gestellt, da bist du weder mit Bitten noch mit Betteln weitergekommen.«

»Und? Wie soll mir das nun bei Jauche, Lärm und Grundstücksstreit helfen?«, fragte Katie resigniert.

Peter hob den Zeigefinger. »Eine Kollegin hat dann den richtigen Punkt gefunden, um bei dem Kollegen den Hebel anzusetzen. Sie hat erkannt, dass man bei ihm nur etwas erreichen konnte, wenn er das selbst dringend wollte. Also hat sie ihn zum Beispiel nicht gefragt, ob er ihr bei einem Projekt helfen könnte. Sie hat ihn stattdessen so neugierig auf das Projekt gemacht, dass er von selbst darum gebeten hat, mitmachen zu dürfen.«

»Mhm, hinter deiner unschuldigen Miene steckt doch ein ganz ausgefuchster Kopf«, lobte Sophie. »Du willst sagen, dass Oliver Körten-Buschmeier auf stur schalten wird, wenn Katie ihn mit guten Argumenten überreden will, aber er würde selber aktiv werden, wenn er etwas möchte?«

»Ganz genau. Und jetzt müssen wir nur noch überlegen, was Körten-Buschmeier gerne haben möchte.« Peter lehnte sich zurück und sah so zufrieden aus, als hätte er gerade den Stein der Weisen in seiner Hosentasche gefunden.

»Er will natürlich die Wiese haben«, sagte Katie. »Wenn ich in dieser Sache klein beigebe, wird er ganz sicher die Jauche vom Grundstück entfernen. Aber das kommt für mich überhaupt nicht infrage.«

»Nee klar, denn um die Wiese geht es ja«, stimmte Sophie zu. »Aber was wäre, wenn er etwas so dringend haben möchte, dass er von sich aus anbietet, auf die Wiese zu verzichten? So wie Peters Kollege eben von sich aus unbedingt bei dem Projekt der Kollegin mitmachen wollte.«

»Genau. Gibt es etwas, was du besitzt, Katie, das für ihn interessant sein könnte? So interessant, dass er den Verlust der Wiese dafür in Kauf nehmen würde? Und natürlich muss er selbst darauf kommen und selbst die Wiese in die Waagschale werfen, sonst wird es nicht klappen.« Peter schaute Katie fragend an. Doch die zuckte nur ratlos mit den Schultern.

Die drei verfielen in nachdenkliches Schweigen. Irgendwo weiter hinten im Garten rief ein Käuzchen. Katie lehnte den Kopf zurück und schaute in den klaren Nachthimmel mit seinen funkelnden Sternen. Was könnte der Kerl haben wollen, überlegte sie.

»Mal andersherum gefragt«, unterbrach Sophie die Stille. »Was würde ihm denn gar nicht gefallen? Ich denke da zum Beispiel an sein Weingut und …«

Peter beugte sich zur Seite und küsste seine Frau auf die Wange. »Schatz, du bist ein Genie.«

»Bin ich das?«

»O ja, das kannst du mir glauben. Du hast nämlich gerade die Lösung gefunden. Der liebe Oliver hat ein Weingut, und er wird sicher etwas gegen Konkurrenz haben. Sag mal, Katie, mir hat Heidi mal erzählt, dass zu ihrem Grundstück ein alter Weinberg gehört, das stimmt doch – oder?«

»Ja, sicher, der grenzt unmittelbar an meinen geplanten Blumengarten. Aber die Rebstöcke sind alt …«

»Das macht gar nichts. Bei meinem Plan kommt es nämlich nur auf den Schein an. Das ist wie mit der Werbung und der PR. Wenn ich dir sage, dass ich ein toller Hecht bin, ist das Werbung, wenn ich Sophie dazu bringe, es dir zu sagen, ist das PR. Und so machen wir das auch mit dem Weinberg.«

Katie tauschte mit Sophie einen verständnislosen Blick aus.

»Du sprichst in Rätseln, liebster Gatte«, sagte Sophie.

Peter grinste breit. »Wir brauchen PR. Eine dritte Person zur Weitergabe unserer Infos, eine, die nicht direkt mit Katie in Verbindung steht. Und dann starten wir unsere Operation Weinberg.«

Operation Weinberg

Eine wichtige Aufgabe in Peters Plan übernahm Theo. Auf seinem Arbeitsplan stand für den nächsten Tag der Einkauf von Gemüse und Obst, und er wollte den vorbestellten Wein abholen. Sein erster Halt auf seiner Einkaufstour aber war der Landhandel, bei dem er am Vortag die beiden große Deckel für die Behälter, in denen die Jauche schwappte, gekauft hatte.

Der Lagerverwalter, ein alter Bekannter, schlenderte zu Theos Kombi. »Guten Morgen, Theo. Ja, sag mal, was ist los? Gestern die Deckel für die Behälter und heute schon wieder hier?«

»Guten Morgen, Christian«, erwiderte Theo. »Heute suche ich ein paar Ersatzteile für die Weinpresse. Das hat zwar alles noch Zeit, aber da ich sowieso in der Gegend war, dachte ich, ich frag mal bei euch nach. Ist ja wichtig, wenn wir mit dem Wein anfangen.«

»Mit welchem Wein denn?« Jetzt war die Neugierde geradezu mit Händen greifbar.

»Ach, wusstest du das gar nicht? Der Gutshof Moselthal hat doch den alten Wingert. Zum Glück kennt die ehemalige Besitzerin, du weißt schon, die Sterneköchin Heidi Schwarzbeck, ein paar Profis. Wir prüfen gerade, welche Rebstöcke noch was taugen. Anstelle der anderen werden neue angepflanzt.«

»So, ihr wollt also in den Weinbau einsteigen?«

»Ja. Ein Riesling ›Gutshof Moselthal‹, das hätte schon was.«

»Stimmt, klingt nicht schlecht. Da wünsche ich euch viel Erfolg.«

»Herzlichen Dank, Christian. Ich frag dann mal gerade im Büro nach den Ersatzteilen.« Theo lief zum Büro des Landhandels und schaute unauffällig über die Schulter zurück. Chris hatte sein Handy aus der Tasche gezogen und war in ein Telefonat vertieft. Theo grinste. Er hatte darauf gehofft, heute früh mit Christian zu sprechen. Der Lagerverwalter des Landhandels war nämlich ein Skatbruder von Oliver Körten-Buschmeier.

***

»Und, alles in Ordnung bei euch auf dem Gutshof? Was sagen die Gäste?« Doris, die Verkäuferin im Gemüsemarkt, strahlte Theo an. Während seiner Schulzeit waren Doris und er in der gleichen Clique gewesen, auch wenn sie sich mehr für ein Mitglied der Basketballmannschaft als für ihn interessiert hatte. Er mochte Doris, und seit seiner Rückkehr an die Mosel war er froh darüber, hier auf Menschen zu treffen, mit denen er eine gemeinsame Vergangenheit hatte.

Theo schaute sich im Laden um. Insgesamt vier weitere Kunden warteten in Hörweite darauf, dass ihre Bestellungen aus dem Kühlraum geholt wurden. Besser konnte es doch gar nicht sein.

Er lächelte Doris an und erwiderte: »Unsere Gäste sind zufrieden, wir bekommen immer mehr Anfragen und haben jetzt schon Reservierungen für den Herbst – ich würde sagen, das Konzept geht auf. Ach, übrigens, Doris, was ich fragen wollte: Dein Bruder arbeitet doch noch in der Druckerei in Brennerbach – oder?«

»Ja, sicher. Warum?«

»Würden die auch Etiketten für Weinflaschen drucken?«

»Klar, die beliefern doch ganz viele Winzer. Warum brauchst du denn Weinetiketten?«

»Ich sag nur ›Gutshof Moselthal Riesling‹. Der Weinberg des Gutshofs wird wieder bewirtschaftet. Ist doch ein tolles Mitbringsel aus dem Urlaub. Ein Flasche Wein von dem Ort, wo man Ferien gemacht hat. Vielleicht werden wir in ein, zwei Jahren sogar unseren Gästen anbieten, im Weinberg mitzuarbeiten, so als Event, um zu erleben, wie Wein gemacht wird.«

Doris lachte hell auf. »Super Idee, du hattest ja schon damals in der Schule die besten Einfälle. Sobald der erste Riesling bei euch abgefüllt ist, will ich eine Flasche haben.«

»Versprochen, Doris.« Theo hob die drei Kisten mit Salat hoch und verließ den Gemüsemarkt. Doris war wirklich ein herzensguter Mensch, aber sie liebte Neuigkeiten und Gerüchte. Wenn man ihr etwas anvertraute, konnte man es auch genauso gut in die Zeitung setzen. Theo pfiff leise die Titelmelodie des Films *Mission Impossible.* Es war ein erfolgreicher Vormittag gewesen. Mission erfüllt.

***

»Ich brauche mal deinen Rat, Papa.«

»Was ist denn los, Junge? Du rufst doch sonst nicht tagsüber an. Musst du nicht arbeiten?«

Auf diese Frage ging Oliver Körten-Buschmeier gar nicht

ein, sondern kam direkt zum Grund seines Anrufs. »Die Engländerin will den Weinberg nutzen und eigenen Wein produzieren.«

»Nicht möglich, bist du sicher?«

»Natürlich. Ich habe in den letzten zwei Stunden drei verschiedene Anrufe bekommen. Die gehen das richtig professionell an, mit Unterstützung von Heidi Schwarzbeck und deren Kontakten in der Weinszene. Sie planen, den Maschinenpark auszubauen, wollen Weinseminare für Pensionsgäste anbieten und suchen bereits eine Druckerei für die Weinetiketten.«

»Puh, klar, Frau Schwarzbeck kennt sicher etliche Winzer, die ihr mit Kusshand einen Gefallen tun würden. Auf der anderen Seite ist es ja nicht so schlimm, du bist doch in den letzten Jahren gut mit deinen Konkurrenten klargekommen. Und wie sieht es mit dem Weinberg aus, gehört der dir auch … so aus reinem Gewohnheitsrecht?«

»Sehr witzig. Nein, bei dem Weinberg ist die Eigentumslage glasklar. Was mich ärgert, ist, dass ich doch seit dem letzten Jahr den Moselthal-Riesling im Programm habe. Also genau derselbe Name. Ich hab mir damals nichts dabei gedacht. Schließlich produziert der Gutshof schon seit etlichen Jahren keinen Wein mehr, und die haben diesen Namen auch nie benutzt. Ich habe mir gesagt: Moselthal hieß früher unser Flusstal in alten Reiseführern, was soll da schiefgehen? Tja, jetzt stehe ich da. Ich weiß, es ist bloß ein Name, keine Frage, aber er kommt bei den Kunden gut an.«

»Ach herrje, auf diese Bezeichnung wirst du verzichten müssen. Ich denke, da beißt die Maus keinen Faden ab: Der Gutshof Moselthal heißt seit hundert Jahren so, und er gehört dir nicht.«

Oliver Körten-Buschmeier schnaubte resigniert. »Darauf bin ich schon selbst gekommen. Und was soll ich jetzt tun?«

Als Antwort bekam er zunächst nur ein nachdenkliches Brummen von seinem Vater zu hören. »Das, was ich jetzt sage, wird dir nicht gefallen, Junge, aber ich denke, du solltest auf Frau Sheridan zugehen.«

»Ich soll bei der verrückten Engländerin zu Kreuze kriechen?«

»Nein, sollst du nicht. Erinnere dich an das, was ich dir erzählt habe, als du bei mir warst. Du kannst nicht auf Gott und die Welt wütend sein. Sie ist immerhin deine Nachbarin, oder zumindest so etwas in der Art. Lade sie ein, rede mit ihr. Vielleicht … na ja, ich weiß auch nicht, vielleicht produzierst du für sie den Wein, damit wäre euch beiden gedient.«

Dem Vorschlag folgte eine nachdenkliche Stille.

»Junge, bis du noch dran?«

»Ja, ich … ich werde darüber nachdenken.«

»Tu das, und vergiss nicht, dass wir morgen zusammen Sauerbraten essen wollen. Ich hab das Fleisch schon bei Braubarts vorbestellt. War nicht leicht, bei Johannes geht in der Metzgerei gerade alles drunter und drüber.«

»Ist gut, Papa, ich komm morgen vorbei.«

Feine Leberwurst mit Kräutern

Der Frühstücksraum leerte sich zusehends. Noemi und die Zwillinge gingen zurück in ihre Zimmer, um sich die Zähne zu putzen. Ganz hinten im Raum saßen schließlich nur noch Franziska und Olivia. Olivia hatte an diesem Morgen nur einsilbige Antworten gegeben und ansonsten ihren eigenen Gedanken nachgehangen.

Franziska sah ihre Tochter prüfend an. »Alles okay bei dir, Große?«

Olivia hielt den Blick gesenkt und schaute konzentriert auf ihren Teller. Sie schob mit dem Zeigefinger die Krümel herum, bis sich daraus Muster bildeten. Eine Spirale. Zwei Kreuzchen. Ein kleiner Berg in der Mitte des Tellers.

»Olivia – bitte rede mit mir.«

Olivia schaute hoch. Die Augen ihrer Mutter schwammen in Tränen.

Sofort rutschte Olivia näher heran. »Mama, nicht weinen. Ich meine … das mit gestern Abend.«

»Entschuldige, Liebes, ich hätte dich nicht anschreien dürfen.«

»Aber was war denn los? Du bist so ausgerastet, das muss doch einen Grund gehabt haben. Ich überleg schon den ganzen Morgen, ob ich dich danach fragen soll oder nicht.«

»Miteinander reden ist immer die bessere Wahl, Olivia. Es ist wichtig, dass man in der Familie offen und ehrlich ist. Und wenn du eine Frage hast oder ein Problem, dann raus damit.«

Olivia schluckte. »Ist es wegen deiner Arbeit? Du bist immer so müde. Und sogar hier in den Ferien gähnst du die ganze Zeit, wenn du denkst, dass keiner hinguckt.«

»Aber nein, ich erhole mich herrlich und bin so ausgeschlafen wie schon lange nicht mehr.«

»Also, was ist es dann? Wenn ich so überlege: Es hat angefangen, als Moni uns in den Freizeitpark einladen wollte. Aber das ist doch was Gutes. Darüber kannst du doch unmöglich so fürchterlich sauer sein.«

Jetzt brauchte es Fingerspitzengefühl. Franziska wollte ihre Tochter nicht mit ihren Erwachsenen-Problemen belasten. Auf der anderen Seite hatte Franziska es gerade selbst gesagt: Offen und ehrlich sollte man sein. »Das hast du gut beobachtet. Es ging tatsächlich um die Einladung. Ich will versuchen, es dir zu erklären. Du weißt ja, dass wir nicht viel Geld haben.« Franziska schnaubte. »Nein, lass es mich beim Namen nennen. Wir sind arm. Wir können uns diesen Freizeitpark nicht leisten. Und ich kann es nicht aushalten, dass ihr Kinder bei diesen Ausflügen vorgeführt bekommt, wie es sein könnte, wenn … das fühlt sich nicht richtig an.«

Staunend hörte Olivia zu. »Shit, daran habe ich hier im Urlaub nicht gedacht.«

»Du sollst nicht dauernd ›shit‹ sagen«, unterbrach Franziska automatisch und hätte sich im nächsten Moment dafür ohrfeigen können. Endlich öffnete sich ihre zuverlässige, viel zu ernsthafte Tochter, und ihr fiel nichts Besseres ein, als deren Wortwahl zu kritisieren.

Zum Glück achtete Olivia aber nicht weiter auf die Ermahnung und redete stattdessen unbeirrt weiter. »Stimmt schon, beim Einkaufen sagst du dauernd, dass wir aufpassen müssen, dass es nicht zu viel kostet. Und unsere Klamotten sind fast alle aus dem Second-Hand-Laden. Das macht uns aber nichts aus.« Ihre Stimme klang belegt. Vorsichtig streckte Olivia die Hand aus und streichelte vorsichtig über Franziskas Arm. »Ehrlich.«

Franziska atmete tief durch. »Kannst du mir helfen, Olivia? Ich will es den anderen nicht so deutlich sagen. Sie sind noch zu klein. Wir haben kein Geld für solche Ausflüge, und geschenkt ist es nicht das Gleiche. Es wäre nicht richtig, und wir hätten keine Freude daran. Und nachher wird es umso schlimmer.«

»Ich glaube, jetzt versteh ich.« Olivia nickte langsam. »Du willst lieber was Eigenes mit uns machen.«

»Genau. Vielleicht fällt uns beiden ja zusammen was Tolles ein? Etwas, das nicht so viel Geld kostet und was wir zusammen unternehmen können?«

***

Als Katie wenig später begann, den Tisch abzuräumen, sah sie, wie Franziska und Olivia die Köpfe zusammensteckten und abwechselnd etwas auf einem Zettel notierten. Von der bedrückten Stimmung, die sie in den letzten Tagen zwischen Franziska und ihrer ältesten Tochter wahrgenommen hatte, keine Spur mehr.

»Ihr habt ja gar nichts mehr zu trinken. Soll ich noch mal einen Kakao für dich bringen, Olivia? Und Frau Borgert, darf es für Sie vielleicht ein Milchkaffee sein?«

Mutter und Tochter nickten, dann widmeten sie sich wieder ihrem Zettel.

Im Weggehen hörte Katie so gerade eben noch, wie Olivia sagte: »Haben wir von dem Taschengeld noch genug übrig? Ich habe gehört, es gibt im Ort ein tolles Café. Das kleine Café an der Mühle. Sollen wir hinlaufen und Kuchen essen? Und vorher machen wir im Wald ein Picknick und bauen für die Zwillinge eine Hütte aus Ästen, so eine Räuberhöhle, das wird ihnen Spaß machen, dann vergessen sie die Tierbabys. Ich rede vorher noch mit Noemi.«

***

Franziska genoss den Augenblick, einen Augenblick voller Harmonie. In seltener Einmütigkeit hatten Noemi und die Zwillinge offenbar entschieden, mal nicht zu quengeln und keinen Streit anzufangen, sondern einfach nur die freie Zeit zu genießen. Vielleicht lag es ja an dem, was Olivia ihren Geschwistern erzählt hatte, Franziska wusste es nicht, aber sie beschloss, ihr Glück an diesem Vormittag auch nicht zu hinterfragen. Die Tage, an denen Noemi oder Olivia mit den Zwillingen streiten würden oder an denen sich die beiden Mädchen in die Haare kriegten, würden noch früh genug wiederkommen.

Komisch, nur Nico und Jonas waren fast immer einer Meinung, dachte Franziska. Das stille Einverständnis zwischen den beiden Jungen war manchmal ein bisschen unheimlich. So, als würde der eine immer schon vorher genau wissen, was der andere tun oder sagen wollte. Schon während ihrer Schwangerschaft hatte Franziska einen Kurs für Zwillingsmütter besucht. Von der besonderen Bindung untereinander war da die Rede gewesen, davon, dass Zwillinge sich erst einmal selbst genügten. Damals hatte sie darüber gelächelt, nach vier Jahren mit ihren beiden Söhnen wusste sie es besser.

»Schau mal, Mama, eine platte Kröte.«

Nico war am Rand des Dorfplatzes stehen geblieben und deutete auf seinen Fund im Rinnstein.

»Ihh, das ist eklig«, beschwerte sich Noemi.

»Nee, nur tot und platt«, gab Jonas trocken zurück. Er konnte manchmal wirklich witzig sein. Spätestens jetzt wäre ein Streit unter den Kindern möglich gewesen, aber zu Franziskas Überraschung ergänzte Jonas: »Aber du hast recht, schön ist die nicht mehr.« Und zu seinem Bruder gewandt sagte er: »Lass sie besser liegen, will keiner.«

Was sagt man dazu?, schoss es Franziska durch den Kopf, damit hätte sie jetzt nicht gerechnet. Stattdessen kam Nico zu ihr gerannt, ergriff ihre Hand und fragte mit einem herzzerreißenden Augenaufschlag: »Du, Mama, gibt es bei unserer Räuberhöhle wieder Fleischwurst?«

Franziska lächelte ihren Sohn an. »Darauf kannst du wetten, und zwar so viel, wie du essen magst.«

Beschwingt ging sie mit ihren Kindern über den Dorfplatz und in die kleine Gasse hinein, wo die Metzgerei Braubart lag. Schon von Weitem sah sie, dass heute etwas anders war als bei ihrem letzten Besuch. Da, wo sonst ein offenes Schaufenster den direkten Blick in den Verkaufsraum ermöglichte, war jetzt ein beiger Lamellen-Sichtschutz vorgezogen.

Olivia, die mit Noemi ein paar Schritte vorgelaufen war, drehte sich um und rief: »Die haben zu. Hier steht auf einem Schild *Aus Krankheitsgründen vormittags geschlossen.*«

»Mama, was machen wir jetzt?«, erkundigte sich Noemi besorgt.

»Aber wir gehen doch in den Wald?«, fragte Nico.

»Natürlich gehen wir. Ich muss nur überlegen, wo wir unseren Räuberproviant kaufen.«

»Was ist Prowinant?«, fragte Jonas.

»Das ist ein anderes Wort für Essen, du Honk«, erklärte Olivia.

»Selber Honk.«

»He, ihr beiden, nicht streiten«, warf Franziska ein. »Es gibt hier im Ort irgendwo einen Supermarkt, habe ich gehört, da kriegen wir bestimmt auch alles für unser Picknick. Wahrscheinlich sogar noch eine große Flasche Limo.«

In diesem Moment zog Noemi aufgeregt an ihrer Hand und zeigte auf einen weißen Kastenwagen, der gerade neben dem Haus einparkte.

»Ist das nicht das Auto vom Metzger, Mama? Guck mal, auf dem Wagen ist ein Schwein gemalt, und da steht auch *Braubart* drauf. Vielleicht macht der Mann den Laden gleich auf.«

»Das könnte wirklich sein. Wir schauen mal«, erwiderte Franziska. Mit einem Lächeln ging sie auf den Mann zu, der neben seinem Lieferwagen stand und telefonierte. Er sprach so laut, dass sie gar nicht anders konnte, als mitzuhören.

»Hermann, du alter Hobelkasper, wenn ich es dir doch sage, ich kann Christopher nicht holen. Unsere Jennifer weiß doch, dass Hetti in Gerolstein ist … Ja, genau, da wohnt Hettis Kusine … Ja, die mit dem Kirschlikör, die hast du doch kennengelernt – Richtig, die, die immer so schrill lacht. Jedenfalls ist Hetti nicht da, und bei mir brennt die Hütte. Ich kann unmöglich unseren Enkel abholen. Wäre Hetti hier, wäre das natürlich was anderes. Ja gut, super, Hermann, finde ich klasse, dass du dich darum kümmerst, und bestell Else einen lieben Gruß … Ja, mach ich.«

Der Mann beendete sein Telefonat, lehnte sich mit dem Rücken gegen die Seitenwand des Kastenwagens, schloss die Augen und schnaubte laut.

»Entschuldigen Sie bitte, sind Sie Herr Braubart?«

Der Mann schlug die Augen auf und wischte sich mit der Hand über das Gesicht. »Johannes Braubart, in ganzer Schönheit und Pracht. Was kann ich für Sie tun?«

»Es ist nur … Ich habe gesehen, dass die Metzgerei geschlossen hat, und ich wollte fragen, ob Sie möglicherweise gleich öffnen.«

»Wir wollen nämlich Fleischwurst, die war beim letzten Picknick so lecker«, erklärte Jonas eifrig.

»Und heute brauchen wir gaaaanz viel Fleischwurst, weil die Olivia mit uns eine Räuberhöhle bauen will«, ergänzte Nico.

Der Metzger schmunzelte. »Soso, ganz viel Fleischwurst. Kann ich mir denken, so eine Räuberhöhle zu bauen, das kann hungrig machen.« Zu Franziska gewandt sagte er: »Dann kommen Sie mal mit. Ich muss zwar später noch Ware ausliefern, aber junge Räuber brauchen was Ordentliches zwischen die Zähne, das sehe ich ein.«

»Das ist aber wirklich nett von Ihnen.«

»Nee, nee, ich habe zu danken.«

»Wieso?«

Johannes Braubart lachte zufrieden. »Dafür muss man kein Superhirn sein. Meine Hetti hat mir von einer jungen Metzgerin erzählt, die mit ihren Kindern ein Picknick machen wollte und dafür Fleischwurst gekauft hat. Diese junge Frau hat den Ruf unseres Tafelspitzes gerettet, als Ihre Durchlaucht Frau Guseknecht sich so aufgeregt hat.« Er hob den Zeigefinger und tippte sich an die Schläfe. »Und dann erscheint wenige Tage später eine junge Frau, die mit ihren Kindern noch mal ein Picknick machen will und dafür wieder Fleischwurst kaufen möchte … wenn da nicht bei mir was klingelt.«

»Erwischt, Herr Braubart. Kann sein, dass ich da letzte Woche etwas vorlaut war, aber ich konnte wirklich nicht schweigen.«

»Wie gesagt, ich bin Ihnen sehr dankbar. Wie gern wäre ich dabei gewesen und hätte das Gesicht von Frau Guseknecht gesehen. Das wäre ein Highlight gewesen, und Highlights kann ich gerade wirklich gebrauchen. Ist alles ein bisschen schwierig im Moment.«

»Die Kusine Ihrer Gattin ist krank, das ist natürlich eine große Belastung für Ihr Geschäft.« Franziska sah Braubarts Erstaunen und redete schnell weiter. »Entschuldigen Sie, aber Ihr Telefonat war nicht zu überhören.«

»Schon gut, Sie haben recht, Frau … ich kenne gar nicht Ihren Namen.«

»Borgert, Franziska Borgert, ich wohne für zwei Wochen mit den Kindern im Gutshof Moselthal.«

»Schön, Sie kennenzulernen, Frau Borgert. Und wie gesagt, Sie haben recht. Waltraud, Hettis Kusine, ist schwer gestürzt, und meine Frau ist für eine Woche nach Gerolstein gefahren, um zu helfen. Aber alleine kann ich nicht gleichzeitig den Laden öffnen, Ware ausliefern, einkaufen und in der Wurstküche stehen. Versuchen Sie mal, Aushilfen zu kriegen, das ist ein Ding der Unmöglichkeit.«

»Meine Mama ist Metzgerin«, erklärte Olivia ernsthaft.

»Ja, das habe ich schon gehört. Ausgebildete Metzger sind sehr gefragt, da haben Sie bestimmt eine gute Stelle.«

»Nein, seit die Kinder … also, ich arbeite nicht mehr in der Branche.«

»Ich sage immer: einmal Metzger, immer Metzger. Mich wundert jedenfalls nicht, dass Sie der bekloppten Guseknecht Kontra gegeben haben. Meine Hetti hat danach zu mir gesagt: Johannes, die junge Frau hatte Ahnung. Ja, genau das waren Hettis Worte.« Johannes Braubart hatte den Laden aufgeschlossen, den Lamellenvorhang im Schaufenster weggezogen und war hinter die Theke gegangen, um einen Ring Fleischwurst einzupacken.

Franziska fischte nach ihrem Portemonnaie, doch der Metzger hob abwehrend die Hände. »Der Ring Wurst für die Räuber geht aufs Haus.«

»Das kann ich nicht annehmen.«

»Doch. können Sie. Meine Fleischwurst, meine Regeln. Ich darf doch wohl entscheiden, wem ich was schenke.«

Ängstlich schaute Olivia Franziska von der Seite an. Das erschreckte Franziska ein bisschen. Rechnete Olivia damit, dass ihre Mutter jetzt wieder ausfallend wurde? Schnell sagte sie: »Gut, ich nehme das Geschenk an. Danke.«

»Das will ich aber auch gemeint haben.« Johannes Braubart reichte Franziska eine Papiertüte über die Ladentheke. »Ach, wo Sie schon da sind. Was halten Sie von dieser Leberwurst? Das ist meine berühmte feine Leberwurst mit Kräutern.« Braubart nahm aus einem Korb ein Brötchen, schnitt ein Stück ab und strich etwas Leberwurst auf die Scheibe. »Hier, probieren Sie mal.«

Franziska biss von dem Brötchenstück ab. »Mhmm, sehr lecker. Der Thymian ist da, aber nicht aufdringlich, und etwas Majoran ist auch dabei.« Franziska kaute. »Da ist aber noch was Ungewöhnliches drin.«

Johannes Braubart grinste breit. »Kommen Sie nie drauf.«

»Also Pfeffer, Muskat, etwas Zwiebel, das ist ja klar«, murmelte Franziska mehr zu sich selbst, dann schaute sie triumphierend hoch. »Ingwer, Sie haben Ingwer in Ihrer Leberwurst.«

»Dreck, Pest und Gurkenstritzel, das gibt es doch gar nicht. Frau Borgert, Sie sind die Erste, die das herausschmeckt.« Johannes Braubart rieb sich das Kinn und sah auf einmal etwas verlegen aus. »Es ist so … Ich frag jetzt einfach mal direkt: Möchten Sie hier bei mir arbeiten? Ich könnte in den nächsten Tagen wirklich Unterstützung gebrauchen.«

Franziska schaute den Metzger entgeistert an. »Sie meinen als Metzgerin, hier in Ihrem Laden?«

»Sagte ich doch, und meinte ich auch so.«

»Nein, tut mir leid, ich fürchte, daraus wird nichts. Ich habe ja die Kinder. Und unser Urlaub dauert auch nur noch wenige Tage.«

»Sicher, das verstehe ich. Na ja, ich dachte, fragen kostet ja nichts. Ich wünsche Ihnen jedenfalls einen schönen Tag bei Ihrem Picknick und der Räuberhöhle.«

»Herzlichen Dank, Herr Braubart. Kommt Kinder, jetzt kann es losgehen.«

***

Leise fiel die Ladentür ins Schloss. Durch das Schaufenster konnte Johannes Braubart verfolgen, wie Franziska Borgert umringt von ihren Kindern über den Dorfplatz in Richtung Sollensbacher Bruch wanderte. Er kaute auf seiner Unterlippe, während er nachdachte.

Fragen an Katie

Katie saß auf ihrer Gartenbank, ein Klemmbrett auf den Knien, und skizzierte mit einem Bleistift Beetflächen. Sie hatte sich fest vorgenommen, sich nicht mehr über die beiden Jauchebehälter mitten auf der freien Fläche zu ärgern, die würde sie schon noch entfernen lassen. Sie wollte endlich mit ihrer Planung weiterkommen.

Immer wieder schaute sie von ihrer Skizze hoch, um zu prüfen, ob sich das, was sie sich da ausdachte, auch in der Realität in ihrem neuen Garten umsetzen ließ. Verschiedene Staudenbeete, die sie erst im Herbst bepflanzen würde; schmale geschwungene Wege zwischen den Beeten, eine weitere Sitzbank, in deren Rücken künftig eine Buschgruppe einen gewissen Schutz vor den Winden aus dem Moseltal bieten sollte, und natürlich Flächen, die für Schnittblumen vorgesehen waren. So könnte sie regelmäßig frische Blumen auf ihrem Schreibtisch haben. Sie verbrachte eine angenehme halbe

Stunde und freute sich im Stillen schon auf die kommenden Gartenjahre.

»Hallo, Katie, ich hoffe, ich störe nicht.«

Katie drehte sich um. Johannes Braubart kam mit weit ausholenden Schritten über die Wiese auf sie zu. »In der Sonne sitzen und nichts tun, so schön kann das Leben als Pensionschefin sein.«

»Von wegen, Johannes, das hier ist die erste kleine Pause, die ich mir heute gönne.«

»War auch nicht ernst gemeint, Katie, ich habe schon von Theo gehört, dass ihr hier alle Hände voll zu tun habt. Hättest du denn ein paar Minuten Zeit für mich?«

»Aber sicher. Habe ich vergessen, eine Lieferung zu bezahlen?«

»Aber nein!«

»Dann wartet Hetti drinnen im Haus? Möchtet ihr was trinken?«

»Nee, nee, Hetti ist bei ihrer Kusine in Gerolstein, die hatte einen Unfall und braucht dringend Unterstützung. Das ist auch der Grund, warum ich hier bin, ich muss dich um Rat fragen.«

Katie rutschte ein Stück zur Seite, um auf der Bank Platz zu machen. »Setz dich, Johannes, ich weiß zwar nicht, wie ich Hetti und ihrer Kusine in Gerolstein helfen kann, aber erzähl doch erst einmal.«

Johannes ließ sich auf die Bank sinken. »Hübsch hast du's hier. Ich hatte ganz vergessen, dass du diesen tollen Blick ins Moseltal hast.«

»Du bist herzlich eingeladen, jederzeit den Ausblick zu genießen. Und jetzt raus mit der Sprache, wo drückt der Schuh?«

»Wie gesagt, Hetti ist für mindestens eine Woche in Gerolstein, und seit gut einem Jahr haben wir ja auch keine Aushilfe mehr im Laden, weil Babsi, meine ehemalige Auszubildende, ein Baby bekommen hat. Alleine kann ich aber unmöglich den Verkauf im Laden, die Arbeit in der Wurstküche und die Auslieferungen stemmen. In den letzten drei Tagen hat es irgendwie geklappt, aber ich weiß ja noch nicht mal, ob Hetti nicht noch länger in Gerolstein bleiben muss.«

»Ich verstehe dein Problem, Johannes, aber wie kann ich dir dabei helfen?«

»Bei dir in der Pension wohnt Franziska Borgert, eine junge Frau mit vier Kindern.«

»Ja, richtig, sie hat den Urlaub bei einem Preisausschreiben gewonnen. In den letzten Jahren hatte sie nicht viel Glück im Leben, so viel kann ich dir verraten.«

»Aber wusstest du, dass sie ausgebildete Metzgerin ist? Und ich glaube sogar, eine richtig gute. Sie hat heute Vormittag auf Anhieb die wichtigsten Zutaten meiner feinen Leberwurst mit Kräutern herausgeschmeckt, sogar den Ingwer.« Johannes grinste breit. »Das ist selbst meinen gestandenen Innungskollegen in den letzten Jahren nicht gelungen.«

»Das passt zu dem Bild, das ich von ihr habe. Ich habe den Eindruck, dass sie hart arbeiten kann. Sie rackert sich wirklich ab, um für ihre Familie zu sorgen«, sagte Katie.

»Ich würde sie gerne einstellen, zum einen natürlich für die nächste Zeit, damit ich ein bisschen Entlastung habe, aber vielleicht könnte sie sich ja sogar vorstellen, zu uns nach Wümmerscheid-Sollensbach zu ziehen. Du weißt, wie schwierig es heute ist, gutes Fachpersonal zu finden. Und hier ist eine junge Frau mit den besten Voraussetzungen. Ich habe das Gefühl, dass ich mir diese Gelegenheit nicht entgehen lassen darf.«

»Möchtest du, dass ich mit ihr rede und sie von deinem Angebot überzeuge?«

»Mein Bauchgefühl«, Johannes klopfte sich auf seine voluminöse Körpermitte, »und ich habe ein großes Bauchgefühl, sagt mir, dass sie gar nicht überzeugt werden müsste. Im

Grunde ist sie mit ganzem Herzen Metzgerin, aber sie weiß nicht, wie sie sich gleichzeitig um ihre Kinder kümmern und in ihrem Beruf arbeiten soll. Hast du eine Idee, wie wir in den nächsten Tagen eine provisorische Kinderbetreuung einrichten könnten? Dann könnte Frau Borgert bei mir aushelfen. Alles andere habe ich mir schon genau überlegt. Nach den Sommerferien werden wieder Plätze in der Kita frei, da könnten die kleinen Räuber von ihr unterkommen. Sogar eine Wohnung für den Anfang hätte ich. Wir haben doch noch den Anbau, in dem unsere Jennifer vor ihrer Hochzeit gewohnt hat, das sind vier Zimmer plus Küche und Bad. Dort könnte die Familie fürs Erste wohnen, bis sie etwas Eigenes gefunden haben. Und was die Arbeitszeiten betrifft, da finden wir später sicher eine dauerhafte Lösung.«

Katie strahlte Johannes an. Was er da beschrieb, klang in ihren Ohren wie ein wundervoller Vorschlag, um das Leben der kleinen Familie zum Besseren zu wenden. »Ich finde, das klingt alles zu schön, um wahr zu sein, Johannes.«

»Ja, aber ich brauche jetzt eine Idee für die Kinderbetreuung, solange unsere Kita Sommerferien hat. Die haben noch die ganze nächste Woche geschlossen. Danach gibt es eine Ferienbetreuung für die Kinder von berufstätigen Eltern, das weiß ich von meiner Tochter. Und ich muss schnell handeln, bevor Franziska Borgert wieder zurück nach Köln fährt.«

»Was hältst du davon, wenn ich einmal mit ihr spreche, so von Frau zu Frau, und ihr dein Angebot unterbreite?«

»Das würdest du tun? Das wäre großartig!«

Katie dachte kurz nach. »Vielleicht könnte ich die Zwillinge vormittags hier bei mir betreuen lassen. Es ist ja nur für ein paar Tage. Ich denke da an eine Aushilfe. Sophie hat mir einmal erzählt, dass sie eine Studentin kennt, die abends auf Lisa aufpasst, wenn sie mit Peter einmal ausgehen will.«

»Ich wäre durchaus bereit, einen Anteil an der Kinderbetreuung zu bezahlen.«

»Dann lass mich mal ein paar Telefonate führen, und heute Abend werde ich mit Franziska Borgert sprechen.«

Johannes stand auf und rieb sich zufrieden die Hände. »Katie, du hast dir gerade Sonderpreise bis an dein Lebensende verdient.«

»Das ist nicht nötig, ich mache das sehr gern.«

»Ja, beim heiligen Antonius und seiner brennenden Sau, das mag sein, aber das ändert nichts an meinem Entschluss, mich bei dir zu bedanken. Also, darüber diskutieren wir nicht mehr, das bleibt so. Wärst du so nett und würdest mir morgen früh Bescheid sagen, was bei deinem Gespräch herausgekommen ist?«

»Aber sicher, das mache ich.«

Nachdem Johannes Braubart gegangen war, saß Katie auf der Bank und überdachte Johannes' Vorschlag. Daraus konnte wirklich etwas werden. Sie steckte den Bleistift ein und nahm das Klemmbrett. Die Pause war vorbei, es gab im Haus noch genug zu tun, und sie wollte das Essen für den Abend vorbereiten.

Nimm es an, für deine Kinder

»Setzen Sie sich doch bitte, Frau Borgert.« Katie deutete auf die Sessel und das Sofa in ihrem Wohnzimmer. »Ich habe einen trockenen Riesling, der genau die richtige Temperatur hat. Darf ich Ihnen ein Glas anbieten?«

Franziska stand in Katies Wohnzimmer und schaute sich neugierig um. »Zu einem Glas Weißwein würde ich nicht Nein sagen. Hübsch haben Sie es hier unter dem Dach. So hell und geräumig.«

»Ja, mir war wichtig, dass ich einen eigenen Bereich habe, wohin ich mich zurückziehen kann. Eine eigene Pension zu haben, ist gut und schön, aber ich bin auch eine Privatperson und brauche eine private Wohnung.« Katie nahm die Weißweinflasche aus dem Kühler und schenkte zwei Gläser ein. Sie gab ein Glas an Franziska weiter, die sich in einen der Sessel gesetzt hatte, und prostete ihr zu. »Ich habe auch noch ein paar kleine Pasteten im Backofen«, erklärte Katie.

»Das ist nun wirklich nicht nötig. Ich habe ja bereits mit den Kindern zu Abend gegessen.«

»Ich bin aber leider selbst noch nicht dazu gekommen, etwas zu essen. Vielleicht möchten Sie trotzdem eine Pastete probieren.«

Franziska stellte ihr Weinglas auf den Couchtisch und fragte: »Was genau möchten Sie mit mir besprechen, Frau Sheridan? Ich freue mich wirklich sehr über Ihre Einladung. Ich denke aber nicht, dass Sie jeden Gast in Ihr Wohnzimmer einladen und mit Weißwein und Pasteten bewirten. Also, warum bin ich heute Abend hier?«

»Sie haben recht, in meiner Wohnung bewirte ich eigentlich keine Pensionsgäste. Ich habe um dieses Gespräch gebeten, weil ich Ihnen einen Vorschlag machen möchte. Ich weiß allerdings auch von Ihrem Streit mit den Zimmerbachs.«

»Geht es Ihnen um diesen Streit? Nun, dann kann ich Ihnen sagen, dass ich zwar wenig Geld habe, und mir den Aufenthalt hier im Gutshof nie hätte leisten können – aber ich habe auch meinen Stolz.«

Katie hob beschwichtigend die Hand. »Nein, keine Sorge, darum geht es gar nicht. Das heißt, im Grunde geht es schon darum. Es geht um Sie und Ihre Kinder und Ihre Situation. Wissen Sie, ich kann Sie gut verstehen.«

»So, können Sie das? Sie haben diese fantastische Wohnung in einem Traumhaus. Sie sind Besitzerin einer großen Pension auf einem riesigen Grundstück. Ihr Frühstücksraum ist fast so groß wie meine komplette Wohnung in Köln. Ich weiß nicht, ob Sie mich verstehen können.«

Das klang nicht einmal verbittert, sondern einfach nur unendlich traurig. Katie holte tief Luft. »Ich würde mich freuen, wenn wir uns duzen würden, dann redet es sich leichter.«

»Warum nicht. Ich bin die Franziska.«

»Katie, aber das weißt du vielleicht schon längst. Mir ist das Du wichtig, weil ich dir eine Geschichte erzählen will, die ich bislang nur ganz wenigen erzählt habe. Es ist die Geschichte einer jungen Frau, die sich in einen deutlich älteren Mann verliebt hat und unerwartet schwanger wurde. Diese Frau war ich, und ich musste damals Entscheidungen treffen. Niemand arbeitet in der Spitzengastronomie als Köchin und kann gleichzeitig ein Baby versorgen. Überhaupt haben Familie und Kinderbetreuung nicht zu der Arbeit gepasst, die ich damals gemacht habe. Heute habe ich eine fünfzehnjährige Tochter. Eine Tochter, die im Moment nichts von mir wissen will. Sie wächst in England bei ihrem Vater und dessen zweiter Frau auf. Die beiden haben sie auf ein sehr gutes Internat geschickt, und irgendwie denkt Emma, so heißt sie, dass ich an allem Schuld bin, was ihr zurzeit in ihrem Leben nicht gefällt. Mag sein. Vielleicht steckt sie einfach nur in der Pubertät und es gehört dazu, die Eltern abzulehnen. Vielleicht habe ich damals auch wirklich die falschen Entscheidungen getroffen. Das kann ich rückwirkend aber auch nicht mehr ändern. Deswegen bewundere ich dich, Franziska, weil du für deine Kinder da bist. Olivia oder Noemi werden jedenfalls als Fünfzehnjährige später nicht behaupten können, dass du sie im Stich gelassen hättest. Du siehst also, ich kann dich besser verstehen, als du denkst, und in gewisser Weise beneide ich dich.«

Franziska nickte nachdenklich. »Das hätte ich nicht gedacht. Da sieht man doch mal wieder, wie falsch man liegen kann. Und warum erzählst du mir das alles?«

»Ich möchte nicht, dass du denkst, dass ich Almosen verteilen will. Ich habe mitbekommen, wie sehr du dich von Frau Zimmerbachs Angebot gekränkt gefühlt hast. Ich möchte dir gerne helfen, eben weil ich eine ganz ähnliche Situation erlebt habe. Allerdings nur mit einer Tochter, und nicht mit vier Kindern.«

»Jetzt bin ich gespannt. Ich kann mir überhaupt nicht vorstellen, wie du mir helfen willst.«

»Johannes Braubart war heute am frühen Nachmittag bei mir. Er möchte gerne, dass du bei ihm arbeitest. Nicht nur als Aushilfe für die paar Tage, in denen seine Frau nicht im Laden sein kann. Nein, er möchte dich gerne dauerhaft als Metzgerin einstellen. Du hast großen Eindruck auf ihn gemacht.«

»Aber wie soll das gehen? Am Wochenende werden die Kinder und ich zurück nach Köln fahren.«

»Warum? Im Moment haben die Kinder noch Schulferien. Es wäre also genug Zeit, um einen Umzug von Köln an die Mosel zu organisieren. Nico und Jonas könnten ab nächster Woche hier in die Kita gehen, da gibt es eine Feriengruppe. Und nach den Schulferien gibt es noch freie Plätze in den regulären Gruppen, habe ich gehört. Noemi könnte die Grundschule in Wümmerscheid besuchen und Olivia die weiterführende Schule in Brennerbach. Johannes ist wirklich an dir als Fachkraft interessiert. Gibt es denn etwas, das euch in Köln hält?«

Franziska lachte freudlos auf. »In Köln? Nein, nichts. Wenn ich Glück habe, kann ich ab und zu ein paar Stunden als Verkäuferin aushelfen. An mehreren Tagen in der Woche arbeite ich abends und putze Büroräume. Olivia muss in der Zeit auf ihre Geschwister aufpassen, ihnen Abendessen machen und dafür sorgen, dass sie rechtzeitig ins Bett gehen. Dabei würde ich ihr wünschen, dass sie einfach nur das normale Leben einer Teenagerin führen kann. Natürlich würde ich gerne wieder als Metzgerin arbeiten, aber es gibt kaum Teilzeitstellen, bei denen die Arbeitszeiten die Betreuung von vier Kindern möglich machen.«

»Johannes Braubart wäre dankbar für jede Unterstützung. Ich bin sicher, dass ihr ein Stundenmodell finden würdet. Er hat eine Wohnung, die früher von seiner Tochter genutzt wurde, dort könntest du fürs Erste einziehen. Vier Zimmer, Küche und Bad.«

»Du meinst das wirklich ernst?«

»Absolut, und Johannes auch. Er wäre sogar bereit, in den nächsten Tagen einen Teil der Betreuungskosten für die Zwillinge zu übernehmen. Denn ich habe mir überlegt, dass sie hier bei mir in der Pension betreut werden könnten, solange die Kita noch Ferien hat. Es gibt da eine junge Studentin, die bei meiner Freundin als Babysitterin arbeitet. Die wäre bereit, in der nächsten Woche hier auf die Zwillinge aufzupassen. Deine Kinder könnten morgens zu mir in den Gutshof kommen, sie können hier frühstücken und bis zum frühen Nachmittag bleiben. Das würde dir die Möglichkeit geben, frühmorgens in der Metzgerei anzufangen und zu arbeiten.«

»Wie soll ich das alles bezahlen?«

»Wie gesagt, Johannes würde einen Teil der Kosten übernehmen. Außerdem wäre eine Kinderbetreuung gar kein schlechtes Serviceangebot in der Pension. Schon in der nächsten Woche haben sich zwei Familien angekündigt. Ich könnte mir vorstellen, dass die Eltern ganz erfreut wären, wenn sie auch einmal etwas alleine unternehmen könnten. Damit würden sich die Kosten auf mehrere Schultern verteilen.«

Franziska schüttelte sprachlos den Kopf. »Ich … ich glaub, ich träume. Sollte es wirklich alles so einfach sein? Eine Wohnung in Wümmerscheid-Sollensbach, Kinderbetreuung, die Arbeit in meinem Traumberuf, nie mehr müde mit der Straßenbahn spätabends nach Hause.«

»Meine Oma hat immer gesagt: Glück kann man nicht suchen, man muss von ihm gefunden werden. Und offenbar hat das Glück dich in Wümmerscheid-Sollensbach gefunden. Sag Ja zu Johannes' Angebot. Hilf ihm und vor allem, lass dir helfen. Nimm es an, wenn nicht für dich selbst, dann doch für deine Kinder.«

Franziska schloss kurz die Augen und lächelte selig, dann nahm sie ihr Glas und stieß mit Katie an. »Einverstanden! Ich glaube, ich platze gleich vor Glück. Kann es sein, dass so viele gute Nachrichten hungrig machen?«

Katie schmunzelte. »Ich hätte da noch ein paar Pasteten im Backofen.«

Sauerbraten und eine Idee

Der Sauerbraten war ein Gedicht. Das Rindfleisch, mürbe und zart, zerfiel fast unter dem Druck der Gabel. In der dunklen würzigen Sauce schwammen ein paar Rosinen.

Oliver zerteilte einen weiteren Kartoffelkloß, drückte ihn in die Sauce und genoss beim nächsten Bissen das süß-saure Aroma. »Mhmm, Papa, dein Sauerbraten ist wirklich unübertroffen.«

»Ein Großteil des Lobs geht an Johannes Braubart. Weißt du, wenn der Rinderbraten schlecht abgehangen ist, dann kann dir das die beste Zubereitung vermiesen. Aber ich muss selbst sagen: Ich finde diesen Sauerbraten auch gelungen.«

»Rheinischer Sauerbraten mit Rosinen und einem Hauch Rübenkraut in der Sauce – ganz ehrlich, dafür lasse ich jedes Gericht in einem Sterne-Restaurant stehen. Könnte ich vielleicht noch eine Scheibe Fleisch bekommen?«

»Aber sicher, es ist ja genug da.« Erwin reichte seinem Sohn die Fleischplatte, damit er sich noch einmal bedienen konnte. Mindestens einmal im Monat trafen sich Vater und Sohn zu einem gemeinsamen Abendessen. Häufig nutzte Erwin die Gelegenheit, um Gerichte zu kochen, die sich für ihn als alleinstehenden Witwer nicht lohnen würden. Ein Sauerbraten gehörte dazu, denn das Fleischstück musste seiner Meinung nach schon eine gewisse Größe haben, damit daraus ein richtiger Braten wurde. Obwohl es an diesem Abend Rindfleisch gab, tranken die beiden dazu einen Riesling. Oliver hatte eine ganz besondere Flasche mitgebracht. Mit dieser Abfüllung hatte er vor zwei Jahren bei einem Wettbewerb den ersten Preis errungen.

Erwin hob das Glas und erschnupperte genießerisch die feinen Beerenaromen. »Normalerweise hätte ich ja heute einen trockenen Rotwein serviert, aber ich muss sagen, bei diesem Wein hier hast du dich selbst übertroffen, Junge.«

»Lieben Dank, davon gibt es auch nur noch zwei Kisten in meinem Weinkeller. Aber der aktuelle Jahrgang entwickelt sich gut. Wenn in den nächsten Wochen das Wetter mitspielt, bin ich zufrieden.«

»Weinberg ist das richtige Stichwort. Hast du schon mit Katie Sheridan gesprochen?«

»Nein, dafür hat sich noch keine Gelegenheit geboten. Ich kann ja schlecht nach allem, was in den letzten Wochen geschehen ist, einfach bei ihr vorbeischauen und mit ihr die Friedenspfeife rauchen.«

»Warum eigentlich nicht? Welche Gelegenheit muss denn kommen, damit du das Ganze ansprechen kannst? Willst du warten, bis sie die Keltermaschine angeworfen hat?«

Oliver schnaubte. Die Fragen seines Vaters waren ihm sichtlich unangenehm. Am liebsten hätte er gar nicht mehr über dieses Thema geredet, denn ihm war klar, dass er handeln musste. Fakt war aber auch, dass er in der letzten Zeit Dinge getan hatte, auf die er nicht besonders stolz war. Wenn mich Katie Sheridan von ihrem Hof jagen würde, könnte ich es ihr nicht einmal verdenken, dachte er.

»Warum so schweigsam, Junge? Sind die Antworten auf die einfachen Fragen so schwierig?«

Oliver holte tief Luft, bevor er erwiderte: »Ich hab mich in den letzten Wochen nicht gerade mit Ruhm bekleckert, wenn du es genau wissen willst. Und das macht die ganze Sache nicht leichter.«

»Nun ja, Dinge, die geschehen sind, lassen sich selten wieder rückgängig machen, aber man kann immerhin für Ausgleich sorgen. Vielleicht wäre es das Beste, wenn du sie einmal zu einem Glas Wein einlädst. Kein Mensch mit Verstand kann nach dem Genuss dieses Weins«, Erwin hob sein Glas, »wirklich böse sein. Du hast es in der Hand. Man sagt doch, mit Speck fängt man Mäuse. Gibt es einen Speck, dem Katie Sheridan nicht widerstehen könnte? Sie hat eine Pension zu führen. Ihr muss doch auch klar sein, dass die Bewirtschaftung eines Weinbergs eine ziemliche Herausforderung sein kann, egal, wie professionell die Unterstützung ist.«

Oliver verdrehte kurz die Augen, weil er natürlich genau wusste, worauf sein Vater hinauswollte. »Warum sagst du es nicht direkt, Papa? Warum sagst du nicht: Junge, überlass ihr das Wiesengrundstück. Das wäre doch der Speck, an den du gerade denkst.«

»Bin ich so durchschaubar? Also gut: Oliver, überlass ihr das Wiesengrundstück. Ich meine, du verlierst doch nichts. Das Land gehört dir ja nicht einmal, ein Blick ins Grundbuch, und deine ganze Argumentation mit dem Gewohnheitsrecht fällt zusammen wie ein Kartenhaus. Aber wenn es dir gelingt, ihr im Gegenzug den Weinberg abzunehmen, hättest du viel mehr gewonnen als nur eine Abstellmöglichkeit für deine Fahrzeuge. Ich würde sogar noch einen Schritt weitergehen: Geh mit ihr eine Allianz ein. Schlage ihr vor, dass du für sie den neuen Riesling ›Gutshof Moselthal‹ herstellst. Ich könnte mir denken, dass das für beide Seiten ein Gewinn wäre. Sie hat einen guten Wein und muss sich nicht selbst darum kümmern, und du profitierst von den Abnehmern und vielleicht sogar von dem künftigen Erfolg der Pension im Weinberg.«

Oliver dachte über das nach, was sein Vater gerade vorgeschlagen hatte. Dabei ließ er sich Zeit, gedankenverloren zerdrückte er einen weiteren Kloß in der Sauerbratensauce. Schließlich hob er den Blick und schaute seinen Vater an. »Du denkst, darauf würde sie sich einlassen?«

»Warum sollte sie nicht? Nun ja, du hast ihr zugesetzt, und sag jetzt nicht, ich hätte dich nicht gewarnt. Auf der anderen Seite bist du mein Sohn, ich selbst habe viele lange Jahre versucht, mit dem Kopf durch die Wand zu kommen, anstatt einen Schritt zurückzutreten und einen Weg um die Wand herum zu finden. Du musst es probieren, und du musst ehrlich zu ihr sein. Ich habe Katie Sheridan ein paarmal getroffen. Ich glaube nicht, dass sie nachtragend ist. Sie scheint mir eine kluge und verständige Frau zu sein. Wenn es dir leidtut, was du getan hast, dann wird sie das spüren.«

»Na gut, ich werde es probieren. Ich biete ihr das Wiesengrundstück zum Tausch gegen den alten Weinberg an, und was deine Idee mit dem Wein betrifft, die finde ich gut. Ja, das werde ich ihr auch vorschlagen.«

»Und wann wirst du das Ganze angehen?«

»Warum nicht den Stier bei den Hörnern packen? Ich werde gleich morgen früh bei ihr vorbeischauen und sie einladen.«

»Denk daran, den richtigen Wein kalt zu stellen. Und jetzt iss auf, ich habe noch Eis und heiße Kirschen als Nachtisch vorbereitet.«

Zum Vertrauen gehören zwei

»Ich habe keine Ahnung, wie du es geschafft hast, an einem Samstagabend im Juli einen freien Tisch in *Tante Dottis Bistro* zu ergattern.« Agnetha ließ bewundernde Blicke über den Außenbereich schweifen. Noch waren die gelben Sonnenschirme geöffnet, es war herrlich warm zwischen den alten Bruchsteinmauern. Leise Musik tönte aus verborgenen Lautsprechern. Es duftete nach Blumen und getrocknetem Gras.

Bescheiden winkte Kevin ab. »Ich habe versucht, etwas zu finden, das dir gefällt. Ich hab einfach herumgefragt. Magst du es?«

»Es ist zauberhaft. Und ich wollte hier schon seit Ewigkeiten mal essen gehen.«

Jetzt trat Sophie von Metten zu den beiden an den Tisch. »Guten Abend. Darf ich Ihnen schon etwas zu trinken bringen? Einen Aperitif, ein Glas Prosecco?«

»Schrecklich gern, Prosecco wäre toll«, sagte Agnetha. »Aber wir sind beide mit dem Auto da. Also, mit zwei Autos.«

»Dann also etwas Alkoholfreies. Wir haben einen Sommercocktail mit Holunderblütensirup und Minze, wäre das etwas für Sie?«

Agnetha stimmte sofort begeistert zu, Kevin entschied sich für eine Cola.

Zusammen mit den Getränken erschien auch ein Teller mit kleinen Flammkuchenhäppchen auf dem Tisch.

»Das ist ein kleiner Gruß aus der Küche, während Sie das Hauptgericht aussuchen. Ich lasse Ihnen die Speisekarte da.« Sophie legte zwei handbeschriebene Schiefertafeln auf die weiß-beige karierte Tischdecke und wandte sich zum Gehen.

»Steak«, sagten in diesem Moment Agnetha und Kevin fast gleichzeitig.

»Sie brauchen nicht wegzugehen. Ich nehme das Steak vom Eifelrind mit den hausgemachten Pommes frites – das Steak gut durch, bitte«, sagte Agnetha.

»Für mich auch, aber ich mag es medium.«

Als die beiden wieder allein waren, trat ein Moment der Stille ein.

»So«, sagte Agnetha schließlich. »Da sind wir.«

»Ja«, bestätigte er. »Da sind wir.« Gott, was für eine dämliche Antwort, dachte Kevin. Er zermarterte sich das Gehirn nach einem Gesprächsthema. Etwas Unverfängliches, es kam jetzt darauf an, dass Agnetha nicht gleich wieder ging. So viel hing von den nächsten Minuten ab. »Da sind wir, genau.« Er nickte noch einmal zur Bestätigung. Schweigen. Pause.

»Du hast dich verändert«, bemerkte Agnetha. »Guter Haarschnitt, steht dir.« Gut, dass ihr das auffiel. Er hatte sich Mühe gegeben, war heute Morgen extra noch im Ort zum Friseur gegangen. Seinen Dreitagebart hatten sie dort in Form gebracht und einen viel kürzeren Haarschnitt vorgeschlagen. Ein neues weißes Leinenhemd hatte er sich auch gekauft.

»Ähm, danke.« Schweigen. Pause. Wenn das so weiterging, würde es ein sehr kurzer Abend werden.

Agnetha beugte sich über ihren Cocktail, die blonden Haare verdeckten ihr Gesicht. Er konnte nur sehen, dass sie mit dem gläsernen Trinkhalm zwischen den Eiswürfeln herumstocherte. Plötzlich begannen ihre Schultern zu zucken. Ein leises Geräusch kam dazu, zuerst eine Art Schnauben, sie schlug die Hand vor den Mund und schaute ihn an. Jetzt sah er es. Sie kicherte. Mit aller Macht versuchte sie, das Lachen zu unterdrücken, aber es war vergeblich.

»Es ist nur … sorry.« Sie strich sich das Haar hinters Ohr, bevor sie von einem neuen Lachanfall geschüttelt wurde. »Schau uns an – wie die Teenager beim allerersten Rendezvous. O mein Gott. Sollen wir nicht einfach normal reden? Uns unterhalten wie zwei Erwachsene? Erzähl mir von diesem Garten. Und warum du plötzlich für so was Zeit hast.«

Erleichtert nahm Kevin den Faden auf und begann zu berichten, wie er die letzten Wochen verbracht hatte. Von den verschiedenen Zimmern, in denen er untergeschlüpft war, bis er schließlich die kleine Pension im Weinberg entdeckt hatte. Agnetha kommentierte und fragte nach, erzählte auch ein bisschen von sich.

Das Eis war gebrochen, stellte Kevin erleichtert fest. Sie konnten immer noch wie früher miteinander reden. Und wie. Sie aßen ihre köstlichen Steaks, bestellten weitere Getränke und bemerkten kaum, dass die Sonne inzwischen untergegangen war. Jemand kam und zündete rund um den Garten die Kerzen in den großen Bodenlaternen an und brachte Windlichter für die Tische.

»Entschuldigst du mich kurz?«, fragte Kevin höflich. Er hatte eine Idee, aber es sollte eine Überraschung sein. Drinnen im Bistro bestellte er für sie beide Espresso und Kaffeeküsse von der Dessertkarte.

Er erkundigte sich: »Kaffeeküsse, was ist das?«

»Das ist unsere Spezialität, wir haben Dutzende von Variationen. Heute ist es ein zuckersüßes Gebäck aus luftigem Baiser, das mit einer gerösteten Haselnuss, etwas Schokolade und weichem, geschmolzenem Karamell gefüllt ist«, erklärte Sophie.

Perfekt, dachte Kevin, das wird sie mögen.

Agnethas Augen leuchteten, als das süße Gebäck gebracht wurde. Gleichzeitig änderte sich die Musik, die immer noch aus den Lautsprechern tönte. *I still have faith in you* von ABBA, eines ihrer liebsten Musikstücke. Kevin hatte drinnen darum gebeten, dass es gespielt wurde. Und es passte perfekt zu dem lauen Sommerabend. Vertrauen in den anderen – Kevin schaute Agnetha an, verlor sich in ihren strahlenden Augen. Er würde alles dafür tun, dass sie ihm wieder vertraute.

Es wurde spät, sehr spät. Und als sich die beiden auf dem Parkplatz voneinander verabschiedeten, fragte Kevin mit klopfendem Herzen: »Können wir das vielleicht bald mal wieder machen? Uns treffen? Wäre echt schön.«

Sie nickte erst zögernd, dann sagte sie ernst: »Ja, das wäre schön.«

Eine Einladung zum Gespräch

Müde und ein klein wenig verkatert rieb sich Katie die Augen, als sie am nächsten Morgen in der Küche die frisch gebackenen Brötchen auf die einzelnen Körbe verteilte.

»Entschuldige, Chefin, aber an Tisch drei kommen noch Vollkornbrot und ein Croissant dazu.« Manni, der neben ihr an der Saftpresse stand und Orangen auspresste, hatte einen kurzen Blick auf den Bestellzettel geworfen, den Katie bereits als abgearbeitet zur Seite gelegt hatte.

»Stimmt, gut, dass du aufgepasst hast, Manni. Das habe ich wirklich übersehen.«

»Soll ich noch mal die Brotkörbe prüfen?«

»Nein, nein, es geht schon.« Katie überflog noch einmal die letzte Bestellung und stellte dann alles auf dem Servierwagen zurecht. Sie hatte mit Franziska noch bis weit nach Mitternacht zusammengesessen. Die beiden Frauen hatten sich so gut verstanden, dass sie gar nicht bemerkt hatten, wie schnell die Zeit verflogen war. Franziska hatte ihr von den zurückliegenden Jahren erzählt, während sie Anekdoten aus ihrer Zeit als Köchin zum Gespräch beigesteuert hatte.

Ich werde langsam alt, dachte Katie, früher bin ich doch immer erst in den frühen Morgenstunden in der Küche fertig gewesen, um dann gegen Mittag wieder im Restaurant zu erscheinen. Damals hat es mir nichts ausgemacht, nur vier, fünf Stunden Schlaf zu bekommen.

Als sie den Servierwagen in den Frühstücksraum schob, bemerkte sie sofort den glücklichen und zufriedenen Ausdruck in Franziskas Gesicht. Die junge Mutter wirkte wie ausgewechselt, ihre Augen leuchteten, sie steckte mit ihren Kindern die Köpfe zusammen und lachte über etwas, das Noemi gerade erzählte. Was Katie aber am meisten freute, war das glückliche Strahlen in Olivias Gesicht. Offenbar hatte Franziska ihre älteste Tochter bereits in die neuen Pläne eingeweiht.

»Guten Morgen, ich hoffe, ihr habt alle gut geschlafen?«, begrüßte Katie die Familie.

»Ein wenig kurz, aber das macht gar nichts«, erwiderte Franziska. »Wäre es möglich, dass die Kinder draußen auf der Wiese spielen, während ich ins Dorf laufe und mit Johannes Braubart spreche?«

»Warum nicht? Wir haben einen wunderschönen Sommertag. Ich habe nur leider noch kein Spielzeug für Kinder«, bedauerte Katie.

»Du musst dir mal Bälle kaufen, Frau Sheridan, dann kann man auf der Wiese Fußball spielen«, erklärte Jonas mit ernstem Gesicht.

»Oder Fritzbi«, ergänzte Nico.

»Frisbee, das heißt Frisbee«, verbesserte Olivia ihren Bruder. Der streckte ihr statt einer Antwort lediglich die Zunge heraus.

»Nico, sei nett zu deiner Schwester«, ermahnte Franziska ihren Sohn.

»Also, ich werde mir das merken: Fußbälle und Frisbee-Scheiben«, sagte Katie und lachte.

»Entschuldigung, dass ich mich unaufgefordert einmische, aber die Kinder können auch gerne bei mir auf der Wiese im Obstgarten spielen«, mischte sich Kevin, der am Nachbartisch saß, in das Gespräch ein. »Ich wollte gleich weiter umgraben, und auf der Wiese gibt es doch sogar Wasser, da könnte man Matschkuchen backen. Also, als kleiner Junge habe ich es geliebt, im Schlamm zu spielen.«

»Boah, Mama, dürfen wir?«, fragten die Zwillinge fast gleichzeitig.

»Warum nicht, aber nur, wenn ihr dafür eure Badehosen und die alten T-Shirts von gestern anzieht, die müssen sowieso gewaschen werden.«

»Dürfen Noemi und ich im Garten helfen?«, fragte Olivia vorsichtig.

»Natürlich. Ihr habt zwar noch nie mit einer Grabgabel gearbeitet, aber ich zeig euch, wie das geht.«

»Dann ist ja alles klar«, stellte Katie zufrieden fest. »Soll ich noch schnell bei Johannes Braubart anrufen, Franziska? Es wäre ja schade, wenn er gerade mit einer Auslieferung unterwegs ist, während du vor seinem Laden stehst.«

Franziska strahlte Katie an. »Das habe ich schon vor dem Frühstück erledigt. Ich bin mit ihm um zehn Uhr verabredet.«

***

Katie summte glücklich Stevie Wonders Superhit *Superstition*, als sie durch die Halle ging.

»Na, da is aber mal eine so richtich fröhlich, wat sachste dazu.« Uli Zimmerbach kam mit seiner Frau die Treppe herunter.

Katie blieb kurz stehen. »Ich habe auch allen Grund dazu«, erklärte sie. »So, wie es ausschaut, wird Franziska Borgert eine

Stelle in der Metzgerei Braubart antreten und hier in Wümmerscheid-Sollensbach mit ihren Kindern ein neues Zuhause finden.«

»Ja, isset denn die Möglichkeit.« Moni klatschte begeistert in die Hände. »Nee, da würd ich auch summen am frühen Morgen. Jung, dat is schön, wat Uli?«

»Mann, manchmal denk ich, dat gibt doch noch so wat wie 'ne ausgleichende Gerechtigkeit im Leben. So viel Glück auf einem Haufen, dat macht Vatta Zimmerbach immer unheimlich hungrich. Komm, Moni, meine Zuckerschnute, lass uns frühstücken. Wir sehn uns dann später noch, Frau Sheridan.«

Katie ging an ihrem Büro vorbei und sah, dass Theo gerade das Reservierungsbuch durchblätterte. »Ich bin draußen am Briefkasten und hole die Post, Theo.«

»Ist gut. Ich bleib so lange an der Rezeption und achte aufs Telefon.«

Katie ging über den Kiesplatz zur Straße. Der Briefkasten des Gutshofes hing neben der Einfahrt an dem Steinpfeiler, an dem auch das große schmiedeeiserne Doppeltor befestigt war. Katie schloss den Briefkasten auf und holte die Post heraus. Automatisch blätterte sie durch die Briefe und Werbesendungen. Erleichtert sah sie, dass diesmal kein Brief aus England zurückgekommen war. Mach dir nichts vor, dachte sie, das muss noch nichts heißen.

»Guten Morgen, Frau Sheridan.«

Katie war so tief in ihren Gedanken bei ihrer Tochter Emma gewesen, dass sie den Mann gar nicht bemerkt hatte, der über die Straße auf sie zugekommen war.

»Oh, Sie sind das. Woran haben Sie heute gedacht, Herr Körten-Buschmeier? Wollen Sie in den Mittagsstunden meinen Gästen mit einem Presslufthammer auf die Nerven gehen oder haben Sie noch Gülle übrig, die Sie großflächig verteilen können?«, fragte sie spitz.

Zu ihrer Überraschung wurde Oliver Körten-Buschmeier tatsächlich rot vor Verlegenheit. Er räusperte sich. »Ich möchte mich bei Ihnen entschuldigen, Frau Sheridan. Ich bin ein Idiot gewesen und möchte den Blödsinn, den ich da angestellt habe, wiedergutmachen. Ich … ich würde mich freuen, wenn Sie heute Abend zu mir ins Weingut kommen könnten. Ich möchte gerne mit Ihnen über eine Idee sprechen.«

»Eine Idee? Na gut, heraus damit, ich höre.« Oliver Körten-Buschmeier sah wirklich zerknirscht aus, aber so leicht wollte Katie es ihm auch nicht machen.

Er lächelte verlegen. »Ein kluger Mann hat mir geraten, dass ich Ihnen besser bei dem Gespräch einen meiner besten Weine servieren soll. Und den habe ich leider nicht dabei, also weder den Wein noch den klugen Mann.«

»Mhm, und wer war dieser kluge Mann?«

Wenn überhaupt möglich, wurde die Verlegenheitsröte in Olivers Gesicht noch eine Spur intensiver. »Mein Papa. Und der hat meistens recht.«

Katie musste sich beherrschen, um nicht breit zu lächeln. Mit möglichst neutralem Gesichtsausdruck sagte sie: »Ich könnte heute Abend um sieben bei Ihnen auf dem Weingut sein.«

Oliver wirkte regelrecht erleichtert. »Danke, um 19 Uhr also.«

Katie nickte ihm zum Abschied zu und ging mit der Post zurück zum Gutshof. Oliver schaute ihr nach und sagte leise. »Ich freue mich darauf.«

***

»Gutshof Moselthal, Sie sprechen mit Theo Engels, guten Morgen?«

Es knisterte und knackte kurz in der Telefonleitung, bevor eine tiefe Männerstimme auf Englisch sagte. »Guten Morgen, hier ist Brian O'Neill. Könnte ich bitte mit Katie Sheridan sprechen?«

Theo wechselte automatisch ebenfalls ins Englische, was ihm nach seinen langen Jahren Ausland überhaupt keine Mühe bereitete. »Guten Morgen, Mr. O'Neill. Katie wird in wenigen Minuten zurück sein. Kann sie Sie möglicherweise zurückrufen?«

»Das wird leider sehr schwierig. Ich bin die ganze nächste Woche im Ausland unterwegs.«

»Möchten Sie Katie dann vielleicht eine Nachricht hinterlassen?«

»Ja, in der Tat. Richten Sie ihr doch bitte aus, es geht um unsere Tochter Emma. Etwas Organisatorisches, nichts, worüber sie sich Sorgen machen muss. Es wäre schön, wenn wir nächste Woche miteinander reden könnten. Ich melde mich, wenn ich wieder zurück in England bin.«

»Das habe ich notiert. Ach, und Mr. O'Neill«, Theo zögerte einen kurzen Moment, bevor er fortfuhr, »ich arbeite hier im Gutshof eng mit Katie zusammen. Sie hat mir von Ihnen und Emma erzählt. Erlauben Sie mir, dass ich Ihnen eine persönliche Frage stelle?«

Das überraschte Schweigen dauerte nur einen kurzen Augenblick. »Sicher, worum geht es, Herr Engels?«

»Nun, das ist so …«

Tausche Wiese gegen Weinberg

Katie zog den weißen Baumwollpullover, den sie locker über die Schultern gelegt hatte, herunter, faltete ihn zusammen und packte ihn in die grasgrüne große Ledertasche, die neben ihrem Korbstuhl auf dem Boden stand. Es war ein lauer Sommerabend, den Pullover würde sie allenfalls auf dem Rückweg zum Gutshof benötigen. Sie schob ihre Sonnenbrille hoch ins Haar und blickte sich neugierig um. Auf dem Hof unter einem mächtigen Walnussbaum standen mehrere schmiedeeiserne Tischgestelle mit Steinplatten, umgeben von Korbstühlen. Offenbar veranstaltete Oliver Körten-Buschmeier hier Weinproben. Katie sah nirgendwo eine Speise- oder Getränkekarte, für sie ein Indiz, dass der Winzer diesen Platz nicht für eine Straußenwirtschaft nutzte. Dabei würde sich dieser Innenhof ideal dafür eignen, dachte sie mit einem Anflug von Neid. Der Boden des Innenhofes war mit alten Basaltplatten gepflastert, an den weiß verputzten Wänden des Haupthauses und der beiden Nebengebäude, die den Hof umgaben, rankte wilder Wein. In großen, fast hüfthohen Terrakottatöpfen blühten Lavendelstauden. Katie lehnte sich zurück und schlug ihre langen gebräunten Beine übereinander. Sie hatte sich für ihr Lieblings-Poloshirt, sandfarbene Bermuda-Shorts und die braunen Ledersandalen mit dem flachen Absatz entschieden. Leger und nicht zu formell. Ich bin ja nicht hier, um Eindruck zu schinden, dachte sie.

***

Oliver zog den Korken aus der Flasche und stellte den Wein zu den beiden Gläsern auf das Tablett, wo bereits Käsewürfel, Trauben, schwarze Oliven und Cracker warteten. Durch das Küchenfenster konnte er Katie beobachten, wie sie sich neugierig umschaute. Jetzt zog sie den weißen Pullover von ihren Schultern und lehnte sich zurück. Bei dem Anblick ihres Körpers und der Rundungen, die sich unter dem engen Poloshirt deutlich abzeichneten, musste er trocken schlucken. Das war jetzt wirklich nicht der richtige Moment, um über die körperlichen Vorzüge von Katie Sheridan nachzudenken. Aber er konnte auch nicht verleugnen, dass die Frau, die dort im Korbstuhl auf seinem Hof saß, überaus attraktiv aussah. Ich sollte mich wirklich darauf konzentrieren, worum es heute geht. Frieden schließen und diesen unseligen Streit beenden. Er nahm das Tablett, schloss kurz die Augen und trat dann lächelnd aus dem Haus.

***

»Dieser Wein ist unglaublich. Wenn das der Vorschlag Ihres Vaters war, dann kann ich ihm nur zu seinem guten Geschmack gratulieren.« Katie stellte das Glas zurück auf den Tisch und nahm sich einen Cracker.

»Dieser Wein hat mir bereits zwei Goldmedaillen eingebracht. Es war aber auch ein wirklich guter Jahrgang.«

»Ihre Kunden sind sicherlich begeistert.«

»Ich verkaufe diesen speziellen Wein nicht mehr, es gibt nur noch zwei Kisten, und die hebe ich mir, ich muss es gestehen, für mein persönliches Vergnügen und spezielle Anlässe auf.«

Katie pikste mit einem Zahnstocher eine Olive von dem Servierteller und legte den Kopf schief. »Ich kann gar nicht glauben, dass unser Treffen für Sie ein persönliches Vergnügen ist. Und was den speziellen Anlass betrifft, da lass ich mich überraschen.« Sie sagte das nicht vorwurfsvoll, sondern mit einem amüsierten, ironischen Unterton.

»Autsch, das hat gesessen. Also gut, ich erkläre es noch einmal hoch und heilig: Ich habe mich wie der letzte Idiot benommen, und dafür möchte ich mich wirklich entschuldigen. Können wir einfach noch einmal von vorne anfangen und die letzten Wochen vergessen? Bitte?« Oliver nahm sein Glas und hielt es hoch. »Hallo, ich heiße Oliver, ich bin sechsundvierzig Jahre alt, habe Weinbau studiert und viele Jahre lang in Frankreich und Australien gearbeitet, bevor ich dieses Weingut hier gekauft habe, weil der alte Besitzer einen Nachfolger gesucht hat. Ich lebe allein und freue mich, endlich eine neue Nachbarin zu haben.«

Katie zögerte für einen Wimpernschlag, doch dann siegte die Überzeugung, dass ihr Gegenüber es wirklich ernst meinte. Sie nahm ebenfalls ihr Glas.

»Schön, Sie kennenzulernen, Oliver. Ich heiße Katie Sheridan, habe viele Jahre in Sterne-Restaurants als Köchin gearbeitet und den Gutshof Moselthal gekauft, um dort eine Pension zu eröffnen. Ich war einmal verheiratet, habe eine fünfzehnjährige Tochter, die bei meinem Ex-Mann in England lebt, und ich glaube, dass es mir gut gefallen würde, einen netten Nachbarn zu haben.«

Die beiden Gläser stießen mit einem melodischen Klang zusammen, und plötzlich waren da zwei Menschen, die sich über ihre Gläser hinweg tief in die Augen schauten, während um sie herum die Grillen zirpten und ein paar Wildtauben im Walnussbaum gurrten.

»Dann wäre es mir eine Freude, wenn wir uns duzen könnten«, sagte Oliver schließlich mit rauer Stimme.

»Sehr gerne. Und jetzt musst du mir noch ein wenig nachschenken, bevor du mir von deiner Idee erzählst. Denn offen gestanden sterbe ich vor Neugierde.«

Oliver kam lächelnd der Aufforderung nach. »Also gut, um es kurz zu machen: Ich würde meine Wiese gegen den Weinberg tauschen.«

»Du meinst, du willst die Wiese, die mir gehört, gegen einen Weinberg tauschen, der ebenfalls mir gehört?«

»Okay, falsche Formulierung. Hohes Gericht, bitte streichen Sie aus dem Protokoll »meine Wiese«. Nein, im Ernst: Ich möchte mich nicht mehr mit dir über diese Wiese streiten, aber ich möchte gerne deinen Weinberg bewirtschaften. Ich glaube einfach, dass es mir leichter fallen wird als dir, weil ich die Erfahrung und die nötigen Maschinen habe. Außerdem grenzt dein alter Weinberg direkt an meinen Wingert, sodass ich leicht die Bearbeitung übernehmen könnte.«

»Und was habe ich davon?«

»Du wirst einen erstklassigen Weißwein erhalten. Ich schlage vor, dass ich meine Arbeit einbringe und du das Grundstück und den Namen ›Gutshof Moselthal‹. Wir teilen uns den Ertrag, aber wir sollten uns auf einen Preis einigen, damit wir uns nicht gegenseitig Konkurrenz machen, wenn wir den Wein verkaufen.«

»Das klingt nach einem sehr annehmbaren Vorschlag«, stimmte Katie zu.

»Ich würde sogar vorschlagen, dass wir schon in diesem Jahr einen Riesling mit dem Namen ›Gutshof Moselthal‹ auf den Markt bringen. Ich könnte Flaschen aus dem letzten Jahrgang entsprechend umetikettieren, und du hättest dann direkt einen Wein, den du deinen Pensionsgästen anbieten könntest.«

»Und was soll mich dieser Wein kosten, mein Lieber?«

»Nimm es als Wiedergutmachung an. Ich stelle dir die ersten zehn Kisten kostenlos zur Verfügung. Solltest du mehr benötigen, würde ich dir den Wein zu einem günstigen Großhändlerpreis überlassen.«

»Das ist ein überaus großzügiges Angebot, Oliver. Ich nehme das aber nur unter einer Bedingung an.«

»Und die wäre?«

Katie lächelte verschmitzt. »Das nächste gemeinsame Abendessen findet bei mir statt. Ich koche für uns, und du bringst den Wein mit.«

Oliver nickte sichtlich erleichtert. »Sehr gerne. Wann immer du möchtest, Katie.«

Unerwartete Hilfe

Am nächsten Morgen stand Katie im taufeuchten Gras und schaute auf die Wiese, die seit gestern Abend ganz offiziell nun ihr Garten werden würde. Sie dachte an den Abend mit Oliver zurück, daran, wie sie in seinem wunderbaren Innenhof den Sommerabend genossen hatte. Ich habe ein völlig falsches Bild von ihm gehabt. Er ist viel herumgekommen, hatte die Enge des Moseltals gegen die endlose Weite Australiens getauscht. Und dann war da irgendwann der Wunsch nach Rückkehr und einem eigenen Zuhause gewesen. Unwillkürlich verglich Katie Oliver mit Theo. Im Grunde haben die beiden viel gemeinsam. Nein, falsch. Im Grunde haben wir drei viel gemeinsam. Wir sind weggegangen, haben unsere Erfahrungen gesammelt und am Ende erkannt, dass wir einen festen Platz brauchen, mit Menschen um uns herum, die wir mögen.

Katie schloss die Augen und atmete tief die frische Morgenluft ein. Von Wümmerscheid-Sollensbach klang das Läuten der Kirchenglocken zu ihr herüber. Vogelzwitschern, Glockenläuten und das Summen von ein paar Hummeln – viel idyllischer konnte ein Sonntagmorgen nicht sein. Plötzlich ertönte links von ihr ein lautes Knattern, und Augenblicke später fuhr ein kleiner, schmaler Traktor den Hang hinauf, direkt auf ihren Garten zu. Nein, das durfte doch nicht wahr sein. Katie ging auf den Traktor zu. Oliver, der hinter dem Lenkrad saß, bremste und schaltete in den Leerlauf.

»Guten Morgen, Katie, entschuldige, dass ich hier so früh auftauche, aber ich dachte mir, ich fange an, bevor die Hitze zu groß wird.«

»Guten Morgen, was zum Teufel hast du vor? Hast du mir nicht gestern gesagt, dass du die Wiese und den Unterstand nicht mehr benötigst?«

Oliver lachte. »Keine Sorge, ich habe es mir nicht in der Nacht anders überlegt. Ich dachte mir, du könntest ein bisschen Unterstützung gebrauchen. Du bist zwar beim Umgraben schon ganz schön weit gekommen, weiter, als ich es je für möglich gehalten hätte. Das heißt aber nicht, dass nicht noch eine ganze Menge Fläche vorhanden ist. Wenn du mir zeigst, wo du deine Beete haben möchtest, würde ich dir den Boden entsprechend umpflügen. Das sollte mit meinem schmalen Trecker gut gehen. Später komme ich dann noch mit dem großen Trecker und entferne die beiden Jauchebehälter.«

»Das ist eine tolle Idee. Damit kann ich eine Menge Zeit sparen.«

»Wenn du möchtest, kann ich dir morgen auch noch einen Hänger mit Steinen vorbeibringen. Vor ein paar Monaten musste ich eine alte Mauer entfernen. Die Steine liegen bei mir hinter der Kelterhalle, damit ließen sich die Wege, von denen du gestern Abend gesprochen hast, einfassen. Was denkst du?«

»Ich sage nicht Nein. Ich habe mich sowieso schon gefragt, woher ich passende Steine bekommen kann.«

»Dann ist es abgemacht, Katie.« Oliver zeigte auf eine Stelle der Wiese. »Wolltest du dort vorne deine Bank hinstellen?«

»Ja genau, und dahinter sollen Büsche stehen, damit der Wind aus dem Tal ein wenig abgefangen wird.«

»Dann werde ich später noch mit dem Erdbohrer, den ich normalerweise verwende, um Pfähle einzusetzen, ein paar Pflanzlöcher bohren.«

Katie lächelte glücklich. »Du machst mich sprachlos, Oliver.«

»Das ist ja wohl das Mindeste, was ich hier tun kann.« Er legte einen Gang ein, und Katie wollte schon zur Seite treten, als sich Oliver mit der flachen Hand vor die Stirn schlug. »Ich Depp, glatt hätte ich das doch wieder vergessen. Das wollte ich dir gestern Abend schon überreichen.« Er griff in ein Seitenfach, holte einen flachen Karton heraus und überreichte ihn Katie, die sich auf die Zehenspitzen stellte, um ihn entgegenzunehmen.

Sie öffnete den Deckel. Vor ihr im Karton lagen Handschuhe. Himbeerrotes Leder, die langen, rosenbedruckten Armstulpen aus festem Nylonstoff – es waren die Handschuhe, die ihr im Landhandel so gut gefallen hatten.

»Sind nicht meine Größe und auch nicht mein Stil, aber zu dir passen sie«, sagte Oliver und grinste breit.

Katie lächelte zurück. »Ich könnte mir vorstellen, dass du mit diesen Handschuhen bei deinen Kunden für mehr Aufmerksamkeit sorgen würdest, als dir lieb ist. Ich danke dir – für alles.«

»Gern geschehen. Dann mache ich mich mal an die Arbeit, wäre doch gelacht, wenn das hier nicht bald ein Garten würde.«

Gartenparty mit Feuerwerk

»Hier sind schon die ersten gemixten Cocktails. Möchtest du die mitnehmen?«, fragte Theo, als Katie auf die Terrasse trat.

»Warum eigentlich nicht? Franziska und die Kinder müssten jeden Moment kommen, und ich glaube, alle anderen sind schon da. Wenn du mir die Gläser auf das Tablett stellst, dann nehme ich eine erste Runde mit hinunter zum Garten.«

»Wird gemacht, Katie.«

Theo stellte die Gläser auf ein großes Tablett, steckte noch rasch jeweils einen Trinkhalm aus Glas in jeden Cocktail und verteilte ein paar Minzblätter auf die Gläser. Katie hatte sich extra für diesen Tag einen typisch britischen Cocktail ausgesucht: Pimm's Cup, ein Longdrink mit Pimm's Likör, Ginger Ale, Orangen- und Zitronenscheiben, Gurke, Minze und Eiswürfeln. Die Eiswürfel klimpern in der bernsteinfarbenen Flüssigkeit, als Katie das Tablett mit den Gläsern zu ihren Gästen trug. Die standen an der ehemaligen Wiese, die jetzt bereits mehr nach Blumengarten als nach Wiese aussah. In der zurückliegenden Woche hatte Oliver mehr getan, als nur den Boden umzupflügen. Er hatte Pflanzlöcher gebohrt und mit den Steinen, nach Katies Anweisungen, auf dem Grundstück schmale, geschwungene Wege geschaffen. Beide hatten lange über den entsprechenden Wegbelag diskutiert. Katie hatte ursprünglich Rindenmulch verwenden wollen, aber Oliver hatte sie zu Basaltlava überreden können. Sein Argument, dass Rindenmulch rasch verrottete, und sie sich besser darauf konzentrieren sollte, die Blumenbeete zu pflegen als die Wege, hatte Katie am Ende überzeugt.

Zwischen die Obstbäume, die in ihrem Garten standen, hatte Katie Girlanden mit bunten Wimpeln gehängt. Die Wimpel waren rot, blau, gelb und grün und hatten weiße Punkte. Auch das sah nach typisch englischer Gartenparty aus. Später am Abend würden noch Windlichter mit Kerzen in den Bäumen für stimmungsvolles Licht sorgen. Am Rand des neuen Blumengartens standen drei Tische mit weißen Leinentüchern, auf denen sie Schüsseln mit Mannis Kartoffelsalat, Tomaten und gemischte Salate, Brot, Käse und Dips platziert hatte. Johannes Braubart hatte es sich nicht nehmen lassen und Würstchen sowie kleine Frikadellen beigesteuert.

Katie bot Uli Zimmerbach einen Longdrink an. »Nun, Herr Zimmerbach, wie wäre es mit einen Pimm's Cup?«

Misstrauisch beäugte Zimmerbach die Gläser auf Katies Tablett. »Sagense mal, Frau Sheridan, sind dat da Gurkenscheiben im dem Cup-Zeuch?«

»Salatgurke, Orange und Zitrone«, zählte Katie amüsiert auf.

»Dat is' ja mehr Gemüse, als ich inner Woche essen würde.« Zimmerbach senkte die Stimme. »Sie hätten nich vielleicht ein kaltes Pilsken für mich?«

Katie zwinkerte ihm zu. »Doch, natürlich, drüben am Tisch gibt es eine große Wanne mit Eiswürfeln, dort finden Sie auch ein kaltes Bier.«

»Sie machen gerade einen Mann sehr glücklich. Der Moni, der könnense so'n Cup anbieten, die steht auf so wat mit Gemüse drin.«

Zimmerbach verschwand in Richtung Bier, während Katie mit ihrem Tablett die Runde machte. Sie hatte ganz bewusst die Menschen eingeladen, die in den letzten drei Wochen ihr Leben begleitet hatten.

»Oh, mon dieu, ist das eine von die Cocktails, die ihr Engländer so liebt?«, fragte Jean-Pierre, der mit Heidi, Sophie und Peter eine kleine Gruppe bildete.

»Wenn man bedenkt, dass dieser Mann ein international bekannter Koch ist, dann fragt man sich doch, woher dieses Misstrauen gegenüber allem kommt, was nicht direkt aus Frankreich importiert wurde«, erklärte Heidi und gab Jean-Pierre liebevoll einen Kuss auf die Wange.

»Man muss vorsichtisch sein mit die britische Rezepte. Da ›at man schneller Minzsauce auf die Fleisch, als man will«, verteidigte sich der kleine Franzose und grinste.

»Du solltest wenigstens ein Glas probieren«, sagte Katie und verteilte weitere Cocktails. Vom Haus her ertönte lautes Kinderlachen, ein sicheres Zeichen dafür, dass die Familie Borgert eingetroffen war. Katie übergab das Tablett mit den letzten zwei Gläsern an Sophie und Peter, dann ging sie Franziska entgegen. »Herzlich willkommen. Schön, dass du meine Einladung angenommen hast, Franziska.«

Franziska umarmte Katie. »Ich danke dir für alles.«

»Dann war also deine erste Woche in der Metzgerei ein Erfolg?«

»Ich liebe die Arbeit, ich hab gar nicht gewusst, wie sehr mir das Ganze gefehlt hat. Johannes ist ein wunderbarer Chef, und die Menschen hier im Dorf sind alle so freundlich zu mir und den Kindern. Nächste Woche wird Hetti aus Gerolstein zurück sein, dann werde ich mit den Kindern nach Köln fahren, um unsere Sachen zu holen. Johannes wird mir mit dem

Kastenwagen beim Umzug helfen. Im Moment schlafen die Kinder und ich auf Matratzen, die in den Zimmern auf dem Boden liegen, aber demnächst haben wir dann ja wieder unsere eigenen Möbel.«

»Ich freue mich, dass dir das alles so gut gefällt. Ich glaube, du bist ein Gewinn für Wümmerscheid-Sollensbach.«

»Nein, Katie, da irrst du dich. Wenn einer ein Gewinn ist, dann bist du es. Ohne dich würde ich längst wieder in Köln nachts Büros putzen.«

»Dieses Kapitel ist endgültig vorbei. Jetzt beginnt eine neue Zeit für dich und die Kinder.«

»Können wir jetzt den Garten sehen? Wir haben da umgegraben«, mischte sich Noemi in das Gespräch der beiden Frauen ein.

»Aber natürlich«, erwiderte Katie, »lauft nur rüber, dann könnt ihr das Beet bewundern, an dem ihr mitgearbeitet habt.«

»Und wie sieht es mit meinem Beet aus?«, fragte eine Stimme hinter Katie und Franziska. Kevin kam Hand in Hand mit einer blonden Frau auf sie zu.

»Agnetha, das ist Katie Sheridan, die Frau, die mir gezeigt hat, wie man eine Wiese umgräbt.«

Katie reichte Kevins Freundin die Hand und bewunderte deren strahlendes Lächeln. Ja, ich kann mir denken, warum Kevin diese Frau liebt, dachte Katie. Laut fragte sie: »Möchtet ihr etwas trinken? Theo mixt gerade die zweite Runde Longdrinks.«

»Ich nehme etwas Alkoholfreies«, erwiderte Agnetha, »ich muss schließlich heute Abend noch zurück nach Koblenz fahren.«

»Du könntest auch etwas trinken«, sagte Kevin, »ich habe schließlich hier in der Pension ein Doppelzimmer.«

Agnetha legte ihren Arm um Kevin und küsste ihn sanft. »An diesen Bart werde ich mich wohl noch gewöhnen müssen, aber er steht dir. Und die Idee mit dem Doppelzimmer ist gar nicht schlecht. Ich glaube, dann nehme ich einen Longdrink.«

***

Katie schlenderte zwischen den einzelnen Gruppen im Garten umher. Als Gastgeberin wollte sie natürlich mit möglichst allen Anwesenden zumindest kurz plaudern. Was für ein wundervoller Abend, dachte sie.

»Dir ist ein wunderbarer Abend gelungen«, sagte eine Stimme in ihrem Rücken. Katie drehte sich um. Vor ihr stand Oliver und lächelte schief. »Ich fühle mich schon seit mehr als einer Stunde sehr mies, weil mir alle immer wieder versichern, was für ein hübscher Garten das geworden ist. Dabei habe ich doch am Anfang alles darangesetzt, genau diesen Garten und damit sogar diesen Abend hier zu verhindern.«

Katie lachte. »Ich vergebe dir. Denn du hast auf der anderen Seite mit dem Pflügen, den Steinen und der ganzen Hilfe dieses Gartenwunder erst möglich gemacht.« Katie beugte sich vor und hauchte Oliver einen Kuss auf die Wange.

Der schloss kurz die Augen, bevor er sagte: »Danke, jetzt geht es mir schon besser. Und was ist aus dem Hotelprüfer geworden? Ich meine, ich habe seitdem ja nicht mehr mit der Kreissäge gearbeitet.« Oliver zwinkerte ihr zu.

»Das Kapitel ist auch erfolgreich abgeschlossen. Bei seinem zweiten Besuch war er am Ende ganz begeistert. Und ab dem nächsten Monat wird der Gutshof Moselthal eine ausdrückliche Empfehlung auf der Verbandswebseite erhalten.«

»Gott sei Dank«, seufzte Oliver, »das hat mir auch ein schlechtes Gewissen bereitet.«

»Die Gewissensbisse hast du verdient, aber auch das ist Geschichte.«

Jetzt, wo sie so nah zusammenstanden, bemerkte Katie die

kleinen Lachfalten in seinem sonnengebräunten Gesicht. Er sieht wirklich jünger aus, als er ist, dachte sie. Und plötzlich wurde sie sich der prickelnden Nähe zu diesem Mann bewusst. Sie konnte sein Rasierwasser riechen, es war ein angenehmer Duft. Katie schluckte trocken. Sie hätte unauffällig einen Schritt zurücktreten können, um mehr Abstand zu gewinnen, aber dann wurde ihr klar: Das wollte sie gar nicht. Sie stand gerne in der Nähe dieses Mannes, und sie mochte seinen Duft.

»Zehn Cent für das, was du gerade denkst«, unterbrach Oliver ihre Gedanken.

»Ach, nichts weiter. Ich habe mich … ähm … nur gefragt, wie es mit uns weitergehen soll.«

»Mit uns?« Oliver lächelte überrascht und amüsiert zugleich.

»Ich meine nicht mit uns, im Sinne von uns, sondern mit uns und dem Garten«, verbesserte sich Katie rasch.

»Ach so, natürlich, mit uns und dem Garten.«

Lag da ein Hauch von Enttäuschung in seiner Stimme? Katie lächelte.

»Hast du eine Idee?«

»Die habe ich tatschlich. Du könntest im Herbst die Sträucher pflanzen, und ich würde dir als Abgrenzung zum Weinberg eine Trockenmauer errichten, die speichert die Sonnenwärme. Außerdem habe ich an eine Kräuterspirale gedacht, damit du in der Küche frische Kräuter nutzen kannst.«

»So etwas kannst du bauen?«

»Natürlich, aber erst muss die Traubenlese vorbei sein. Das wird ein guter Jahrgang, sag ich dir. Deine Gäste werden den Wein lieben. Und im kommenden Jahr beginnen wir dann mit der Arbeit an deinem eigenen Wein.«

»Ich kann es gar nicht abwarten. Weißt du, ich freue mich auch schon auf den Spätsommer und den Herbst.«

»Ja, wobei ich es auch genieße, dass wir jetzt die lauen Sommerabende haben.«

»Was hältst du davon, wenn du nächste Woche Freitag zu mir kommst? Ich koche uns etwas und wir genießen einen lauen Sommerabend hier im Blumengarten.«

»Da sag ich nicht Nein. Und wenn es regnet?«

»Wirst du meine Wohnung unter dem Dach kennenlernen.«

»Abgemacht. Ich bringe den Wein mit. Auf nächsten Freitag, Katie.«

»Auf nächsten Freitag, Oliver.«

***

Es war eine wunderbare Gartenparty. Überall sah Katie nur lachende, glückliche Gesichter. Die letzten drei Wochen hatten ihr einen Eindruck davon vermittelt, wie es bei ihr in den nächsten Jahren wohl weitergehen würde. Sie würde Menschen und deren eigene kleine Geschichte kennenlernen. Vielleicht würden es glückliche Geschichten sein, vielleicht aber auch traurige. Und manchmal würden sich diese Geschichten zum Guten wenden, weil es Menschen gab, die sich umeinander kümmerten.

Längst brannten die Kerzen in den Windlichtern, und die Sterne funkelten an einem klaren Nachthimmel. Katie wollte sich gerade noch ein Glas Riesling einschenken, als ein entfernter Knall ihre Aufmerksamkeit fesselte. Am Nachthimmel sprühten rote und goldene Funken auf.

»Stimmt, das hatte ich ganz vergessen. Auf der anderen Seite der Mosel gibt es ja heute Abend ein Stadtfest mit Feuerwerk«, erklärte Theo, der sich zu Katie stellte.

Weitere Raketen stiegen in den Nachthimmel, zerplatzten zu funkelnden Sternen und Feuerblumen, begleitet von begeisterten »Ahs« und »Ohs« der Partygäste.

»Gartenparty mit Feuerwerk – wenn das kein würdiger Abschluss ist. Wo ist übrigens deine Frau?«

»Die unterhält sich drüben am Büfett mit Manni und versucht ihm sein Rezept für den Kartoffelsalat zu entlocken, aber ich fürchte, da wird sie bei ihm auf Granit beißen.«

»Willst du nicht das Feuerwerk zusammen mit deiner Frau bewundern?«

»Doch, gleich, aber ich habe da noch etwas. Mir ist aufgefallen, dass du deine Briefe, die ich dir auf den Schreibtisch gelegt hatte, noch gar nicht durchgesehen hast.«

»Stimmt, dafür war überhaupt keine Zeit. War etwas Wichtiges dabei?«

»Ich glaube schon.«

»Du machst es aber spannend. Was ist es denn?«

»Letzte Woche hatte doch dein Ex-Mann angerufen, und ich habe dir eine Nachricht von ihm aufgeschrieben, erinnerst du dich? Es ging um eure Tochter.«

»Natürlich weiß ich das noch«, sagte Katie. »Brian hatte auch ausrichten lassen, es wäre nicht dringend.«

»Ja. Da war aber noch etwas. Ich weiß, es geht mich eigentlich nichts an, Emma ist deine Tochter und nicht meine, aber …« Theo druckste ein bisschen herum. »Du warst von Anfang an, seit ich dich kenne, so unglücklich über die vielen zurückgesendeten Briefe, dass ich letzte Woche deinen Ex-Mann danach gefragt habe.« Theo fischte einen Umschlag aus seiner Hosentasche und überreichte ihn Katie. »Hier, ein Brief aus England. Vielleicht ist das ja die Antwort, auf die du so lange gewartet hast. – Ich lass dich mal alleine.«

Katie konnte lediglich nicken, denn im Licht der Kerzen erkannte sie eine geschwungene Handschrift und britische Briefmarken. Mit zitternden Fingern riss sie den Umschlag auf und faltete das Papier auseinander. *Hello Katie*, stand da in der ersten Zeile. Katie überflog rasch den Brief und spürte, wie Tränen ihr in die Augen stiegen. Glückstränen. Am Ende stand: *Liebe Grüße, deine Emma.*

Langsam ließ Katie das Blatt sinken. Um sie herum ertönten Stimmengewirr und Lachen, aber sie hatte nur diese vier Worte vor Augen. *Liebe Grüße, deine Emma.*

Mit einem letzten großen Knall zerplatzte eine Rakete in ein goldenes Sternenfunkeln.

Glück kann man nicht suchen, man muss von ihm gefunden werden.

ENDE

Anhang: Katies Gartentipps für einen Schnittblumengarten

Einen Garten erschaffen in nur einem Sommer – geht das überhaupt?

In diesem Roman wünscht sich Katie einen Garten für ihr neues Zuhause. Sie möchte bunte Schnittblumen fürs Haus haben. Dabei hat Katie das Glück, einfach bei null anfangen zu können, sozusagen auf einer leeren Leinwand. Aber wie ist das in der Realität? Kann es gelingen, in nur einem Sommer so etwas wie einen Garten zu erschaffen?

Die Antwort ist ein klares Ja. Auf einem eben erst umgegrabenen Stück Wiese kann man ganz leicht ein paar einjährige Sommerblumen pflanzen und hat schon nach wenigen Wochen Farbe und ein »Gartengefühl«. Anstelle einer Hecke kann man für den Anfang niedrige Zäune aus geflochtenen Weidenruten oder Haselstecken setzen. Die Wege mit Rindenmulch bestreuen – und voilà, fertig ist der »instant garden«. Man braucht dafür noch nicht einmal viel Geld auszugeben. Ein paar Samentütchen und etwas Erde, mehr ist nicht nötig.

Welche Blumen sind gut für die Vase?

Viele Sommerblumen sind sogenannte Einjährige, das heißt, sie durchlaufen ihren gesamten Lebenszyklus in einer Saison. Von der Aussaat über das Einpflanzen bis zur Blüte. Unter den Einjährigen befinden sich viele unempfindliche Blumen, die dafür bekannt sind, dass sie besonders viele Blüten bilden. Das ist perfekt für alle, die gerne einen bunten Blumenstrauß für die Vase haben möchten. Es ist wichtig, Verblühtes regelmäßig abzuschneiden, dann kommen immer wieder neue Blüten nach. Ein geradezu paradiesischer Zustand: Je mehr Blüten du abschneidest, umso mehr bekommst du!

Dies sind die fünf besten einjährigen Sommerblumen (sagt Katie)

Katie gibt zu dem deutschen Namen manchmal auch den lateinischen an, nicht aus Angeberei, sondern weil der bei einigen Blumen eindeutiger ist.

Schmuckkörbchen (Cosmea) gibt es in vielen hübschen Farbtönen von rosa bis weiß. Die Pflanzen können recht hoch werden, daher ist es eine gute Idee, gleich beim Einpflanzen einen Bambusstab neben den Pflanzen in den Boden zu stecken und die Schmuckkörbchen daran festzubinden. Sonst kann es passieren, dass die Blumen bei einem Sommergewitter einfach umfallen oder abbrechen. Katie mag für ihre Blumensträuße am liebsten eine Mischung von verschiedenen Rosatönen. Auch das zarte grüne Laub sieht gut aus.

Zinnien – bunter geht's nicht! Man bekommt sie in praktisch allen Farben außer blau. Es lohnt sich, beim Samenkauf auf die Höhe der fertigen Pflanzen zu achten, es gibt niedrige, mittlere und hohe Sorten. In der Vase halten sie sehr lange. Das Einzige, was den Zinnien schadet, ist Kälte. Frost vertragen sie überhaupt nicht, und schon bei Temperaturen unter fünf Grad sehen sie regelrecht unglücklich aus. Also unbedingt erst ins Freie pflanzen, wenn nicht mehr mit Nachtfrost zu rechnen ist. In den meisten Gegenden in Deutschland ist das etwa Mitte Mai der Fall.

Ringelblumen in fröhlichen Gelb- und Orangetönen dürfen in keinem Garten fehlen. Man sagt, sie halten sogar den Boden und die anderen Pflanzen gesund. Auch ein bisschen Kälte macht ihnen nichts aus, und in vielen Gärten säen sie sich von Jahr zu Jahr selbst aus. Also unbedingt beobachten, wie die kleinen frisch ausgesäten Pflänzchen aussehen, damit sie nicht versehentlich zusammen mit dem Unkraut ausgezupft werden!

Löwenmäulchen haben sehr, sehr kleine Samen. Manche Einsteiger können kaum glauben, dass aus jedem dieser winzigen, staubfeinen Körnchen eine Pflanze werden soll. Aber genau so wird es sein. Wenn auf der Verpackung steht »Inhalt reicht für ca. 200 Pflanzen«, dann ist das auch so. Also besser viel Platz einplanen – oder hart sein und am Ende auf den Komposthaufen werfen, was keinen Platz mehr im Beet findet. Wobei das natürlich schade wäre, denn die bunten Blüten sind zu hohen Rispen angeordnet, halten ewig in der Vase, und Kinder lieben es, die kleinen Blüten vorsichtig zu öffnen.

Sonnenhut (Rudbeckia) ist auch eine von diesen dankbaren Sommerblumen, die sich von Jahr zu Jahr selbst aussäen und sogar nach dem ersten Frost manchmal noch weiterblühen. Man findet hauptsächlich gelbe und rötlich-braune Sorten, oft auch Mischungen in verschiedenen Herbstfarben. Für Katie ist es das größte Glück, noch Ende November einen Blumenstrauß im Garten zu pflücken. In geschützten Lagen, wie zum Beispiel den deutschen Weinbauregionen, ist das durchaus möglich.

Wie geht das mit dem Aussäen?

Es ist nicht besonders kompliziert. Man braucht dazu spezielle Aussaaterde aus dem Gartenmarkt, die ist feiner und hat nicht so viele Nährstoffe wie normale Blumenerde. Auf fast jedem Samentütchen findet sich eine Anleitung zum Aussäen. Das Grundprinzip ist immer das gleiche: Die Aussaaterde wird in eine flache Aussaatschale gefüllt, angedrückt und etwas angefeuchtet. Darauf die Samen streuen und je nach Blumensorte noch eine dünne Schicht Erde darübersieben. Ab auf die Fensterbank, und dann heißt es nur noch gießen und warten.

Und wie pflanzt man am besten?

Es ist eine gute Idee, sich an die auf der Samenpackung angegebenen Abstände zwischen den Pflanzen zu halten. Wenn die Blumen zu eng stehen, werden sie leichter krank und verkümmern.

Katies Gartenbücher

Katie hat ihre Gartenkenntnisse in England erworben. Diese Bücher würde sie wahrscheinlich kennen:

James Fenton: *A Garden from a Hundred Packets of Seed*

Sarah Raven: *The Cutting Garden*

Monty Don: *The Complete Gardener*

Mit ein bisschen Glück findet man diese Bücher in Buchhandlungen, Antiquariaten oder online, einige sind auch auf Deutsch erschienen.

Und was sagt Barbara Erlenkamp?

Diese drei genannten Gartenbücher haben unseren privaten Garten mit geprägt. Es gibt zahllose andere Gartenbücher, fast so viele wie gute Romane, und jedes Jahr kommen neue dazu. Unmöglich, die besten auszusuchen.

Man kann auch ohne Bücher gärtnern, aber es macht viel Spaß, Ideen zu sammeln und immer wieder etwas Neues zu erfahren. Unser Tipp: einfach anfangen, ein bisschen lesen und vieles ausprobieren. Im Garten gibt es fast nichts, was man nicht auch wieder rückgängig machen könnte.

Happy gardening!

Danksagungen

»Bewahre die Liebe in deinem Herzen. Ohne sie ist das Leben wie ein Garten ohne Sonne, aus dem die Blumen verschwunden sind.« Oder auf Englisch: »Keep love in your heart. A life without it is like a sunless garden when the flowers are dead.«

Dieses Zitat wird Oscar Wilde zugeschrieben, aber es ist nicht sicher, ob es überhaupt von ihm stammt. Entdeckt haben wir es hier: https://www.literatpro.de/spruch/201215/bewahre-die-liebe-in-deinem-herzen. Dort wird als Quelle für das englische Zitat dieses Buch angegeben: Alvin Redman (Hg.), The Epigrams of Oscar Wilde, The John Day Co; First American Edition edition (1954), Seite 102. Die deutsche Übersetzung stammt von der Redaktion dieser Seite. Uns gefiel das Zitat so gut, dass wir es in unserem Buch unbedingt verwenden mussten.

Überhaupt hat es uns viel Spaß gemacht, eine völlig neue Geschichte zu erzählen und trotzdem auf geliebte Personen aus Wümmerscheid-Sollensbach nicht ganz zu verzichten. Im Grunde verdanken wir dies euch, liebe Leserinnen und Leser, die ihr die Bücher rund um das kleine Café an der Mühle in den letzten Jahren so erfolgreich gemacht habt. Und natürlich gilt unser Dank auch Anna-Lena Meyhöfer und Stephan Trinius von be.heartbeat, die uns erst auf den Gedanken zu dieser Buchserie gebracht haben. Denn natürlich wird dies nicht der einzige Band der kleinen Pension im Weinberg bleiben!

An dieser Stelle möchten wir uns auch bei Anna Mechler bedanken, die uns als Agentin den Rücken freihält, sodass wir die Bücher schreiben können, die wir möchten. Danke, Anna!

Und auch dieses Buch wurde wieder perfekt lektoriert von

Dr. Clarissa Czöppan. Die Zusammenarbeit war wie immer ganz großartig, liebe Clarissa!

Leseprobe

Die pensionierte Kommissarin Clarissa von Michel beschließt, sich in dem idyllischen Dörfchen Niedermühlenbach an der Mosel eine Auszeit zu nehmen. Aber als bei einer Weinprobe der unsympathische Witwer Gisbert Römer plötzlich tot umfällt, wird Clarissa misstrauisch. Ist der Dorfcasanova wirklich an einem Herzinfarkt gestorben? Die ehemalige Kommissarin beginnt zu ermitteln …

Prolog

Weit unten floss die Mosel träge dahin. Ein blaugrauer Strom mit kleinen Wellen, auf denen die Morgensonne helle Lichtpunkte funkeln ließ.

Der Fluss hatte sich über Jahrtausende seinen Weg durch die steilen Berge rechts und links gegraben. Weinberge, die schon in wenigen Monaten wieder sattgrün im Sonnenlicht glänzen würden.

Die kleine Ortschaft am Rand einer der zahlreichen Moselschleifen lag zwischen dem Wasser und den alten grauen Felsen, die hoch über allen Schieferdächern emporragten. Dicht drängten sich die Häuser aneinander.

Oben im Wingert auf einer Holzbank sitzend vergaß er bei diesem Anblick für einen Moment seine Probleme. Er hatte extra ein Sitzkissen gegen die Kälte mitgenommen, so konnte er entspannt warten.

Später am Tag würden sich die Wohnmobilplätze am Ufer füllen, würden Touristen die engen Gassen im Ort und die Spazierwege in den Weinbergen bevölkern. Ein sonniger kalter Wintertag, das lockte viele an die Mosel. Von alldem war jetzt noch nichts zu sehen. Aber warum an diesem Ort? Fast eine Stunde hatte er gebraucht, um über Niedermühlenbach hierherzuwandern. Hoffentlich hatte sich der Weg gelohnt. Er wischte sich den Schweiß von der Stirn, das Laufen hatte ihn mehr angestrengt, als er selber zugeben wollte. Ich muss wieder mehr für meine Fitness tun, dachte er. Mitte vierzig ist kein Alter, um außer Atem zu kommen. Dann aber lachte er verbittert auf. Wenn kein Wunder geschah, hatte er ganz andere Sorgen am Hals als seine mangelnde Fitness.

Er sah die massige Gestalt den schmalen Weg entlangschreiten, selbstbewusst, herrisch, als würde der Trampelpfad dieser Person allein gehören. In dem Moment keimte in ihm der Verdacht auf, dass dieses Treffen von vornherein zum Scheitern verurteilt war. Der andere hatte ihn demütigen wollen, hatte ihn auf diesen langen Weg geschickt, um ihm ein weiteres Mal vor Augen zu führen, wer von ihnen der Bittsteller war, derjenige, der sich absonderlichen Wünschen beugen musste.

Ja, in diesem einen Moment, in dem er das amüsierte Gesicht des anderen in der Morgensonne sah, wurde ihm klar, dass er hier mit Bitten keinen Erfolg haben würde. Er musste schwerere Geschütze auffahren. Nicht zum ersten Mal dachte er an Mord. Es wäre nicht der erste, den der Fluss dort unten in seiner Geschichte miterleben würde, und sicher nicht der letzte.

Willkommen in Niedermühlenbach

Willkommen in Niedermühlenbach! Nur wenige Meter hinter dem Ortseingangsschild stand ein großer Basaltstein mit dem eingravierten Willkommensgruß. Clarissa bremste; nicht, weil sie den Wunsch hatte, die weiteren Inschriften auf dem Stein zu entziffern, sondern weil keine zehn Meter vor ihrem Auto eine Kuhherde die Straße passierte. Gemächlich trotteten die Tiere vorwärts. Clarissa schaltete den Motor aus und ließ vorsichtig die ewig verspannte rechte Schulter kreisen. Die Zwangspause gab ihr immerhin die Gelegenheit weiterzulesen. *Schönstes Dorf des Jahres 2001 und 2002* – na, das klingt ja vielversprechend, dachte sie.

Dicht an dicht schoben sich die schweren braunen Leiber über die Straße. Die letzten Nachzügler waren endlich auf der anderen Seite angekommen. Was Clarissa irritierte, war, dass den Kühen niemand folgte. Kein Landwirt, kein Kuhhirte, niemand. Mussten solche Tiere nicht zusammengehalten werden? Anscheinend wussten die Kühe auch ohne Begleitung genau, wohin sie gehen mussten. Clarissa schüttelte verwundert den Kopf. »Willkommen in Niedermühlenbach«, murmelte sie, startete die Zündung und fuhr weiter.

Nach dem Ortsschild war erst mal nichts mehr, keine Höfe mit Ställen, keine Wohnhäuser, nur eine gewundene, steil ansteigende Landstraße. Das machte das plötzliche Auftauchen der Kuhherde noch mysteriöser. Sie fragte sich gerade, ob sie irgendeine Abzweigung verpasst hatte, als die Straße eine scharfe Rechtskurve machte – und da lag vor ihr in einem kleinen Tal Niedermühlenbach. Clarissa bremste erneut, lenkte das Auto rechts auf den Grünstreifen und hielt an, um das

Dorf zu betrachten. Normalerweise wäre sie nie auf die Idee gekommen, im laufenden Verkehr zu halten, um sich etwas anzusehen, aber hier sollte das wohl kein Problem sein. In den letzten zehn Minuten war sie mutterseelenallein auf der Landstraße gewesen, abgesehen von der Kuhherde natürlich. Das Moseltal lag nur wenige Kilometer entfernt, sie befand sich sozusagen im Hinterland, oberhalb der Mosel, da gab es augenscheinlich deutlich weniger Verkehr. Weniger Verkehr, dafür mehr herrenlose Kühe.

Niedermühlenbach war ein altes Dorf. Die meisten Häuser waren aus Bruchstein erbaut und besaßen schiefergedeckte Dächer. Hier und da gab es altes Fachwerk, einzelne Nebengebäude aus grau verwittertem Holz und am Dorfrand einige wenige moderne Einfamilienhäuser. Ein Bach schlängelte sich zwischen den Häusern hindurch. Soweit Clarissa das erkennen konnte, gab es zwei kleinere Brücken über diesen Bach. Mittelpunkt des Dorfes war ein Marktplatz, der auf der einen Seite von dem Bach begrenzt wurde. Ein Teil der Straßen rund um den Marktplatz und zwischen den Häusern schien noch mit Kopfsteinpflaster versehen zu sein. Oberhalb des Marktplatzes, auf einer kleinen Anhöhe, stand eine weiß verputzte Kirche. Das Ganze machte in der Märzsonne einen so friedlichen und idyllischen Eindruck, dass Clarissa die Auszeichnung »Dorf des Jahres« durchaus nachvollziehen konnte. Jede Wette, dass später im Frühling an den meisten Bruchsteinhäusern große Blumenkästen zusätzliche Farben ins Bild bringen würden. Clarissa fuhr wieder los. Während sie gemächlich in Richtung Dorf weiterfuhr, wanderten ihre Gedanken zurück. Vor drei Tagen hätte sie nicht einmal im Traum daran gedacht hierherzukommen. Das Einzige, woran sie damals gedacht hatte, war der Wunsch gewesen, sich eine Auszeit zu gönnen. Doch das war leichter gesagt als getan. Eine geschlagene Stunde lang hatte sie nach dem Frühstück damit zugebracht, diverse Internetseiten von Ferienhausanbietern durchzusehen. Im Grunde hatte sie gar nicht weit weggewollt. Sie hatte das Bedürfnis nach Ruhe, sauberer Luft und möglichst langen Wegen für ihre geliebten Spaziergänge gehabt – dafür musste sie doch nicht Stunden im Auto sitzen. Häuser in Dänemark, in den Alpen, in Südfrankreich oder auf einer friesischen Insel – alles wunderschön, aber wenn sie ehrlich war für einen mehrwöchigen Aufenthalt viel zu teuer. Zumal die meisten Häuser sich erst dann rechneten, wenn man nicht als Single dort wohnte. Resigniert hatte sie dann ihren Laptop zugeklappt.

Clarissa spürte jetzt noch den Frust. Sie war es einfach gewohnt, mit Gründlichkeit und Geduld ans Ziel zu kommen. Nicht umsonst hatte sie als Erste Kriminalhauptkommissarin und Leiterin der Mordkommission auf diese Weise jahrelang Erfolge gefeiert. Meistens jedenfalls waren es Erfolge gewesen. Die Fehlschläge dagegen … nun ja, auch das Kapitel hatte sie abgeschlossen. Und die Zeit bei der Kriminalpolizei lag hinter ihr. Clarissa seufzte und hätte, so tief in der eigenen Vergangenheit versunken, fast die Zufahrt zum Dorfplatz übersehen. Sie verdrängte alle trüben Gedanken. Am Ende hatte sie, was die Haussuche betraf, doch Erfolg gehabt.

Auf dem Marktplatz gab es unmittelbar am Bachufer einige Parkplätze. Clarissa stieg aus, ging um ihren Kombi herum und holte ihre Sachen vom Beifahrersitz. Ein weißer Audi TT mit Koblenzer Kennzeichen war das einzige andere Auto, das hier stand.

Es war fast Mittag, und sie bekam plötzlich Appetit auf eine Tasse Tee oder Kaffee und ein Stück Kuchen. Heute früh hatte es nur ein hastiges Frühstück gegeben. Gestern hatte sie einen ganzen Tag lang gepackt und die Wohnung aufgeräumt. Frau Krause aus dem dritten Stock würde ab und zu in der Wohnung nach dem Rechten sehen, da sollten die Zimmer einen ordentlichen Eindruck machen.

Die Chancen auf Kuchen standen durchaus gut, denn Frau

Adenau, die die Schlüssel für das Ferienhaus bereithielt, war die Besitzerin der Bäckerei und Konditorei Adenau. Kirschstreusel wäre jetzt großartig, dachte Clarissa, und bei dem Gedanken knurrte ihr Magen.

Heute früh in der Stadt war es noch empfindlich kühl gewesen, aber jetzt, in der Mittagssonne, nahm Clarissa ihre geliebte Barbourjacke über den Arm, anstatt sie anzuziehen. Sogar der Wollpulli über der Bluse war eigentlich schon zu warm. Herrlich! Sie drehte ihr Gesicht zur Sonne, schloss die Augen und genoss die Wärme.

Mitten auf dem Dorfplatz stand ein großes Denkmal, umgeben von einem runden Blumenbeet. Clarissa schmunzelte, als sie die Figur auf dem Sockel näher betrachtete. Ein Mann in Knickerbockern, Sakko und mit einer Schirmmütze auf dem Kopf. Auf den ersten Blick sah das Denkmal aus wie das genaue Abbild von Nick Knatterton. Wie sehr hatte sie diese Zeichentrickserie im Fernsehen geliebt. Damals hatte sie ganz am Anfang ihrer Laufbahn als Polizistin gestanden. Hatte Niedermühlenbach etwa dem berühmten Comic-Detektiv ein Denkmal gesetzt? Wohl kaum. Wer war wohl der Unbekannte mit der riesigen Nase? Clarissa suchte nach einer Inschrift und entdeckte schließlich eine Messingtafel. *Oskar Leander Höhlbein-Bröhmke der Ältere* – Clarissas Lächeln wurde noch eine Idee breiter. Was für ein Name. Sie hatte keine Ahnung, wer dieser Höhlbein-Bröhmke war. In der einen Hand hielt er einen Stift, in der anderen ein aufgeschlagenes Buch. Ein zu Recht vergessener Dichter? Clarissa nahm sich vor, in den nächsten Tagen herauszufinden, um wen es sich hier handelte. Jetzt aber gewann doch der Kuchenappetit die Oberhand. In gerader Linie am Denkmal vorbei erblickte Clarissa ein Schaufenster, auf dem in geschwungener Schreibschrift *Bäckerei & Konditorei Adenau* stand.

Als Clarissa den Laden betrat, ertönte ein melodisches Doppelklingeln. Zwei altmodische Messingglöckchen hingen am Türrahmen und bimmelten jedes Mal leise, wenn sich die Tür öffnete oder schloss.

»Bin gleich da, Augenblick noch«, rief eine Stimme aus dem Hintergrund. In der Luft hing der Duft von frisch gebackenem Brot mit einem Hauch Kaffee und etwas Süßem, das Clarissa nicht einordnen konnte. Vielleicht Kuchen oder Zuckerguss. Ohne Umwege steuerte Clarissa direkt auf die gläserne Theke zu und betrachtete neugierig die Auslage. Schon beim Anblick der Plunderteilchen lief ihr das Wasser im Mund zusammen. Zu ihrer großen Freude entdeckte sie weiter links ein ganzes Blech Kirschstreuselkuchen.

»Ich habe dich gestern Abend dreimal angerufen, und du bist nicht ans Telefon gegangen. Also: Was war los?«

Die Stimme klang vorwurfsvoll und ein wenig schrill. Sie gehörte einer jungen Frau, die an einem Zweiertisch zusammen mit einem Mann saß. Erst jetzt bemerkte Clarissa, dass sie nicht allein im Laden war, und drehte sich um. Sie sah das selbstgefällige Lächeln im Gesicht des Mannes, der zurückgelehnt die Vorwürfe seiner Begleiterin über sich ergehen ließ. Man sagt, dass man nur wenige Sekunden benötigt, um einen Menschen einzuschätzen und zu wissen, ob man ihn sympathisch findet oder nicht. Clarissa musste lediglich dieses Lächeln sehen und wusste, dass ihr dieser Typ von Herzen zuwider war.

»Mach mal halblang, Tanja, ich hab dir doch schon gesagt, dass ich gestern Abend Überstunden geschoben habe. Ich habe eine extrem wichtige Präsentation im Büro zusammengestellt, weißt du doch. Deine ganzen Eifersuchtsdramen sind so was von ungerechtfertigt.«

Die herablassende Stimme hielt, was das Lächeln versprach: Clarissa fühlte sich in ihrer ersten Einschätzung bestätigt.

»Hallo, Sie müssen mir verzeihen, dass ich Sie habe warten

lassen, aber der Käsekuchen ist ja eine solche Mimose, den musste ich noch schnell aus dem Ofen holen.«

Die Stimme, die Clarissa aus der Betrachtung des jungen Mannes herausholte, gehörte einer kleinen, rundlichen Frau, die Clarissa anstrahlte, als wäre sie eine lang verloren geglaubte Verwandte. Clarissa hatte keinerlei Zweifel, dass sie Frau Adenau selbst gegenüberstand. Die Konditorin war ein paar Jahre jünger als sie, schätzungsweise Anfang bis Mitte fünfzig, trug die welligen schulterlangen braunen Haare zu einem lockeren Pferdeschwanz gebunden und eine runde Hornbrille auf der Nase. Überhaupt war alles ziemlich rundlich an ihr: die kleine, stämmige Figur, die vollen Wangen. Beim Anblick von Frau Adenau musste Clarissa unwillkürlich an einen barocken Puttenengel denken. Einen Puttenengel, der ständig gute Laune verbreitete.

»Guten Tag! Ich habe noch nicht lange gewartet, kein Problem. Sie sind bestimmt Frau Adenau?«, fragte Clarissa. Die Frau nickte freundlich. »Mein Name ist Clarissa von Michel. Meine Kusine Elli Stockmann hat Sie sicher informiert, dass ich für eine Weile in das Ferienhaus einziehen werde.«

»Willkommen! Willkommen in Niedermühlenbach! Ja, Frau Stockmann hat mich angerufen. Ich bin ja so froh, dass jemand in das alte Haus einziehen will. Es ist doch eine Schande, dass das alles so lange leer steht. Natürlich schaue ich regelmäßig nach dem Rechten. Alle zwei Wochen, oder wenn sich Gäste ankündigen, mache ich dort auch sauber, aber es ist doch etwas ganz anderes, wenn ein Haus auch mit Leben gefüllt ist.«

Clarissa hatte nicht den Eindruck, dass die Konditorin eine konkrete Antwort auf ihren Wortschwall erwartete – also nickte sie lediglich zustimmend.

Frau Adenau schaute auf eine Wanduhr.

»Ach herrje, das ist jetzt aber ärgerlich. Ich möchte Sie am liebsten zum Haus begleiten, dann kann ich Ihnen vor Ort alles Notwendige zeigen. Aber ich habe zwei Apfelkuchen im Ofen, die brauchen noch eine Viertelstunde. Ausgerechnet heute bin ich allein im Laden. Mein Mann musste nach Gerolstein, und unsere Auszubildende ist in der Berufsschule. Darf ich Sie vielleicht zu einer Tasse Kaffee einladen, während Sie auf mich warten?«

»Eine Tasse Milchkaffee hätte ich sowieso gleich bei Ihnen bestellt, und ein Stück Kirschstreuselkuchen dazu wäre himmlisch. Machen Sie sich überhaupt keine Gedanken, ich habe Zeit.«

»Da bin ich aber beruhigt. Kaffee und Kuchen kommen sofort, und natürlich lade ich Sie gerne auch auf ein Stück Kuchen ein. Wir Profis sprechen da von ›anfixen‹«, Frau Adenau zwinkerte Clarissa zu. »Der Adenau'sche Streuselkuchen ist hier in der Gegend berühmt. Wenn man den einmal probiert hat, wird man ihn immer kaufen. Suchen Sie doch bitte aus, wo Sie sitzen möchten, ich bringe Ihnen gleich alles an den Tisch.«

Clarissa wählte einen Platz in der Mittagssonne, von dem sie freie Sicht nach draußen hatte, gleichzeitig aber eine Wand hinter sich und den Raum im Blick hatte.

»Boah, probier mal den Latte. Haben die dafür Instantkaffee genommen? Der ist ja unterste Kategorie.«

Mister Unsympath hatte so laut gesprochen, dass Frau Adenau an der Espressomaschine erschrocken zusammenzuckte.

»Hör auf, Dennis«, wisperte seine Begleitung. »Das ist peinlich. Mein Cappuccino schmeckt super. Tu doch nicht so, als wärst du der Kaffeeexperte. Außerdem hast du mir meine Frage noch nicht beantwortet.«

Clarissa sah, dass die junge Frau vor lauter Verlegenheit rote Flecken am Hals bekommen hatte.

»Nerv nicht rum. Ich hab keinen Bock mehr auf dein Gezicke.« Der Mann, den die Frau mit Dennis angesprochen hatte, griff in seine Hemdtasche, holte mit großer Geste einen Zwanzigeuroschein heraus und warf ihn achtlos auf den Tisch. Er nahm seinen Autoschlüssel vom Tisch. Clarissa erkannte ein silbernes Logo am Schlüsselbund. Offenbar waren die beiden mit dem weißen Audi TT gekommen.

»Ich erklär der Dicken nur noch eben, wie man einen richtigen Latte zubereitet«, sagte er lässig im Aufstehen.

Clarissa sah mit einem raschen Seitenblick, dass Frau Adenau, obwohl sie vorgab, nichts zu hören, stocksteif wurde. Ihre ganze Körperhaltung drückte Zorn und Unbehagen aus.

Jetzt konnte Clarissa nicht länger tatenlos zuhören, es wurde Zeit einzuschreiten. Sie blickte ihn direkt an und sagte: »Junger Mann, Sie werden sich jetzt hübsch wieder hinsetzen oder meinetwegen auch diese Konditorei verlassen, aber ganz sicher werden Sie hier nicht weiter unhöflich herumpöbeln und andere Leute beleidigen. Es ist schon schlimm genug, dass Sie Ihre Freundin anlügen.« Clarissa hatte noch nicht einmal die Stimme erhoben, aber ihr Tonfall war unmissverständlich und der Effekt beeindruckend.

Dennis, der Unsympath, blieb wie angewurzelt stehen und schaute sie verdutzt an.

Er brauchte tatsächlich ein paar Atemzüge, um sich wieder zu fangen. Wahrscheinlich hatte das letzte Mal vor fünfzehn oder zwanzig Jahren jemand in diesem Tonfall mit ihm gesprochen.

»Sag mal, Omi, wer hat dich denn nach deiner Meinung gefragt? Und was soll das heißen, ich würde Tanja anlügen?«

»Die Omi lass ich Ihnen mal durchgehen, weil ich heute einen wirklich netten Tag habe. Sie haben laut genug gesprochen, dass wir alle zuhören mussten, wie Sie Ihre Freundin gerade angelogen haben. Wie ich darauf komme? Es ist doch wohl offensichtlich, dass Sie keineswegs gestern im Büro waren, um irgendeine Präsentation zu erstellen. Sie haben nach einundzwanzig Uhr an der Bar getrunken – und zwar in Begleitung einer schwarzhaarigen Dame, mit der Sie dann noch ziemlich eng getanzt haben.«

»Dennis, ist das wahr?«

Die Frage seiner Freundin tat der Angesprochene mit einer unwirschen Handbewegung ab. »Woher wollen Sie das alles wissen? Ich meine, Sie waren doch nicht …«

»Ob ich dabei war, wie Sie im Café Zero den Abend verbracht haben? Nein.«

Dennis wurde bei der Erwähnung des Koblenzer Tanzclubs ganz blass um die Nase. In der Konditorei hätte man jetzt eine Feldmaus fiepsen hören können.

»Sie haben in Sachen Betrug noch eine Menge zu lernen, wobei ich befürchte, dass bei Ihnen wahrscheinlich schon die Grenze des Machbaren erreicht ist.« Ohne zu lächeln, zählte Clarissa an den Fingern die Fakten auf. Solche Details wahrzunehmen war ihr im Laufe der Jahre zur zweiten Natur geworden. Reine Routine, Routine gepaart mit einem nahezu fotografischen Gedächtnis. Eine unschlagbare Kombination, wie etliche Insassen diverser Haftanstalten bestätigen konnten. »Also: Den Rest des Stempels mit dem Zero-Logo kann ich sogar aus drei Metern Entfernung auf Ihrem Handrücken sehen. Mich wundert, dass Ihre Freundin – Tanja, nicht wahr? – ihn noch nicht bemerkt hat. Gestern war Donnerstag, da öffnet die Bar immer um einundzwanzig Uhr, die meisten trinken dort erst mal was – zumindest war das bei meinem letzten Besuch dort noch so üblich. Tanja ist blond und der Frühlingstyp, der Lippenstiftrest an Ihrem Jackettkragen ist pink. Eine Freundin von mir ist Visagistin, die könnte Ihnen das auch bestätigen: Kein Frühlingstyp mit Verstand würde einen pinken Lippenstift verwenden, höchstens ein ganz helles Rosa. Ein kräftiges, kaltes Pink passt zu Frauen mit schwarzen Haaren, dem Wintertyp. Sie sollten aufpassen, wem Sie zu nahe kommen. Und Stempelfarbe bekommt man übrigens leicht mit Deo ab.«

»Das … das … so einen Scheiß muss ich mir doch nicht anhören!« Dennis stürmte nach draußen und warf die Ladentür hinter sich zu. Tanja folgte ihm widerwillig, und ihr wütendes Gesicht sprach Bände. Als sie die Türklinke schon in der Hand hielt, drehte sie sich noch einmal um. »Entschuldigen Sie bitte den Auftritt! Der Kuchen und der Cappuccino waren erstklassig«, sagte sie in Richtung Ladentheke. Zu Clarissa gewandt ergänzte sie: »Danke! Ich ahne das schon seit Wochen.«

»Sie haben etwas Besseres verdient«, erwiderte Clarissa.

Die junge Frau schenkte ihr dafür ein zaghaftes Lächeln und nickte zustimmend, bevor sie den Laden verließ.

»Das war … was soll ich sagen? Das war ja wie im Krimi.« Frau Adenau kam hinter der Ladentheke hervor. »So etwas habe ich noch nie erlebt. Wie Sie mit dem Kerl fertiggeworden sind.«

Clarissa zuckte mit den Schultern. »Ich kann Lügen einfach nicht ausstehen.«

Frau Adenau stellte den Teller mit Kuchen und die Tasse Milchkaffee vor Clarissa ab, hielt ihr die Hand entgegen und sagte freundlich: »Ich bin Vera, und jetzt noch mal ganz offiziell: Ich freue mich, dich kennenzulernen.«

»Clarissa, meine Freunde sagen Clarissa, niemals Clara, zu mir.«

Vera schüttelte Clarissa feierlich die Hand.

»Danke, dass du dich um diesen Flegel gekümmert hast, Clarissa. In Niedermühlenbach haben wir so was nicht oft. Das hier ist ein nettes Dorf.«

»Die menschliche Natur ist sich überall mehr oder weniger gleich, und natürlich bietet ein Dorf die Gelegenheit, sie aus der Nähe zu beobachten.«

»Oh, das kenne ich, das ist ein Zitat von Agatha Christie.«

»Erwischt. Miss Marple, *Der Daumenabdruck* …«

»… *des heiligen Petrus*, natürlich. Oh, Clarissa, du magst

Krimis? Das ist ja großartig. Du musst am Sonntag unbedingt zum KC-Treffen kommen. Ich bestehe drauf.«

»KC-Treffen?«

»KC: Der Krimi-Club. Wir treffen uns alle zwei Wochen und tauschen uns über Krimis aus, wir organisieren Dorffeste und einmal im Jahr eine große Dorffahrt, zu der auch alle Nicht-Krimifans eingeladen sind. Und dann gibt es natürlich die Krimileckerbissen: Vor drei Jahren waren wir in England, und im letzten Jahr haben wir ein Krimidinner in Hillesheim im Krimihotel besucht. Und für die diesjährige Dorffahrt haben wir uns wieder ein absolutes Highlight ausgesucht, aber das darf ich noch nicht verraten.«

Veras Augen leuchteten, sie schien vor Stolz und Begeisterung beinah zu platzen – Clarissa konnte unmöglich Nein sagen. Trotzdem verspürte sie einen leichten Unwillen. Sie tauschte sich gern über Krimis aus, und eine gewisse Realitätsferne in manchen Büchern störte sie nicht. Darin war sie ganz anders als viele ihrer Kollegen, die bei Krimis immer nur die Augen verdrehten. Aber sie wollte erst einmal in Ruhe ankommen und die Gegend kennenlernen. Die Freiheit genießen, keinerlei Verpflichtungen zu haben. Nun war sie seit nicht einmal dreißig Minuten in Niedermühlenbach und hatte schon den ersten Termin.